DOM

TONY BELLOTTO

Dom

COMPANHIA DAS LETRAS

Copyright © 2020 by Tony Bellotto

Grafia atualizada segundo o Acordo Ortográfico da Língua Portuguesa de 1990, que entrou em vigor no Brasil em 2009.

Capa
André Hellmeister

Ilustração de capa
Channarong Pherngjanda

Preparação
Ciça Caropreso

Revisão
Jane Pessoa
Valquíria Della Pozza

Os personagens e as situações desta obra são reais apenas no universo da ficção; não se referem a pessoas e fatos concretos, e não emitem opinião sobre eles.

Dados Internacionais de Catalogação na Publicação (CIP)
(Câmara Brasileira do Livro, SP, Brasil)

Bellotto, Tony
    Dom / Tony Bellotto. — 1ª ed. — São Paulo : Companhia
das Letras, 2020.

    ISBN 978-85-359-3326-0

    1. Ficção brasileira. I. Título.

20.33495   CDD-B869.3

Índice para catálogo sistemático:
1. Ficção : Literatura brasileira B869.3
Cibele Maria Dias — Bibliotecária — CRB-8/9427

[2020]
Todos os direitos desta edição reservados à
EDITORA SCHWARCZ S.A.
Rua Bandeira Paulista, 702, cj. 32
04532-002 —São Paulo —SP
Telefone: (11) 3707-3500
www.companhiadasletras.com.br
www.blogdacompanhia.com.br
facebook.com/companhiadasletras
instagram.com/companhiadasletras
twitter.com/cialetras

Sumário

Rio, 15 de setembro de 2005, 9

I. LOURINHO, 11

II. BONECO DOIDO, 79

III. PEDRO DOM, 163

IV. RESSURREIÇÃO, 235

Rio, 15 de setembro de 2009, 337

Nota do autor, 339

Ah, não! Por mais exaltado, pecador e rebelde o coração oculto no túmulo, as flores que crescem sobre ele olham para nós serenas, com seus olhos inocentes: não nos falam apenas de uma paz eterna, da grande paz da natureza "indiferente"; falam também da reconciliação eterna e da vida infinita...

Ivan Turguêniev, *Pais e filhos*

Rio, 15 de setembro de 2005

A Yamaha XT rompe o silêncio da madrugada. Sandrinho Bombom olha para os lados da avenida vazia, na garupa Pedro Dom mantém a visão fixa nas lâmpadas dos postes. Não se preocupam com a viatura de polícia estacionada à entrada do túnel: com os faróis apagados, os policiais dentro do carro parecem dormir.

Enquanto Pedro Dom observa as lâmpadas consumirem-se num fluxo leitoso, o celular vibra dentro da mochila, mas o barulho da moto, amplificado pelas paredes de pedra, não deixa que o toque seja notado. Pedro Dom mal escuta o grunhido do companheiro, abafado pela reverberação hipnótica: "Merda!".

Um cerco da polícia fecha a saída do túnel Rebouças.

Sandrinho Bombom freia, os pneus guincham, homens bloqueiam a via armados de escopetas e fuzis. Os dois olham para trás: a viatura que parecia desatenta se aproxima com as sirenes ligadas.

Percebem que caíram numa armadilha.

Depois de um instante de hesitação, Sandrinho Bombom

acelera, Pedro pega a granada na mochila, arremessa. Ouve-se a explosão, os homens da polícia se agacham. Os dois avançam pela fumaça e conseguem sair do túnel. Pedro leva um tiro no pé e outro no ombro, Sandrinho é atingido no braço. A Yamaha perde o equilíbrio depois que um pneu é perfurado por uma bala. Os policiais se recompõem, entram nas viaturas, acionam os motores.

"Vou dar linha", diz Pedro numa curva próxima da lagoa Rodrigo de Freitas. "Eles estão atrás de mim."

Bombom diminui a velocidade, Pedro salta da moto, corre mancando até a calçada e larga o capacete sobre uma moita de coroas-de-cristo. Avalia as possibilidades. Na portaria do edifício Bauhaus o porteiro dorme sentado com a cabeça apoiada na mesa.

Uma viatura se precipita, Sandrinho se desequilibra e cai, a Yamaha desgovernada bate numa mureta de proteção no meio da rua. Policiais imobilizam o rapaz no asfalto, arrancam seu capacete, apontam as armas: "Cadê o Dom?".

Os homens chegam à recepção do Bauhaus e notam no chão o rastro de sangue que conduz até as escadas.

Pedro não sente mais a dor no pé, adormecido. O ombro em brasa. Salta os degraus de dois em dois e no terceiro andar vê uma lixeira no fundo do corredor. Os lugares fechados sempre o angustiam, mas Pedro Dom sabe que não tem mais aonde ir. Espreme-se no escuro com a arma na mão, o coração pulsando. A porta da lixeira é aberta com um estrondo e a luz invade o cubículo com uma estranha sensação de alívio.

I
Lourinho

1. NITERÓI, 1993

Ele gosta de atravessar a ponte de olhos fechados, a cabeça para fora da janela do ônibus. Imerso no rugido do vento, o sol desenha formas luminosas em suas retinas. Quando abre os olhos, os passageiros parecem irreais como os zumbis dos filmes da madrugada. No escuro um mundo de calor e vento salgado soa seguro e confiável. Fica horas em frente ao muro desenhando o rosto de um menino que expele labaredas pela boca escancarada. Ele agita o spray de tinta com a sensação de uma vitória secreta: "Terminei!".

"Então tem que assinar", afirma Verena. "Grafiteiro sempre assina."

"Pedro Machado. Ou Pedro Lomba. Pedro Neto?"

"Horrível."

Um garoto trepado no muro observa a cena e sorri enquanto o vento balança seu cabelo sobre o crepúsculo incandescente.

"É o meu nome, quer que eu assine o quê?"

"Você é bobo, Pedro? Grafiteiro tem que ter um pseudônimo senão a polícia prende o cara", diz a menina. "Sabia que é proibido pichar muro?"

"Grafitar. Pseudo o quê?"

"Pseudônimo. Um apelido. Como nome de artista."

"Verdade", palpita o garoto no muro, se intrometendo na conversa. "Grafiteiro tem que ter nome de artista".

"Claro", diz Pedro. "Grafiteiro *é* artista."

"Dom Pedro é maneiro", diz o garoto.

"Dom Pedro é nome de rei, não gosto."

"É. Tu não tem cara de rei."

"Tem cara de príncipe", diz Verena. "Pedro Príncipe."

"Tem cara de sapo", palpita o garoto. "Pedro Sapo."

"Sapo o cacete!" Pedro vira-se para Verena: "Príncipe também não. Pedro Príncipe dá impressão de um cara delicado".

"Pedro Dom", diz Verena.

"Dom Pedro ao contrário?"

"Não. Pra mostrar que Pedro tem um dom, um talento especial."

"Pedro Dom, Pedro Dom, Pedro Dom, Pedro Dom...", ele repete, como se cantasse um rap.

"Vamos subir?", interrompe Verena. "É tarde. A mamãe não gosta que a gente fique aqui depois que anoitece."

"*A mamãe não gosta que a gente fique aqui depois que anoitece...*" Pedro esganiça a voz sacaneando a irmã. "Vai você. Preciso acabar o meu grafite."

Verena sai em direção ao prédio, o garoto desce do muro.

"Desculpa a brincadeira do sapo. Foi mal."

"Você é que tem cara de sapo."

"Nem todo mundo nasce pra príncipe. Maneira essa pichação, um moleque soltando fogo pela boca..."

14

"Não é pichação."

"Eu sei, grafite." O garoto tira um baseado do bolso, acende e oferece para Pedro: "Fogo pela boca".

"Quero não. Meu pai foi policial."

"Opa. Sujou."

"Foi, não é mais. Mas sempre diz que maconha não presta. É coisa proibida."

"Pichar muro também."

"Grafitar."

"Teu pai fala isso porque não conhece a realidade, é um alienígena."

"Meu pai não é alienígena."

"Maconha não faz mal. Nos Estados Unidos tem gente que usa como remédio. E na Jamaica é uma religião. Se liga em Bob Marley? Maior maconheiro da história. O papa também fuma, existem plantações nos subterrâneos do Vaticano. Na Disneylândia eles cultivam em porões climatizados. Meu pai fuma e é trabalhador. Eu fumo e todo mundo fuma. Até os canas fumam. Vai ver teu pai fuma mas não te conta. Tu é moleque, não conhece as coisas da vida. Tem quantos anos?"

"Doze."

"Eu fumo desde os onze", e oferece novamente a bagana.

"Depois vai se arrepender. O bagulho é do bom. Do *Dom*…"

Pedro resiste, mas acaba aceitando. A primeira tragada é desajeitada e ele tosse. O garoto pega o baseado da mão de Pedro e traga, mostrando como se faz. Na segunda tentativa Pedro se sai melhor.

"Vai grafitar melhor doidão, vai por mim. Maconha inspira. Quando quiser me dá um toque." Aponta a favela: "Ali tem de montão".

Pedro agita o spray e assina *Pedro Dom* no grafite. Depois

fita o morro iluminado em que o vento balança árvores e estufa roupas nos varais.

Em 1971 Dan se deslocava lentamente debaixo d'água. Munido de máscara de mergulho, tubo de oxigênio e nadadeiras, movia-se em ritmo constante, impelindo o corpo para a frente enquanto bolhas de ar escapavam de seu nariz até desaparecer em minúsculas explosões na superfície. Dan levava uma câmera fotográfica submarina e se aproximava de caixas amarradas sob uma boia.

Ele as fotografava. Quando voltava à tona, tirava a máscara e fazia sinal para o barco ancorado a cem metros. Havia duas mulheres a bordo. Elas estavam com binóculos e rádios de comunicação. Tinha de tudo no serviço de informação. Ou núcleo de pesquisa, como também era conhecido. Todo tipo de agente. Quando queriam prender um traficante idiota, desses que querem comer todo mundo, punham uma mulher deslumbrante no caminho dele. Quando queriam o contrário, que a agente passasse despercebida, infiltravam uma mulher sem atrativos aparentes.

Dan era içado para dentro do barco. Entregava a câmera fotográfica a uma das agentes, enquanto a outra fazia contato com a polícia pelo rádio.

Ao amanhecer, um barco pesqueiro ancorava junto da boia. Homens saltavam, desamarravam as caixas e as transportavam para a embarcação. Logo que partiam percebiam a aproximação de uma lancha da Polícia Federal. O barco pesqueiro tentava fugir, mas era alcançado pela lancha da polícia, mais veloz. Policiais armados rendiam os homens do pesqueiro e ordenavam que eles abrissem as caixas que continham cocaína cuidadosamente embalada e protegida em latas de sardinha. Os homens eram presos em flagrante.

De manhã Dan olhava as gaivotas.

Por mais que os agentes se esforçassem, não conseguiam conter o tráfico. A cocaína estava por toda parte.

2. RIO, MAIO DE 1994

Victor e Marisa dormem nus e entrelaçados.

São despertados pelos gritos das crianças que vieram de Niterói passar o fim de semana no bairro do Rocha com o pai. Victor salta da cama, as vozes dos filhos soam como engrenagens de uma caixa de música perdida. Ele se veste, escova os dentes, ajeita o cabelo.

Marisa prepara o café da manhã.

As crianças correm pelo quintal.

As meninas brincam com um filhote de pastor-alemão.

Pedro vai até a garagem abarrotada de entulho e se depara com baldes alinhados de cabeça para baixo: uma bateria rudimentar que ele fabricara inspirado em Stewart Copeland, baterista do The Police. Faz tempo que ele e as irmãs não vêm à casa do pai. Encontra um par de baquetas atrás de uma geladeira velha, no mesmo lugar em que as tinha deixado meses antes. Pedro toca a bateria improvisada, diverte-se com a zoeira. Aquilo é quase tão bom quanto grafitar meninos dragões em muros brancos.

Na mesa do café Verena se aproxima e senta ao lado do pai. Está ofegante depois de correr atrás do cachorrinho. O som da bateria de Pedro soa familiar e irritante.

"Nunca pensei que eu fosse sentir saudade desse barulho", diz Victor.

Ele percebe a filha inquieta. Victor olha para Marisa, que

despeja água quente no coador com café. Ela se aproxima de Verena, faz um carinho na cabeça da menina.

"Cabelo lindo. Tudo bem, querida? Quer um pãozinho?"

"Já comi em casa."

"Você quer falar alguma coisa? Me contar algum segredo de mulher?", insiste Marisa.

"Não."

"Você sabe que eu sou tua amiga. Pode falar o que quiser comigo."

"Não é isso", diz Verena. Ela olha para o pai. "Fala, Verê! Desembucha."

Pedro continua a solar na bateria.

"É que o Pedro...", ela diz, hesitante.

"O que tem o Pedro, Verena?"

Victor chama o filho para uma conversa no quarto. Pedro senta na cama, olha para o chão. Victor em pé, professoral: "A maconha em si não é tão nociva. Mas ela te deixa bobão, com sono. É um boberígeno. É isso que a maconha é, um boberígeno".

Pedro sorri.

"É sério. O problema é que ela pode ser a porta de entrada para outras drogas. Olha pra mim, Pedro."

Pedro levanta a cabeça, encara o pai.

"Você já experimentou outras drogas? Cocaína?", pergunta Victor.

"Não, só maconha."

"As drogas são fabricadas por homens que controlam a mente das pessoas, Pedro. Eles são como demônios, trocam a alma das crianças por dinheiro. Eles só pensam em dinheiro. Um dinheiro sujo de sangue e com cheiro de morte."

Pedro permanece em silêncio.

"Você sabe qual é o cheiro da morte, Pedro?"

Pedro meneia a cabeça para dizer que não.

"Você tem que entender que essa merda de maconha te deixa bobo. No começo. Depois vai te deixando louco. E no fim te deixa morto. Mas aí já vai ser tarde demais pra você sentir o cheiro da morte. Porque ele vai exalar de você o tempo todo. Do teu próprio corpo. Você entende isso, Pedro?"

"Foi mal."

"Foi mal. Foi mal. Foi mal pra caralho. Presta atenção. Agora você vai morar comigo. Vai ficar aqui e largar essa merda."

3. RIO, JUNHO DE 1994

Ele gosta de imaginar que é um rapper, como Tupac. Pedro ainda está comovido com a morte de Ayrton Senna na curva Tamburello, e ouve Tupac cantar "Keep Your Head Up": *But please don't cry, dry your eyes, never let up/ Forgive but don't forget, girl keep your head up...*

Os dias se sucedem mais ou menos iguais neste mês de junho: depois do café Victor aciona sua Kawasaki, Pedro monta na garupa. Deixa o menino na escola, volta para casa e passa a manhã trabalhando na marcenaria que mantém no quintal. Ao meio-dia Victor sai novamente com a moto, apanha Pedro na escola e os dois almoçam juntos em casa. Pedro dorme um pouco, assiste à televisão — adora os filmes do Batman —, faz os deveres e joga video game. Victor continua a trabalhar na marcenaria, mas de vez em quando dá uma parada para conferir o que o filho está fazendo. Marisa chega à noite para uma visita. Às vezes é Pedro quem prepara o jantar. Ele se gaba de saber cozinhar carne assada com purê de batatas, receita ensinada pelo avô. Os três jantam, veem televisão, vão dormir. De madrugada latidos espantam o sono de Victor. Ele vai até o quarto de Pedro, fareja o hálito e os dedos do filho como um cão treinado pela polícia. Fica satisfeito por não sentir cheiro de maconha.

Numa manhã a rotina emperra enquanto tomam café.

"Pai, quero te agradecer pelo que tem feito por mim."

"Não tem que me agradecer. Só estou fazendo o que qualquer pai faria."

"Estou bem agora."

"Tá certo. Você está legal."

"Então acho que já posso voltar pra casa da mamãe."

"Come o ovo."

"Estou comendo."

"Por quê? Tua vida não está boa aqui?"

"Está. Mas eu sinto falta da mamãe, e sei que ela também sente saudades de mim. A Verê e a Monika, sinto falta delas, são minhas irmãs. Estou de férias. Fico um tempo lá, depois volto. A mamãe está morando pertinho agora, em Copacabana."

"Copacabana pode te fazer mal."

"Copacabana é onde tudo acontece."

"Por isso mesmo quero você longe de lá."

"É só por um tempo. O bom de ter pais separados é que a gente pode ficar um pouco com cada um em casas diferentes."

"Presta atenção, Pedro: Copacabana é diferente daqui. Copacabana é outro mundo. Ali você vai ficar mais exposto aos perigos."

"Eu já sei me cuidar, pai. Você me ensinou."

"Come o ovo."

"Estou comendo."

Em 1972 Dan e um homem de codinome Arcanjo caminhavam por uma calçada no centro da cidade ao meio-dia. Dan também era um codinome. Arcanjo, de óculos escuros, fumava um cigarro atrás do outro e tossia de vez em quando. Sua aparência frágil e pálida não condizia com o poder que dele emanava.

"Parabéns pela operação em Búzios. A Federal conseguiu prender alguns bagres."

"Todo aquele esforço só pra prender bagres?", perguntou Dan.

"Não. Pegaram um peixe grande também. O empreiteiro. Fingia que tinha uma indústria pesqueira, e estava mandando cocaína pro exterior. Pó disfarçado de peixe. É mole? Cocaína em latas de sardinha. É o fim do mundo. Esses desgraçados entraram no tráfico de drogas. Empreiteiro, no meu tempo, era outra coisa."

"Não deixa de ser empreiteiro. Traficar cocaína é uma empreitada e tanto."

"Você está pensando como traficante agora? Foi todo aquele tempo no meio deles, é? Acho que te deixei tempo demais infiltrado no morro."

"A gente precisa conversar aqui, no meio da rua?"

"Melhor assim. Quanto menos bandeira, melhor. Você sabe a situação. Comunas terroristas, é droga pra todo lado, o pau comendo nos porões, a tigrada arrepiando. Agitação política, milicos na pressão, prefiro evitar suspeitas. Quer entrar num bar, tomar um café?"

"Não. Para de me enrolar. Qual a razão desta reunião? Desembucha."

Numa esquina os dois protegiam-se do sol na sombra de uma marquise. Arcanjo tragava o cigarro e assumiu um tom grave.

"Nós achamos que você deve ir pra polícia."

"Como assim?"

"Ingressar na corporação. Virar policial."

Dan ficou em silêncio por um instante.

"Arcanjo, você sabe quantos policiais eu vi subir o morro pra extorquir traficantes e viciados?" "Não vamos generalizar. Tem muita gente boa na polícia, você sabe. É um grupo especial. O Esquadrão de Ouro." "Esquadrão de Ouro? Parece nome de filme." "É sério. Eu não ia te chamar pra bater papo-furado. Escuta, é importante. A polícia montou um grupo de elite para desbaratar uma quadrilha que está assaltando taxistas. Onze homens, entre os melhores da polícia carioca." "Não falei? *Onze homens e um segredo.*" "Prefiro *Os sete samurais.*" "Um grupo de elite só pra prender ladrão de táxi?" "Vamos aproveitar o grupo para combater o tráfico de drogas. A situação está escapando do controle. O Vick Vanderbill lidera o Esquadrão." "Vick Vanderbill? Você quer que eu mate bandidos e torture terroristas? É um Esquadrão de Ouro ou da Morte?" "Estou cagando pra assaltantes e pra subversivos, Dan. Quero pegar traficantes de droga. Você é o cara certo pra integrar esse grupo. Tem informações sobre a dinâmica e o funcionamento do tráfico, está trabalhando nisso há anos..."

Dan hesitava, embora ciente de que não poderia negar o pedido do Arcanjo, que tossia.

4. RIO, SETEMBRO DE 1994

Copacabana é outro mundo.

Pedro gosta de observar os travestis na avenida Atlântica, mulheres com olhar de homem, as freiras lascivas saídas de cena de filme caminhando entre velhos aposentados claudicantes, marinheiros de pau duro e surfistas com pinta de veado. Ele passa horas olhando o anão que esculpe mulheres desproporcionais na areia, em cujos seios cinzentos finca placas em inglês pedindo dinheiro aos turistas. Ele vê os hippies vendendo artesanato, risonhos e desdentados homens da caverna fumando maconha em cachimbos coloridos, e as mulheres, lindas todas, centenas delas, corpos que se transmutam à medida que caminham em busca do sol. Putas, patricinhas, babás, turistas. Ele deseja que o calor derreta os biquínis e maiôs sumários e desvende por inteiro o paraíso sugerido naquelas esquinas lotadas de gente que parece saber aonde ir. Às vezes fecha os olhos e caminha a esmo, orientando-se como um cego. Em Copacabana até os cegos parecem saber aonde ir.

Na esquina da Siqueira Campos com a Nossa Senhora de Copacabana, ele encontra Leandro e Deco. Os três rodam pelas ruas com a sensação de que acontecimentos surgirão em seu caminho como presentes de um Papai Noel negro, vestido de bermudão e sandália havaiana, com dreadlocks encardidos e um charo fumegante nos lábios.

"Aquele Passat ali", diz Leandro, como se avistasse um tesouro perdido. "É do sargento."

"A parada foi com o Tavinho?", pergunta Deco.

Leandro assente.

"Que Tavinho?", diz Pedro, chutando uma lata de coca-cola no chão.

"O do skate. O grandão de cabelo rasta."

"Maior fera", diz Deco, exercitando sua expertise.

"O Tavinho estava fumando um beque no calçadão", diz Leandro. "Na boa, *morou?* Na dele. Fumando sem dar ideia pra ninguém. Sem encher o saco. Na dele. No direito individual dele de fazer o que quiser com ele mesmo. Aí levou um cacete do sargento e ainda teve que morrer com uma grana pra não ir em cana."

"Absurdo", comenta Pedro.

"Não avisaram esse cara que a ditadura já acabou?", diz Leandro genuinamente intrigado.

"Vamos furar o pneu", sugere Deco.

"Riscar a lataria", diz Pedro num insight. "Dói mais." Arranham com um canivete a lataria do Passat estacionado, Deco percebe o sargento se aproximar, grita "fodeu" e sai correndo. Leandro e Pedro tentam escapar, mas o sargento tira o Taurus do coldre: "Parados! Os dois! Pivetes do caralho!".

A Paróquia da Ressurreição, na Francisco Otaviano, não parece uma igreja tradicional. De arquitetura modernista, lembra mais um museu de arte sacra do que a casa de um Deus onipotente. Há poucas imagens de santos agonizantes e cristos em êxtases de dor e sofrimento. Ali Lúcia se sente mais à vontade do que em igrejas tradicionais, que lhe enchem de pavor e de uma reverência paralisante. Ali ela pensa que Deus talvez a ouça finalmente. Deus há de saber que ela se dedicou, apesar de todos os pecados. Deu o melhor de si para criar os filhos, protegê-los da tragédia e das labaredas. Ela e o marido foram desde o começo absolutamente inconciliáveis. Quanto melhor era o sexo, pior todo o resto. As brigas intermináveis, os acessos de ciúmes e de fúria. Incompreensão, desconfiança e ressentimento. Mas nunca faltou nada para as crianças. Comida, carinho, afeto, educação. Brinquedos, cachorros, televisão. Até mesmo um cavalo para o menino, quando viviam em Valparaíso, cidade-satélite de Brasília.

E uma zebra.

A imagem de um homem caminhando pela rua puxando uma zebra vem à mente de Lúcia: "Olha a zebra!", anunciava o homem pelo megafone. "Crianças de Valparaíso, venham conhecer a zebrinha Níger! Direto das savanas africanas!".

Crianças saíam das casas para ver a zebra, o menino passava a mão pelas listas do animal e percebia que seus dedos ficavam manchados de tinta.

"Isso não é zebra, é um burrinho pintado", o menino disse ao homem, como um pequeno Cristo falando aos fariseus.

O menino montava a falsa zebra e exibia-se para os vizinhos, aplicando chutes nas ventas da mula, que se abalava pela rua. Acabavam caindo numa grande poça, a tinta se diluía ao contato com a água e Lúcia perguntava: "Machucou, meu filho? Tá doendo?".

"Não", respondia o menino. "Eu não sinto dor."

Victor chega à delegacia da Nossa Senhora de Copacabana.

"Sei que você já fez parte da corporação, por isso resolvi te chamar", diz o delegado. "Senta."

Victor se acomoda numa cadeira.

"Esquadrão de Ouro", diz o delegado com nostalgia cívica.

Victor assente.

"Então você conheceu o Vanderbill."

Vick Vanderbill, o policial playboy dos anos 70, o galã que namorava atrizes da televisão e degolava impiedosamente ladrões e mendigos pelas ruas da cidade ao som de Odair José, num enredo de fotonovela trágica.

"Não era grande coisa", diz Victor. "Mais um fenômeno da mídia. Acabou crivado de balas como uma peneira. Então o meu menino aprontou?"

"Isso é coisa de criança, não esquenta. O azar deles foi riscar o carro do Mesquita. O homem é descompensado. Tirou a arma pros meninos, uma barbaridade. Quer processar o Mesquita?"

"De maneira nenhuma. Nem pensar. Depois é capaz de

querer se vingar das crianças. Conheço a cabeça dessa gente. Onde está o meu filho?"

O delegado ordena que um inspetor busque Pedro, que aguarda sozinho no almoxarifado.

"Não quis botar o menino numa cela", diz.

"Obrigado."

Pedro entra na sala, o delegado assume um ar paternal: "Viu como uma brincadeira dessas pode acabar mal? Você é um menino legal, saudável, filho de um homem honrado, ex-policial, membro do Esquadrão de Ouro, uma unidade histórica, heroica. Tem que escolher melhor as companhias".

"Pode deixar", diz Victor. "Nós vamos ter uma conversinha."

"Você sabe como os bandidos acabam, Pedro?", insiste o delegado.

"Não senhor".

"Ou embaixo da terra, num caixão, ou numa cela de prisão. Venham comigo. Quero mostrar uma coisa para o Pedro."

Descem até o porão da delegacia, passam por celas lotadas que fedem a urina. Entre os presos paira um silêncio reverente e ameaçador enquanto eles caminham pelo corredor escuro. O lugar angustia Pedro, que imagina como um pesadelo a sensação de estar preso. Ao mesmo tempo sente ali uma excitação por algo que não consegue entender.

O delegado para em frente a uma das celas.

"Olha lá", diz. "Olha o bandidão ali, Pedro."

Pedro olha dentro da cela. Entre os presos um homem se destaca: grande, forte e tatuado. Está sentado num colchão enquanto outros presos se amontoam pelos cantos. Ele sua muito e encara com altivez os visitantes. Aos olhos de Pedro parece um personagem de *Star Wars*.

"Era cheio da grana", prossegue o delegado, "tinha um monte de mulher, olha como está agora. Fodido, numa cela de quatro metros quadrados com cheiro de merda, cercado de marmanjo por todo lado. Que vidão, hein? Olha o bandidão aí", diz o delegado.

Pedro olha fixamente.

5. RIO, SETEMBRO DE 1995

Madrugada.

Sentada numa cadeira num canto da sala, Lúcia experimenta uma sensação recorrente: o pavor do escuro. Apesar disso não acende a luz. Está convencida de que deve permanecer ali, como se cumprisse uma penitência. Na escuridão tem a ilusão de que vai escapar da tragédia. Ou de que os demônios do destino, com suas tochas tremeluzentes, não conseguirão localizá-la. Ela vê mentalmente a imagem da própria mãe morta no chão da cozinha e começa a rezar baixinho, mais por hábito do que por convicção. O cheiro de plástico calcinado interrompe as orações.

Lúcia pensa em acender as luzes e ir ver se um incêndio se iniciou nas dependências de serviço. Talvez tenha deixado o ferro ligado, o forno vazando gás. Quem sabe uma fiação no quarto da empregada tenha entrado em curto-circuito. Será que alguém esqueceu um cigarro aceso no apartamento ao lado e o fogo se alastrou rapidamente do tapete para as cortinas?

Desiste, sabe que tudo é fruto de sua imaginação paranoica e de suas feridas incuráveis.

O suicídio, a loucura, a solidão, o abandono.

O fogo.

A autoimolação, o corpo carbonizado. O castigo. Tudo ao mesmo tempo familiar e aterrador. Lembranças se fundem em visões confusas: o atropelamento de Pedro com quatro anos de idade em Copacabana, a lenta recuperação, a perda irreversível do baço e a terrível constatação de que o menino não chorava nem sentia dor. Lúcia pensa no boneco que Pedro dizia sentir a dor por ele. Bonecos, cavalos, bicicletas, video games, idas e vindas, a confusão e o desespero do filho na separação definitiva dos pais, quando tinha nove anos. As meninas, graças a Deus, sentem dor.

São boas garotas, bonitas, inteligentes, estudiosas. Verena e Monika, nomes que atestam bom gosto e intenções elevadas: Monika, a solitária, e Verena, a portadora da vitória, a personagem complacente que enxuga o rosto ensanguentado de Jesus na via-crúcis. Elas saberão cuidar de Lúcia quando forem adultas.

Não deixarão que se banhe com álcool, não a instigarão a riscar o fósforo, e assim o fogo não a arrastará para o chão incandescente da cozinha. Mas ela se preocupa com Pedro.

Não é só a maconha, ela não tem as mesmas obsessões policialescas do ex-marido. Não se trata de preservar o filho do que Victor chama de a porta de entrada para outras drogas. O que Lúcia vislumbra na escuridão são os portais reluzentes de seu próprio inferno. O fogo.

Aqui a lembrança das coisas vividas se turva com imagens brotadas do oráculo da escuridão e da loteria das possibilidades improváveis: zigue-zagues em labirintos, internações, prisões, discussões com Victor e as acusações dele de que a condescendência dela haveria de corromper definitivamente o caráter do menino. A morte.

Pedro abre a porta.

Entra pisando leve para não despertar a mãe.

Ela acende a luz, aliviada: "Isso são horas de chegar, filho?".

"Caramba, mãe! Quer me matar de susto?"

"Você é que quer me matar de preocupação. Preocupação e vergonha. Você tem aula amanhã cedo."

"Foda-se, vou faltar."

"Você me respeite! Que olho vermelho é esse? Fumou de novo? Foi pra favela?"

"Não entendo essa implicância de vocês com a favela. É preconceito, sabia?"

Lúcia dá um tapa no ombro do filho.

"Me respeite, garoto!"

"*Me respeite, garoto!*", ele repete, esganiçando a voz.

Lúcia desfere outro tapa, agora no rosto.

Pedro vai para o quarto, bate a porta.

6. RIO, OUTUBRO DE 1995

Ele assiste na TV a um pastor evangélico chutar Nossa Senhora e ao Renato Gaúcho marcar um gol de barriga no Flamengo. Às vezes toca uma punheta pensando na Xuxa. Numa manhã Copacabana se torna definitivamente o centro do universo: Magic Johnson e Pelé se encontram num coliseu erguido às margens do Atlântico. Enquanto isso, arrastões se proliferam pelo asfalto e pela areia, disseminando terror e uma resignação corriqueira. Pedro Dom gosta de observar banhistas correr quando gangues da favela rapinam a praia e milícias de lutadores de jiu-jítsu brotam das ruas, invadem a areia e se digladiam com os assaltantes à luz épica do sol de Copacabana.

Os combates parecem dar sentido às tardes de verão.

Encontra Leandro e Deco no Bob's do Shopping Copacabana. Um combo de hambúrguer, refrigerante e batatas fritas distrai os pequenos lobos entediados enquanto olham as mulheres que passam. Quando terminam de comer, Pedro sugere um cinema.

"Com que grana? A minha morreu no sanduba", diz Deco.

"Miséria da porra", constata Leandro.

"Tem pra emprestar?", pergunta Deco.

"Nada. E se tivesse não ia emprestar pra vagabundo."

Os dois olham para Pedro.

"Nem fodendo. O que eu tenho dá pra mim e olhe lá."

"Micou, vamos vazar", diz Deco, sugando o copo vazio pelo canudo.

"Peraí." Pedro olha para Leandro: "E aquele receptador que você falou?".

"Receptador? Olha o moleque... cheio de marra."

"Não é marra, é necessidade. Usa a cabeça, seu débil mental!"

"Na Santa Clara. O cara compra mercadoria roubada. Você vai vender o quê? Tua cueca?"

Deco e Leandro riem.

"Otários. Tá cheio de coisa aqui, é só escolher."

Eles olham as lojas.

"Vai levar o quê?", pergunta Deco. "Roupinha de criança? Ou prefere sapato de madame?"

"Um relógio", diz Leandro, vendo uma relojoaria.

"Relógio não dá", observa Pedro. "Não viram o segurança na porta?"

"Então", diz Deco, "vazando."

"Peraí", Pedro insiste. "Aquela loja ali."

"Que loja?"

Lá estão vitrines abarrotadas de câmeras digitais, câmeras com tela de LCD, tripés, monopés, cabeças yunteng, Betacams e outras maravilhas tecnológicas desenvolvidas durante a Guerra do Golfo e agora à disposição de qualquer mortal.

Entram na loja, Leandro e Deco se postam no balcão e fazem perguntas para distrair os vendedores.

"Onde é o banheiro?"

"Aqui tem video game?"

"Minha mãe quer saber onde tem uma farmácia. Tem farmácia na galeria? A que horas vocês fecham?"

Enquanto isso Pedro observa as câmeras. Encanta-se com uma Cannon Autoboy Jet, guarda-a sob a camiseta e sai andando. Simples assim.

Mas é observado por uma menina: "Mãe, mãe! Aquele menino pegou uma máquina e não pagou...".

"Ladrão, pega ladrão!", diz a mãe.

Pedro sai correndo, seguranças o perseguem.

"Ladrão, segura o ladrão!"

Pedro tenta escapar por uma passarela, mas é dominado antes de chegar à rua.

Lúcia gosta de ficar parada em frente à vitrine olhando as flores. Quando volta do pequeno antiquário que mantém na rua Duvivier, enumera mentalmente as floriculturas do caminho. Na esquina da rua Santa Clara, há uma que a fascina especialmente. Quando passa por ali, o perfume das rosas é tão avassalador que atravessa a vitrine e se contrapõe ao monóxido de carbono liberado pelos escapamentos da Barata Ribeiro. Ou então andam botando alguma espécie de perfume nos escapamentos. Tudo é possível num mundo em que há cada vez menos floriculturas e mais igrejas. Às vezes tem a sensação de que Deus prefere floriculturas a igrejas. Um vento forte começa a soprar, e pedrinhas de granizo desabam sobre sua cabeça. Será um castigo de Deus por seus pensamentos blasfemos? Ela entra na floricultura para escapar da chuva e do vento. Pergunta-se por que vive de negociar móveis e objetos antigos, quando seria muito mais feliz vendendo flores. Talvez a felicidade não seja algo que ela possa almejar. Dentro da floricultura, perde-se numa vertigem de orquídeas, málagas, rosas e narcisos. Por um momento tudo parece girar como no buraco da Alice. E então ela vê Monika surgir da chuva, do outro lado da vitrine, ainda com o uniforme da escola, cabelo molhado e uma grande aflição no olhar.

"O papai ligou!", diz a menina, batendo no vidro, como se a mãe estivesse presa num aquário.

Na 13ª Delegacia, a mesma em que fora preso da outra vez, Pedro está sentado em frente ao delegado.

Lúcia enxuga lágrimas com um lenço.

O delegado: "Olha, ele é menor de idade, com um bom advogado dá pra liberar, foi só um furto, a câmera já foi recuperada".

"Não", diz Victor com a expressão grave. "Chegou a hora do Pedro tomar uma lição."

"Mas, Victor, ele vai ser preso..."

"Não é uma prisão, senhora. Padre Severino é uma instituição para recuperação de menores infratores, tem assistência social, psicólogos. Ele não vai pegar mais do que dois meses."

"Dois meses?", diz Lúcia, chorando. "Victor?"

Victor, impassível, nega-se a encarar o filho e a ex-mulher.

"Dois meses", diz para o delegado. "Ele vai ver o que é bom pra tosse."

7. RIO, NOVEMBRO DE 1995

O Instituto Padre Severino não é bom pra tosse.

Os meninos dormem em beliches enfileirados. Nem todos

têm colchão. Às vezes é necessário valetar, quando dois meninos dividem o mesmo colchão, cada um com a cabeça para um lado, como os valetes das cartas de baralho. Os internos são obrigados a manter o cabelo raspado, vestir camiseta branca, bermuda azul e sandália verde. Ai daquele que infestar o ambiente com piolhos. Alguns preferem ficar descalços. Há atividades, salas de aula com paredes grafitadas, campinho de futebol, mas, quanto mais uniformizados estão os meninos, mais as incongruências brotam das cabeças nuas e dos peitos arfantes sob camisetas imaculadas manchadas de suor.

Tem os professores gente boa, os defensores públicos compreensivos, as socialites católicas de olhar benevolente. Os agentes agressivos, os vingativos e os cruéis. Os meninos que perdem dentes e luxam os braços de tanto levar porrada. Os meninos ladrões, os assassinos e os estupradores. E os inocentes. Os fugitivos, os rebeldes, os reincidentes. Os meninos quietos e os pilhados. Tem o jogo de futebol, a roda de samba, a missa. O garoto que chupa pau, o que dá o cu, o que masturba dois ao mesmo tempo. O ogro com síndrome de Down exímio no manuseio da faca improvisada. O menino que sofre ataques de asma no refeitório e os que riem sob a foto assustadora do padre Severino, que a todos assombra com sua complacência sépia.

E os meninos que fazem xixi na cama e apanham de manhã dos companheiros. Há que se manter alguma dignidade, afinal.

Ninguém queria estar ali.

Os agentes maldizem o lugar. Todos sonham com distantes praias idílicas, lares aconchegantes, pão quentinho no café da manhã. Pequenos bandidos saudosos das mães carinhosas. Os fracos, os fortes, os subjugados.

Muitos choram à noite.

Há que se lutar por um mundo limpo, isento do mal.

Pedro zanza pelo pátio olhando para o sol até a visão se ofuscar. Um garoto lhe surrupia o relógio vagabundo do pulso.

"Peraí, como você faz isso?"

À noite, amontoados nos beliches, os detentos fingem dormir enquanto inspetores fazem a ronda. Depois que as luzes se apagam, os garotos voltam a conversar. Um deles acende a lanterna e prepara fileiras de cocaína num espelho pequeno, que guarda embaixo da cama. "Dormir, agora, nem pensar." Pedro aspira a droga. "Pu... puta que pariu, vou pe... perder mais uma", diz o garoto gago, resignado.

Pedro tira um bloco de papel de debaixo do travesseiro e eles começam a jogar batalha naval, falando baixo e iluminados pelo facho de luz da lanterna. Um terceiro garoto aguarda a sua vez de jogar preparando mais carreiras de cocaína.

O inspetor noturno acende as luzes de repente, vê o pequeno espelho largado no chão ao lado dos restos da droga.

"De quem é o pó?"

Os meninos permanecem quietos.

"Só vou perguntar mais uma vez: de quem é o pó?"

O po... pó é de to, to... todos eles.

Cada um passa três dias na cela do sossego, que é como os carcereiros chamam o cubículo abafado e mal iluminado. As horas se arrastam como lombrigas. Num sonho Pedro vê dragões vermelhos grafitados num muro branco e acorda assustado. Dois meses parecem dois anos. Os relógios não têm ponteiros. O Instituto Padre Severino não é bom pra tosse.

8. RIO, DEZEMBRO DE 1995

Victor aguarda encostado ao Monza na rua dos Maracajás. O som de um avião que acaba de decolar do Galeão faz revoar um bando de urubus. Pensando em sua tragédia pessoal, ele se compara a Itzak Rabin, assassinado em Israel minutos depois de discursar pela paz a milhares de pessoas. Paradoxos assaltam qualquer um.

Pedro sai pelo portão do instituto, pai e filho se cumprimentam com um abraço desajeitado que não ameniza as batidas descompassadas do coração de Victor nem disfarça as lágrimas acumuladas em seus olhos.

"Cadê a moto?"

Victor aponta nuvens carregadas: "Achei que ia chover".

O diálogo seco não consegue estancar a lava incandescente que parece escorrer das palavras.

No carro: "Gostou?".

"É horrível. Não quero voltar nunca mais. Levar porrada eu tiro de letra. O que eu não suporto é ficar trancado numa cela."

"Essa é a coisa mais leve que pode te acontecer nesse caminho. Daqui pra frente, se você insistir nisso, a barra vai pesar cada vez mais."

Pedro em silêncio, esquivo, olha para a frente.

"Vamos pra casa?", pergunta Victor.

"Me deixa na casa da mãe. Quero dar um beijo nela e nas minhas irmãs."

"Aprendeu muita coisa lá dentro?"

"Como assim?"

"Você sabe. Truques. Macetes de bandidagem."

Pedro fica quieto.

"Fala."

"Tem muito bandido lá dentro."

Segurando o volante com uma das mãos, Victor abre o porta-luvas e retira um par de algemas. Larga as algemas no colo de Pedro.

"Aprendeu a destravar algema?"

"Que conversa, pai."

"É a lição número um."

Victor volta a mexer no porta-luvas, encontra um grampo e o entrega a Pedro.

"Sabe destravar uma algema com um grampo?"

"Não."

"Como não? Tem que saber. Você não é durão? Não puxou cana com os delinquentes?"

"Não enche", diz Pedro.

"Da próxima vez eu venho de moto."

"Não vai ter próxima vez."

Em 1975 Victor estava escondido no segundo andar de um sobradinho no morro Dona Marta, em Botafogo. Integrantes do Esquadrão de Ouro observavam a movimentação em frente a uma mercearia. Munidos de binóculos e aparelhos de escuta, os policiais acompanhavam a chegada de um grupo de homens. Dois deles carregavam malas. Os homens bateram à porta e entraram na mercearia, já fechada ao público naquela hora da noite. Três homens permaneceram do lado de fora, atentos. Por uma janela os policiais observavam o que ocorria no interior da mercearia. Os homens que tinham acabado de entrar, emissários do traficante colombiano Rodríguez Gacha, conhecido como El Mexicano, confraternizavam-se com os traficantes do morro, embora uma desconfiança sutil pairasse no ar além do vento sudoeste. Colombianos abriram suas malas e colocaram sobre o balcão da mercearia uma grande quantidade de cocaína refinada. Brasileiros destravaram maletas de dinheiro e também as depositaram sobre o balcão. Dinheiro e droga lado a lado. Bandidos negociavam dentro da mercearia e guarda-costas permaneciam do lado de fora. Embora atentos, não desconfiavam de que a polícia estivesse tão próxima. Vick Vanderbill deu a ordem de ataque a seu grupo. Pelo walkie-talkie, avisou primeiro os homens do esquadrão infiltrados havia alguns dias na favela. Aos companheiros a seu lado, sussurrou: "Pau dentro".

9. RIO, 24 DE DEZEMBRO DE 1995

Na véspera de Natal, Monika, Verena e Pedro organizam a ceia desde cedo na cozinha. Pedro exibe suas habilidades gastronômicas: prepara as vinhas-d'alhos que encobrirão o lombo de porco que repousa na pia. Lúcia emerge de mais uma noite cheia de pesadelos à luz do abajur permanentemente aceso. Entra na cozinha como quem adentra o palácio das dúvidas.

"A ceia hoje é por nossa conta. O chef voltou pra casa", diz Monika, e movimenta o queixo na direção do irmão.

Lúcia fica feliz de ver os filhos juntos. Nem todas as tragédias do mundo vão conseguir anuviar sua determinação de lhes garantir a proteção materna. Depois do café os irmãos seguem com os preparativos. Tudo ajeitado, lavam a louça.

"Vou dar uma saída", diz Pedro, enxugando as mãos num pano de prato.

"Pra onde?", pergunta Verena.

"Encontrar a galera."

Monika olha para o relógio na parede.

"Onze e meia. Volta antes das três da tarde, porque a gente precisa terminar tudo."

"Antes do almoço já estou de volta. A que horas a gente vai almoçar?"

"Tem que ser um almoço leve", diz Verena.

"Uma hora", diz Monika.

"Antes da uma eu já voltei", diz Pedro. Despede-se das irmãs com beijinhos na boca, como sempre fazem.

"Uma hora", repete Monika.

Pedro se encontra com Leandro, Deco e o primo Otávio na esquina em que tudo acontece: Siqueira Campos com Nossa Senhora de Copacabana.

Eles se abraçam.

"Saudades, cara."

Estão felizes por se reencontrar, depois do tempo em que Pedro ficou internado no Padre Severino.

"Pintou uma parada maneira", diz Leandro. "No Roxy."

"É?"

"Parada boa mesmo. Daquela que dá pra comer e dormir depois."

"Tenho que ajudar minhas irmãs a fazer a ceia."

"Então", diz Leandro. "Rapidinho a gente vai e volta."

"Não vai tirar a minha fome?"

"Não, te garanto. O bagulho é dez, encantado. Vacilou, abre o apetite. Larica de pó, já sentiu?"

"Se não vai tirar a fome...", diz Pedro, apostando no improvável, como sempre.

Às três da tarde, Monika, Verena e Lúcia almoçam na cozinha. Monika olha insistentemente para o relógio.

"Cadê o Pedro?", pergunta Lúcia, sentindo as dúvidas da manhã se adensarem com o mormaço vespertino.

"Já vai chegar", diz Monika, tentando aparentar tranquilidade. "Estamos esperando ele pra terminar a ceia."

Lúcia olha para Verena, que finge não perceber o olhar da mãe. Continua comendo em silêncio o arroz com ovo.

O cine Roxy, no número 945 da avenida Nossa Senhora de Copacabana, é uma instituição do bairro. A sala foi inaugurada em 3 de setembro de 1938 com a exibição de *O bloqueio*, estrelado por Henry Fonda. Agora Val Kilmer incorpora na tela um homem-morcego sob a temperatura ártica dos cinemas cariocas.

Otávio vira-se para Pedro: "Aí, primo, tu é a cara do Robin".

Pedro se acha mais parecido com Val Kilmer do que com Chris O'Donnell. Aliás, se há um papel para ele, é o do Batman.

"O Robin é meio boiola, na moral", diz Pedro.

Leandro e Deco poderiam incorporar Jim Carrey e Tommy Lee Jones, ou melhor, Charada e Duas Caras. Rá, comédia.

Ninguém jamais descobrirá a sua identidade secreta.

"Tu é que parece com o Robin, Otávio."

Enquanto isso, o vidrinho com o pó passa de mão em mão. Ou melhor, de nariz em nariz.

"Gostosa essa Nicole Kidman."

Verena e Monika terminam de preparar a ceia sozinhas. O relógio é vigiado o tempo todo. Às oito da noite, Monika escuta batidas na porta da cozinha.

"Pedro."

De bermuda, camiseta sem manga e chinelo, ele tenta sorrir. Pela rigidez de seus maxilares, a irmã percebe que ele está sob efeito de algo relevante. De certa forma está mais parecido com um homem-morcego agora do que no início da tarde.

"Foi cheirar, cara? Na véspera do Natal?"

Pedro leva o dedo indicador aos lábios: "Tá tudo bem, tudo bem. Vamos terminar de preparar a ceia".

"A ceia já está pronta", diz Lúcia, surgindo na cozinha com seu timing aguçado. "Você almoçou?"

Pedro faz que não com a cabeça. Sente que Batman acaba de ser desmascarado.

"Então vai almoçar agora."

"Não, mãe, estou sem fome..."

Lúcia não dá ouvidos ao filho. A alimentação da prole está acima de tudo, o dever materno primordial, até mesmo para a mãe de um morcego. Faz um prato com lombinho, arroz e farofa. Pedro engole tudo a contragosto, com o auxílio da coca-cola. A larica do pó encantado é mais um mito de Copacabana.

10. RIO, FEVEREIRO DE 1996

Em Paris, o sepultamento de François Mitterrand tinha dado ao mundo, um mês antes, mais um exemplo da civilidade francesa: a esposa e a amante dividindo democraticamente o espaço à beira do caixão do ex-presidente. Tratados de não proliferação nuclear e o lançamento do Windows 95 pela Microsoft não são suficientes para apaziguar o espírito de Victor Lomba. Anoitece em Copacabana, quando ele toca a campainha do apartamento de Lúcia. Ela abre a porta e os dois se cumprimentam com frieza.

"Você queria falar comigo?"

"Entra", diz Lúcia.

"Cadê o Pedro?"

"É sobre ele que eu quero falar com você. Senta."

Victor se recusa a sentar: "Fala logo".

"O Pedrinho está cheirando cocaína."

Victor fica em silêncio por alguns instantes.

"Como você sabe?"

"Eu percebo as coisas, Victor. Faz tempo. Venho observando o comportamento do Pedro. Ele anda frequentando esses bailes funk, ladeira do Tabajaras, tem faltado às aulas, chega em casa com uma cara nervosa, não come nem dorme direito..."

Ela faz uma pausa.

"Outro dia, enquanto o Pedrinho dormia, olhei nas coisas dele. Descobri um saquinho plástico com o pó branco."

"Cadê o Pedro, Lúcia?"

"Está no quarto."

"Pode deixar. Vou ter uma conversa com ele."

Chegam diante do quarto, Lúcia tira uma chave do bolso e abre a porta.

"Oi, pai", diz o menino, despertando. Ele está preso a uma corrente. Victor vê restos de comida pelo chão.

"Você acorrentou o garoto, Lúcia? Não pode. Isso não resolve nada!"

"O Pedro está indo direto pra Tabajaras cheirar cocaína, ele não me ouve, eu precisei fazer isso. Não sei como ajudar esse menino, Victor! Ele não me respeita, grita comigo, e ele precisa aprender a me respeitar! Quero ajudar o Pedro, você não entende?"

Em 1975, os integrantes do Esquadrão de Ouro saíram rapidamente do sobrado no Dona Marta ao ouvir a ordem de Vick Vanderbill. Numa ação precisa e coordenada, invadiram a mercearia ao mesmo tempo que os homens infiltrados imobilizavam os guarda-costas dos emissários de El Mexicano no lado de fora da loja. Depois de uma rápida troca de tiros, os policiais renderam os bandidos. Dentro da mercearia, apontaram as armas para os criminosos, pegando-os de surpresa. Os traficantes levantavam os braços e os policiais observavam a grande quantidade de cocaína e dinheiro sobre o balcão.

"Todo mundo em cana!", gritava Vanderbill. "Mãos na cabeça, todo mundo de joelhos!"

Alguns policiais revistavam os bandidos em busca de armas, outros os algemavam. Uma lufada de vento obrigou um dos policiais a fechar as janelas abertas.

Victor se dirigiu a Vanderbill: "Posso chamar o resgate? Vamos precisar de um ônibus pra carregar todo mundo".

"Calma", disse Vanderbill.

Victor estranhou o tom de voz do companheiro. Vanderbill começava a contar o dinheiro sobre uma mesa.

"Tem muita grana aqui. *Muita* grana..."

Victor olhou para o amigo Castrinho, que permanecia com a arma apontada para os bandidos, ajoelhados e algemados. Castrinho desviou o olhar. Victor chamou Vanderbill num canto.

"Tá maluco, Vanderbill? Vamos levar esses putos presos logo."

"Victor. Você sabe quantos anos você tem que trabalhar pra fazer esta grana aqui? Um século, dois?"

Victor finalmente entendeu.

"Não é o dinheiro, Vanderbill. É aquilo lá", Victor apontou a droga sobre o balcão. "É errado." Victor foi até lá e pegou um punhado da cocaína: "Esta merda leva um sujeito pro buraco".

Os dois homens se encararam por um momento. Então Victor largou o pó e guardou a arma no coldre.

11. RIO, FEVEREIRO DE 1996

Victor e Pedro chegam em casa de moto. Entram pela cozinha, Victor fala num tom enérgico, delirante: "Agora mudou, Pedro. Você pisou na bola. A cocaína é uma merda. Eu já arrisquei a minha vida por causa dessa droga. Quase morri lutando contra essa desgraça. Explodi uma refinadora em plena selva uma vez. Agora o demônio quer se vingar de mim. Presta atenção, Pedro: você vai se foder. Essa droga te leva pro buraco".

"Pai, não é isso. Foi só uma onda que eu tirei."

"Não tem onda porra nenhuma. Fica quieto que eu vou falar. Não tem onda! Presta atenção! Estou cansado desse teu jogo. Você inventa uma coisa pra mim, outra pra tua mãe, e acaba fazendo o que quer, se envolvendo com gente duvidosa, frequentando a Tabajaras, usando droga."

"Não tem jogo nenhum, pai."

"Eu conheço aquela ladeira! Aquilo já foi o morro em que criavam cabritos!"

"Não tem jogo, pai."

"Tem, sim. Comigo, você é de um jeito. Finge que me obedece, que escuta os meus conselhos. Com a tua mãe você briga e não aceita nada do que ela diz."

Pedro fica em silêncio, desconcertado. É exatamente o jogo que ele faz.

"Criavam cabritos naquele morro. Sabe o que é isso?", Victor joga a chave de casa na mesa da cozinha. "Cabritos! Eu conheço tudo desses morros. Passei anos infiltrado ali com nome falso, escutando histórias. Fiquei por lá tanto tempo que cheguei a duvidar se o meu nome verdadeiro era Victor mesmo ou Dan. Conheci todos os nomes, Pedro."

"Por que você está me falando isso, pai? O que eu tenho a ver com os cabritos?"

"Eu conheço essa merda toda por dentro, Pedro! Vi a cocaína brotando daquelas vielas, na minha frente."

Os dois ficam em silêncio, se encarando. Os lábios de Victor tremem.

"Não sou teu dono, sou teu pai. Tá aqui a chave de casa. Ela é tua. Você vai entrar e sair desta casa a hora que quiser. Aqui ninguém vai te acorrentar."

Pedro olha o pai sem entender aonde ele quer chegar.

"Mas tem uma coisa, presta atenção: você vai precisar ter responsabilidade. Daqui em diante, vou te ajudar e você vai aceitar a minha ajuda. Tem que haver confiança entre nós dois. Confiança mútua, sabe o que é isso? Confiança e respeito."

Pedro concorda.

"Não quero você na rua de madrugada. Não quero você na favela. Não quero você cheirando pó. Estamos entendidos?"

"Sim."

"Não tem mais nenhum boneco pra sentir a dor no teu lugar. Chegou a hora de *você* sentir a dor."

Pedro pega o ônibus lotado a caminho do baile funk. Em termos de confiança e respeito, é o melhor que ele pode oferecer a Victor no momento. No trajeto os garotos batucam na lataria: *Parapapapapapapapapa/ Parapapapapapapapapa clack bum/ Morro do dendê é ruim de invadi/ Nóis, com os alemão, vamo se diverti/ Porque no dendê eu vô dizer como é que é/ Aqui não tem mole nem pra DRE/ Pra subir aqui no morro até a Bope treme/ Não tem mole pro exército, civil nem pra PM...*

No baile Pedro encontra os amigos.

Deco, Leandro e Otávio cantam e dançam. O Carnaval é nada perto daquilo. O batidão frenético, a vida latejando. Pedro olha para cima, girando, focando as luzes que piscam sem parar e o deixam zonzo. Numa das mesas, ainda girando na visão de Pedro, surge Mauricinho Botafogo, assaltante famoso. Mauricinho gesticula, cercado de amigos e garotas bonitas. Mauricinho exibe poder e arrogância velada. Pedro olha fixamente para o assaltante, um homem ao mesmo tempo doce e ameaçador. Mais ameaçador que doce, claro. Na medida certa para um bandido benfeitor. Na mesa, champanhe, uísque, camarão. Jaqueline é a namorada oficial: cabelão louro, argolas douradas, cílios postiços, subserviência controlada. Dentes brilhantes e bicos de seios para todo o lado. Em torno de Jaqueline as namoradas do segundo escalão. Uma delas tem dezessete anos. Pedro fica fascinado com a beleza da moreninha maquiada que ostenta brincos, pulseiras e anéis, como uma princesa do harém de Aladim. Aladim tinha harém? O que importa? A menina percebe os olhares de Pedro e retribui com sorrisos dissimulados. Ela lembra a Pedro um modelo de Barbie para assaltantes e traficantes. Leandro interrompe os delírios românticos do amigo: "Tá maluco? Quer morrer? Vai ficar dando em cima da mulher do Botafogo?".

"Qual é o nome dela?"

"Jaqueline."

"Não. A mais novinha."

"Qual?"

"A morena."

"Que diferença faz? Não é pro teu bico."

"Jasmim", alguém sussurra em seu ouvido.

12. RIO, JUNHO DE 1996

1996 é um ano bissexto. Victor não sabe se isso ajuda a explicar o desenrolar dos acontecimentos no primeiro semestre: às vezes ele acorda sobressaltado de madrugada, se levanta e vai até o quarto de Pedro. A fresta da porta entreaberta possibilita a visão do filho dormindo enrolado no lençol no beliche de cima. Victor se tranquiliza. Numa noite uma dúvida o impele para dentro do quarto. Aproxima-se do beliche, retira o lençol. O filho enrolara roupas e panos, simulando um boneco sob o lençol, e tinha escapado pela janela.

Pedro sempre dá um jeito de arrumar um boneco que sinta a dor por ele.

Victor desaba na poltrona da sala e adormece.

Pedro desperta o pai com a bandeja de café nas mãos, seus olhos azuis reluzindo como turmalinas lapidadas: "Já passa das oito! Vacilando, coroa? Não vai me levar pra escola?".

Victor deixa Pedro na escola e se despede com um beijo: "Volto à tarde pra te buscar".

Retorna à marcenaria, mas não consegue se concentrar. Olha o relógio, liga para Marisa, ela não está em casa. Vai até o computador, acende um cigarro, escreve frases que lhe parecem desconexas: *escrevo em busca das carpas coloridas. Me enredo nos cipós elétricos. No abismo eu viro o rosto. Não guardei apito pro juízo final. Espirro, esbirro, vitória de Pirro. Ganhei uma batalha, mas a guerra está perdida. O fardo, o gosto amargo do mel.* Ele não acredita em espiritismo, mas de certa forma compreende ali como Chico Xavier consegue escrever um livro.

Na hora do almoço vai buscar o filho. Permanece por intermináveis minutos montado na Kawasaki em frente ao colégio Maria Imaculada, aguardando. Ajeita o cabelo, acende um cigarro, assobia a melodia de "Pelados em Santos". Observa os alunos saírem. Alguns conversam, outros caminham solitários. Alguns têm pressa, outros não. Um casal se beija, a calçada se esvazia. Victor vai até o portão do colégio: "Você conhece o Pedro, meu filho?".

"Sei quem é", diz o bedel. "Pedro Dom. Saiu assim que o senhor deixou ele aqui, de manhã."

E a rotina emperra novamente.

Pedro volta a viver com a mãe.

Pedro se amarra no remix de Refugee Camp, dos Fugees. Ele e Verena deitados no sofá cantam com Lauryn Hill, Wyclef Jean e Pras Michel: *Fake bullets can't scar me, I can smell weak out like safari, Play you out like Atari, Sacrifice you Hari Kari.* À tarde ele pega onda com a galera da rua República do Peru. Praia do Diabo é um nome foda. Tem sempre um *swell* entrando pela pedra do Arpoador e produzindo marolas até o Leme. Depois do surfe passa no antiquário e pede uma grana para Lúcia. Ela o chama de vagabundo, ele empunha um candelabro de prata e a ameaça como se brandisse um tridente. Lúcia supõe que o filho está tendo um surto psicótico: "Demônio!", ela grita, e ele começa a rir. Assustar a mãe definitivamente é uma onda para quem acaba de voltar da praia do Diabo.

Pedro abre os olhos aos primeiros raios de sol. Sente a cabeça pesada como se ostentasse sobre o pescoço a carranca de um touro. Às vezes se imagina um minotauro anestesiado. Acaba de despertar de um sono induzido por calmantes e não faz a mínima ideia de onde está. Olha para os lados, se dá conta de que se encontra na clínica psiquiátrica em que Lúcia, com a ajuda do irmão dela, Lélio, o internara havia dois dias. Sente o calor do sol esquentar suas pálpebras. Percebe que está sozinho no quarto, vestido com uma camisola usada pelos internos. Com certeza não o Armani dos seus delírios, ele e o primo Otávio olhando meninas e vitrines, Pedro vendo a si mesmo no reflexo como o jogador Leonardo desfilando numa beca imaginária enquanto umedece calcinhas e dilacera corações femininos por onde passa.

Estou viajando ou foi aqui que meu pai nasceu?, pergunta-se.

Não há tempo para desvendar coincidências significativas. Levanta-se da cama e abre a porta. Sente-se confuso, envergonhado, ridículo e um pouco enjoado. Vê uma enfermeira de costas para ele debruçada num bebedouro. Ele escapa. Desloca-se zonzo por Botafogo com a camisola da Casa de Saúde Doutor Eiras. Pessoas na rua estranham a vestimenta. Sopra um vento frio, ele vai até a praia, deita na areia e espera a cabeça parar de girar. Alguns banhistas já estão por ali. Gente que corre na ciclovia, um homem que conduz um dálmata até a beira do mar, uma senhora que mergulha e nada para além da arrebentação. Às vezes Pedro tem a sensação de que está no lugar errado. Pega uma toalha estendida e a enrola na cintura. Desfaz-se da camisola, caminha até um orelhão. A aparência de um banhista comum não desperta mais suspeitas. É Victor quem vai buscá-lo de moto. Ele vai morar novamente com o pai.

Idas e vindas, zigue-zagues em labirintos, como nas premonições sombrias do oráculo da escuridão de Lúcia.

1996 é um ano bissexto.

13. RIO, AGOSTO DE 1997

Barra da Tijuca. Victor e Castrinho jantam na Pizzaria Fiametta.

"Eu nunca te contei um segredo, Lomba, mas chegou a hora."

"O quê?"

"O nome verdadeiro do Vanderbill era Vitório Vanderley."

"E daí?"

"Daí que o nome de batismo do Vanderbill era Vitório Vanderley, e ele achava esse nome ridículo. Devia pensar que parecia nome de cantor de jovem guarda, sei lá. O Vanderbill odiava os pais por isso. Era uma gente simples, de Cachoeiro do Itapemirim, o pai era açougueiro."

"E o Vick, carniceiro."

"O jovem Vitório devia imaginar que jamais seria respeitado com um nome daquele. Ainda no Espírito Santo, antes de vir para o Rio, já tinha mudado o nome para Vick Vanderbill. Eu, particularmente, considero Vick Vanderbill muito mais ridículo do que Vitório Vanderley, mas fazer o quê? O Vick tinha essa pretensão de ser playboy."

"Playboy assassino."

"O engraçado é que o nome que ele inventou para si mesmo era Vick Vanderbilt, como se fosse um descendente de Cornelius Vanderbilt, o milionário americano do século XIX. Mas como nem ele mesmo sabia como se escrevia Vanderbilt direito, acabou entrando para a história como Vanderbill mesmo."

"Entrou para a história como um policial corrupto e cruel."

"E pegador. Comeu muita mulher gostosa. Você fez muito bem de abandonar a polícia depois daquele evento no Dona Marta. Um policial deve prender bandidos, não ficar comendo atrizes de novela. Ou degolando mendigos e desocupados. Ou embolsando dinheiro de traficantes. Torturando subversivos. O Esquadrão de Ouro era uma farsa."

"Uma farsa sanguinária. E aquilo nunca foi um esquadrão de ouro; era o Esquadrão da Morte. Foi uma maldição na nossa vida."

"Eu ainda segui por mais uns anos. Me faltava a tua coragem."

"Não foi coragem; foi maluquice mesmo. E lembre-se: eu não saí da corporação; fui expulso. Eu podia ter morrido."

"É verdade, Lomba. Tu sempre foi um porra-louca do caralho. Sabe, a gente precisa fazer isso mais vezes. Trocar ideia, beber cerveja."

"Desde que começaram os problemas com o Pedro me isolei demais. Fechei a marcenaria, terminei com a Marisa."

"A vida continua, homem."

"É."

"Fechou a marcenaria. Está vivendo de quê?"

"Vendi por uma boa grana. Só o que eu tinha de equipamento era uma fortuna. Uma clientela valiosa também. O ponto. Dá pra levar por um tempo. Depois eu vejo o que faço. Apareceu a chance de entrar de sócio numa academia de dança."

"Ah, você não leva jeito pra dança, Lomba."

"Eu não vou dar aula de dança, porra. Vou ser um dos donos. Mas ainda não sei se entro nessa."

"Pra quem já foi do Esquadrão de Ouro, acabar numa academia de dança..."

"Presta atenção, Castrinho. Na vida o que vale é o momento. E neste momento eu não tô com cabeça pra fazer nada. Quero tentar salvar o meu filho, só isso."

"Você nem tocou na pizza."

"Já tinha comido dois pedaços".

"Posso?"

"Fica à vontade."

Castrinho pega a fatia de pizza no prato do amigo.

"Benzadeus, que apetite!"

"Tô gordo pra caralho."

"Invejo teu apetite."

"A minha barriga não, né?"

"Não."

"Sabe, Lomba, esses problemas passam. A garotada toda usa droga hoje em dia. Depois eles largam."

"O que tem me dado força para enfrentar essa situação é escrever."

"O que você anda escrevendo? Histórias de putaria?"

"Reflexões, Castrinho. Aforismos, impressões dispersas. Coisas que me vêm à cabeça. Lembranças da época em que vivi infiltrado no Dona Marta com o codinome de Dan. Bobagens, no fundo. Parece loucura. Não acredito em espiritismo, nada disso. Mas é como se alguma coisa tomasse conta de mim. Eu sento no computador e começo a escrever. É como se eu conseguisse, pela escrita, transformar o Victor e o Dan na mesma pessoa."

"Papo brabo. Eu não preciso de escrita nenhuma pra saber que o Victor e o Dan são a mesma pessoa."

"Você não entende. Quando chegar em casa, agora, você acha que eu vou dormir? Ou ver um filme na TV? Eu vou escrever, Castrinho."

"E eu vou cagar. Comi feito um porco."

"Não sei por quê, mas me lembrei agora de uma vez que eu estava colocando munição numa automática de nove milímetros, acho que era uma Walter. Nunca vou me esquecer do olhar de admiração do Pedro enquanto eu mexia na pistola. Ele devia ter uns nove anos."

"Por que carregar a pistola na frente de um moleque de nove anos, Victor? Às vezes eu não te entendo."

"Eu também não. Por isso eu escrevo."

Em casa, logo que abre a porta, Victor pressente algo errado. Acende as luzes da sala e percebe que o computador não está mais em cima da mesa. Aliás, o computador não está mais em lugar nenhum.

14. RIO, AGOSTO DE 1997

Ele observa as pessoas enquanto sobe o morro. Vê cumplicidade nos olhares delas. Cumplicidade que ele não encontra mais lá embaixo, no asfalto. Minha vida está perturbada, pensa. Meus pais me enchem a cabeça, conclui, enquanto sobe as escadarias. Fora a vista, muito mais bonita lá de cima. Eu não sou um demônio, sussurra para si mesmo. Nem um viciadinho de merda. Dali as luzes da cidade cintilam como no desenho do Peter Pan.

Subindo o morro, Pedro Dom não se sente mais um minotauro deprimido. Reza para que ninguém apareça para assaltá-lo. Só faltava essa. Estamos na selva, certo? Vida real. Aqui não tem Sininho nem Rei Leão. Quem manda aqui é o Pé de Vento... Dá um rap: *Voa bem alto, eu te dou a linha/ Mas não me dá um guenta, não/ Na Terra do Nunca e na laje de cimento/ Eu sou a família eu tenho a farinha/ No morro não tem Sininho nem Rei Leão/ Quem manda aqui é o Pé de Vento Pé de Vento Pé de Vento.*

No alto do morro, Pedro entrega o computador ao traficante Rogério Pé de Vento: "Essa merreca não paga a dívida, Lourinho. Vai ter que se esforçar mais".

"Qual é, Rogério, esse computador é top de linha. Meu pai deu um duro danado pra comprar essa porra."

"Roubando do pai, Lourinho? Coisa feia..."

"Eu não roubei. Ele me emprestou."

"Dessa vez tá arregado. Teu pai é trabalhador. Faço isso por ele, respeito pai de família. Na próxima vai ter que apresentar coisa melhor."

Pé de Vento tira um sacolé do bolso: "Vai uma graminha?". Pedro hesita.

"Tu tá com crédito, vamos abrir uma conta nova."

"Valeu, Pé. Tu é sangue."

"Agora vaza, Lourinho. Vai cheirar teu pozinho longe daqui. Cansei dessa tua carinha fissurada."

Em 1970 Dan e três agentes do serviço de informação caminhavam pela selva boliviana. Dan comandava o grupo na operação denominada Comando da Bruxa. Os homens vestiam poncho marrom, como os habitantes da região, para não despertar suspeitas. Chegavam a uma clareira onde funcionava um laboratório rudimentar de refinamento de cocaína coberto por uma grande lona verde.

"Eles cobrem pra que os aviões não identifiquem", Dan comentou com um dos agentes, enquanto levantavam a lona. Dois homens surgiram assustados, índios cooptados pelo tráfico. Um dos agentes sacou a pistola, os índios fugiram para o mato.

"Vamos logo", disse Dan. "Antes que voltem com mais gente."

Eles acoplaram explosivos ao laboratório e aos galões com produtos químicos. Afastaram-se e prepararam o dispositivo para detonar a explosão.

Dan baixou o binóculo e conferiu o relógio. Um vento frio anunciava a tensão no ar. Os agentes estavam inquietos e ansiosos. Um mosquito picava o rosto de Dan e ele se desvencilhou do inseto com um tapa: "Merda! Mosquitos do caralho. São piores que os de Nilópolis".

"Nilópolis?", perguntou um agente.

"Fiz um curso de preparação lá uma vez. Os piores mosquitos que eu já vi. Monstros. Nem na Amazônia encontrei nada igual."

"Desculpa, Dan. Em Nilópolis não tem mosquito", insistiu o agente.

"Claro que tem. Em qualquer lugar tem mosquito. Os de Nilópolis são os piores."

"Não tem mosquito em Nilópolis."

"Claro que tem. Até em Paris tem mosquito."

"Nasci em Nilópolis. Nunca fui picado por um mosquito."

Neste instante um mosquito picou o rosto do agente.

"Agora foi", disse Dan. Consultou o relógio novamente: "Cinco e cinquenta e seis. Quatro minutos para o início da operação".

Em casa, Pedro acende a luz da sala e se depara com Victor sentado no sofá.

"Ainda bem que eu tinha o computador pra pagar tua dívida de otário." Victor se levanta da poltrona e eleva o tom de voz: "Pois é isso que você é. Um otário!".

"Vai me bater?"

"Vou te internar."

15. CAMPINAS, 1998

Oi, pai, tudo bem? Comigo está tudo bem. Recebi hoje os selos e os envelopes. Você é a primeira pessoa para quem estou escrevendo. E gostei muito quando vi você chegando primeiro, as duas vezes que veio...

Gosto quando vem me ver. Só que eu gostaria que você e a minha mãe se falassem, pois, pense bem, agora eu estou aqui na fazenda, só que eu logo estarei na casa de apoio e gostaria de passear com os dois juntos. Mas vem de vocês, e eu não posso mudar vocês.

Se eu pudesse, mudava era o meu passado.

Pai, me desculpa pelas coisas materiais que tirei de você. Eu hoje sei que não tinha esse direito, mas sei que um dia vou poder te devolver. De repente, não com o material, mas com o espiritual, com o orgulho de ter um filho normal mais a felicidade, a paz interior e o carinho que eu nunca te dei...

Te amo, te amo, te amo, te amo, te amo, te amo, te amo, te amo.

Obs.: se eu fosse continuar a escrever, não teria folha suficiente para escrever. Te amo muito. Se der para trazer uma Playboy na próxima visita, eu agradeço (não deixa ninguém ver). Ah, estou precisando de um chinelo e de um boné pra ficar no sol.

Não passei a limpo porque perde o tesão do momento. Te amo. Do seu filho, Pedro.

Na clínica para recuperação de dependentes químicos, Pedro ouve palestras, faz exercícios e ajuda a cultivar verduras e legumes na grande horta coletiva. Destaca-se nas atividades e sente orgulho disso. Trabalha como ajudante de cozinha, prepara pratos saborosos, é elogiado pelas cozinheiras. Socializa-se com os outros internos. Ajuda a limpar os estábulos. Vira uma espécie de líder dos garotos mais inseguros e fracos. Pedro dá conselhos e dicas. À noite se deita num colchão duro de crina de cavalo, fuma um Marlboro e se masturba olhando as fotos de Sheila Melo na *Playboy*. Depois vira para o lado e dorme.

O poder da doutrinação é grande: o que os olhos não veem o coração não deseja. Ali a rotina tem a força de uma correnteza.

Victor visita Pedro na casa de apoio. Antes de receber a alta definitiva, internos da clínica passam um tempo numa casa na cidade paulista de Campinas, onde se readaptam aos poucos à vida em sociedade.

Pai e filho saem para dar uma volta. Param numa esquina, Pedro aponta um sujeito que vende morangos numa barraquinha.

"Tá vendo aquele cara? Todas as manhãs vem um caminhão que abastece ele de novas frutas e leva embora as que já estão passadas. Ele paga ao dono das frutas um e cinquenta pelos morangos frescos e depois revende por dois e cinquenta. Sobra um real livre pra ele. Se vender oitenta caixas por dia, ele faz dois mil e quatrocentos por mês."

"Um negócio honesto", diz Victor.

"Honesto mas péssimo. O cara é um idiota só que o patrão dele não. O patrão tem sessenta pontos de venda de morangos na cidade, só compra do produtor. Paga cinquenta centavos por caixa e ganha líquido um real por unidade vendida. Com isso ele ganha sessenta vezes dois mil e quatrocentos, o que dá cento e quarenta e quatro mil por mês. Se gastar a metade com a manutenção dos caminhões e os salários dos que trabalham pra ele, mais o suborno dos fiscais e a propina da polícia pra ter a exclusividade do negócio na cidade, vai fazer setenta e dois mil por mês, por baixo. Com a vantagem de que não paga imposto."

"Onde você aprendeu tudo isso? Na escola, na clínica ou no Padre Severino?"

"Sobre morangos?"

"Sobre negócios."

"Em lugar nenhum. Tenho tudo aqui na minha cabeça."

Mais tarde os dois se despedem.

"Daqui a duas semanas eu recebo alta definitiva. Você me pega, a gente volta pro Rio e começamos nosso negócio de morangos."

"Fechado", diz Victor.

Os dois se abraçam. Victor tira do bolso uma pedra dourada, uma pirita.

"Olha aqui, presta atenção, esta pedra não tem nenhum valor material, é uma pirita, conhecida como ouro de tolo. Eu não acredito em misticismo nem nada disso, mas esta pedrinha tem um valor espiritual pra mim. Agora ela é tua."

Victor a entrega a Pedro.

"Vai ser como um amuleto pra você. Uma pedra pra te dar sorte quando você precisar. E pra lembrar de mim. Lembrar que eu estou sempre do teu lado."

"Obrigado, pai", diz Pedro, guardando a pirita no bolso.

"Te amo, filho."

"Para com isso."

16. RIO/ CAMPINAS, AGOSTO DE 1998

O ronco do ônibus deveria embalar o sono, mas Lúcia desperta um pouco mais a cada quilômetro percorrido. Há quinhentos a serem vencidos em mais que as seis horas de praxe, devido ao trânsito intenso na saída do Rio na sexta-feira à noite. Se um rosário tem cento e sessenta e cinco contas, basta que ela reze duas ave-marias e um pai-nosso por quilômetro para que os mistérios gozosos, dolorosos e gloriosos sejam todos contemplados. Mistérios demais para seu gosto. Já bastam todos os que a vida lhe apresenta cotidianamente.

Monika e Verena saberão cuidar da casa por dois dias.

Vão se aplicar na preparação de tudo para a volta do filho pródigo. Lúcia dirá às duas antes do almoço de domingo: "Filhas, vocês sempre estarão comigo, e tudo que é meu é de vocês. Entretanto, cumpre nos alegrar e regozijar, porque este seu irmão era morto e reviveu, estava perdido e se achou".

Vai dar certo agora, ela brada mentalmente, e relembra o grande movimento perto de sua casa na rua Paula Freitas há pouco mais de um ano: jovens aglomerados no ponto de ônibus à espera dos carros que os conduziriam ao baile funk. Lúcia passava devagar pelo ponto, observando a garotada. Como não encontrava o menino, pegou um táxi rumo ao morro da Mangueira. Rodava por algumas ruas, até que viu um ônibus cheio em que se cantavam gritos de guerra. Notou um rapaz de pé em cima da capota do ônibus em movimento. Sem camisa, fazia manobras de surfe com o corpo, dobrando as pernas e esticando os braços. Era aflitivo. O rapaz poderia cair a qualquer momento. Lúcia apertou os olhos e se certificou do que já desconfiava: o surfista no ônibus era seu filho. Ela sentiu ímpetos de saltar do táxi, ajoelhar-se no meio da rua e implorar que o ônibus parasse.

Não conseguiu, no entanto. E se o menino desabasse lá de cima justamente por obra do tranco que o ônibus daria ao frear de repente?

Pediu ao táxi que voltasse para Copacabana e aguardou no escuro o filho voltar para casa.

Victor chega a Campinas na manhã ensolarada de domingo. A cidade está vazia, quase não há movimento nas ruas. O rádio toca uma música de Roberto e Erasmo: *Preciso acabar logo com isso/ Preciso lembrar que eu existo/ Que eu existo, que eu existo...*

Victor estaciona o Monza, consulta o relógio, corre até a casa de apoio da clínica de recuperação. Na sala de entrada, uma secretária o informa de que Pedro Lomba Machado Neto havia deixado a casa no dia anterior.

"Não é possível. Eu sou o pai dele, vim buscá-lo."

A moça consulta um arquivo de registros e retira um papel: "Aqui, senhor, pode ver a assinatura. Ele foi embora com a mãe ontem à tarde. O senhor aceita uma água?".

Victor sai à rua. Caminha um pouco e senta na calçada vazia, no mesmo lugar em que Pedro lhe mostrara o vendedor de morangos duas semanas antes. Acende um cigarro, o sol atinge seu rosto e ele franze os olhos.

17. RIO, SETEMBRO DE 1998

Pedro Dom cheira uma carreira de cocaína.

O ambiente na Bunker é frenético: luzes coloridas e porradaria sonora em volume surreal: tunts tunts tunts tunts tunts tunts tunts tunts...

Pedro gosta de olhar aquelas luzes piscando. Estava com saudades. A galera toda ali, Jaqueline, Copa, Bibi, Leandro. Pedro se dá bem com eles. Seu carisma é grande, começa a se tornar uma figura conhecida com quem todos simpatizam. É o Lourinho. Os efeitos dos meses sóbrio na clínica em Campinas se desvanecem em poucas horas: os hábitos antigos já foram retomados. O ciclo repetitivo se instala novamente.

Aquele é um ambiente onde Pedro se sente bem: livre de cobranças, eufórico, com uma avalanche de possibilidades pela frente. Cascatas de gente, alegria inconsequente, mulheres tesudas e droga barata. Pedro vê Jasmim. Ela está mais madura, linda. E o melhor: não está acompanhada de Mauricinho Botafogo. Pedro e Jasmim dançam. No começo ele hesita, teme que Mauricinho ou algum de seus comparsas apareça para tomar satisfação. Mas a atitude de Jasmim, encorajadora, acaba estimulando Pedro a se aproximar cada vez mais. Estão muito próximos. A boca de Jasmim quase colada em seu ouvido, o cheiro de Halls Mentoliptus entrando pelo crânio. Ela sussurra: "Vamos sair fora".

"Tu com essa pinta de playboy me levando pra passear de ônibus."

"Eu não sou o Mauricinho Botafogo."

"Sorte tua. Ele está em cana."

"Então é por isso que tu tá me dando mole."

"Qual é, playboy? Se achando?"

"Tu aceitou meu convite pra passear de ônibus."

"Tu é diferente."

Descem do ônibus na avenida Atlântica. Caminham pelo calçadão de madrugada. Esbarram em travestis, prostitutas, turistas sexuais e um mendigo que caga na calçada. Param em frente à boate Help e se misturam à fauna de celebridades, garotas de programa, cantores de pagode e jogadores de futebol.

"Não tenho bala pra entrar. O que eu tenho de grana não paga nem uma cerveja aí dentro."

"Vamos pra praia então."

Sentam perto da água, ondas molham seus pés.

"Gosto de ti, Lourinho."

"Não sei se gosto de mim."

"Que bobagem. Por que não?"

"Porque eu sei como fazer as coisas direito, mas prefiro fazer do jeito errado."

"Boiei. Se sabe fazer direito, por que prefere fazer errado?"

"É mais emocionante. Não consigo me controlar."

"Na vida a gente tem que tomar decisões, gatinho."

"Eu sei. Mas os meus pais... tenho pena deles. Não entendem minha cabeça. Nunca entenderam."

"Nenhum pai entende. E o meu, que eu nem conheço?"

"Acabei de sair da clínica e já estou aqui, cheirando pó, fazendo dívida que eu não vou poder pagar."

Jasmim estende o braço e abre a mão sobre a cabeça de Pedro.

60

"Qual é?"

"Quieto", ela diz. "Estou te dando um passe." Fecha os olhos, rezando. "Pra tirar esse encosto."

"Não acredito em macumba", ele diz.

"Umbanda. Não faz mal que não acredita. Funciona mesmo assim. Tu precisa arrumar uma grana, Lourinho. Fazer patrimônio."

"Não é isso. Eu me garanto, acabo dando um jeito de arrumar o dinheiro. O que me deixa bolado é ver que meu pai não entende que a minha onda vai além da droga. Uma onda diferente, sabe? Pra tirar a cabeça do mundo preto e branco. Meu pai não entende isso. Nem minha mãe. Aliás, não entendem nada. Ficam presos no mundinho deles, nas briguinhas deles, e não me deixam voar. Meu pai tem a fantasia maluca de livrar o mundo das drogas. Ele sabe que é impossível, mas fica brigando, lutando contra moinhos de vento que nem aquele maluco das histórias."

"Que maluco?"

"Dom Quixote."

"Mais um motivo pra você pular fora da aba dele. Procura um meio de fazer a tua própria grana. Esse papo de Dom Pixote tá queimado, brother. Desenho velho, morou?"

"Vou abrir um negócio de venda de morangos com meu pai."

Jasmim ri: "Vender morango? Com o Dom Pixote?".

"Quixote."

"Com essa pinta? Você pode fazer coisa melhor, Lourinho. Pode até trabalhar em novela se quiser. Vem cá."

Beijam-se. Pedro se deita sobre Jasmim. Estão excitados, se abraçam sem se importar com a areia e a água. Jasmim abre o zíper da calça de Pedro, chupa seu pau demoradamente. Depois pede: "Mete aqui, Lourinho. Me faz gozar".

Tudo se passa como uma convulsão durante uma sequência de sete ondas. Depois ficam deitados olhando o céu.

"Tu não tem medo que algum homem do Mauricinho venha te pegar?"

"Não. Eu não tenho medo de nada. Também não sinto dor." Estende o braço para Jasmim. "Belisca. Pode beliscar com força."

Jasmim belisca.

"Morde."

Jasmim morde.

"Viu? Não sinto nada."

"Por que você não sente dor?"

"Porque eu não tenho medo de nada. E dor e medo andam juntos."

"Mas sente pena dos teus pais, e sentir pena dói." Jasmin faz uma pausa, olha o mar. "Sai dessa, Lourinho. Pena é perda de tempo, um sentimento inútil que não vai te levar a lugar nenhum. Na vida a gente tem é que pensar no momento. E ser feliz do jeito que der."

O céu começa a clarear.

"Você deve ter medo de alguma coisa. Impossível não ter medo de nada. Isso é lorota."

"Tenho medo de avião. Ficar fechado naquela lata, descaralhado lá no alto. Deus me livre."

"O que você tem é medo da prisão."

"Não é medo. É diferente. Prisão é a minha kriptonita."

"Que bagulho é esse?"

"Não conhece o Super-Homem?"

"Bora", diz Jasmim se levantando. "Nasceu o dia. Olha o que eu virei: um croquete molhado. Só tu mesmo pra me fazer passear de ônibus e depois trepar na praia. E ainda ficar me falando esse monte de coisa. Que mané Super-Homem. Vai se acostumando não, Lourinho. Sou uma mulher cara."

Jasmim se afasta pela areia: "Vai ter que vender muito morango".

18. RIO, OUTUBRO DE 1998

Victor se remexe na poltrona da sala sem conseguir dormir. Lá estava um paradoxo concreto: ele havia passado a vida inteira lutando contra a droga e agora era incapaz de tirar o próprio filho do vício.

Olha o relógio e as horas não passam. Apesar do ar-condicionado ligado, sua profusamente. Ira e ansiedade o inquietam. Sabe que não conseguirá relaxar antes que Pedro volte para casa.

Sabe também que Pedro talvez não volte.

Vai até o quarto, abre uma gaveta e vê a Colt 45 municiada dentro do coldre de couro negro engraxado. Faz menção de pegar a arma, mas desiste. Fecha a gaveta, apaga a luz, bate a porta. Victor sabe que traficante não mata pai de viciado. Traficante respeita o pai do viciado. Em primeiro lugar porque não quer perder o cliente — quem banca o viciado menor de idade é o pai. Em segundo, porque não quer confusão no morro. Polícia subindo, jornal escarafunchando os negócios. Isso não interessa. Ele é o pai e tem salvo-conduto nas bocas de droga.

Victor monta na Kawasaki e parte em velocidade. Atravessa boa parte da cidade até a ladeira dos Tabajaras. Àquela hora da madrugada não é prudente entrar em qualquer comunidade. Mas o ex-tira está decidido. Não foi expulso da corporação à toa. Teme apenas sua própria determinação e coragem.

Logo no pé da ladeira, um comando da polícia intercepta

Victor e sua moto. Ordenam que pare, apontam rifles e metralhadoras para sua cabeça.

"Indo pra onde, chefia?"

"Chefia o caralho! Cadê o Lourinho? Eu sou o pai do Pedro, tô atrás do meu filho!"

"Documento, patrão", insiste um dos policiais, sem baixar a guarda.

"Tô desarmado, porra!" Victor, à beira do descontrole, levanta a camiseta e deixa à mostra o peito nu. "Já fui do Esquadrão de Ouro, já fui da polícia, sei como esta merda funciona! Meu filho lá em cima cheirando pó, e vocês aqui embaixo esperando pra pegar o dinheiro dele! O moleque roubando em casa pra sustentar o vício, e vocês aqui prontos pra dar o bote! Seus merdas! Eu sei como funciona o esquema!"

"Calma, doutor", diz o tenente que comanda a operação. Ele ordena que seus homens baixem as armas.

"Doutor é a puta que o pariu! Me prendam então! Vamos pra delegacia! Ou me matem, porra! Podem me matar! Me matem, porra! Acabem logo com o meu sofrimento! Ou saiam da frente e me deixem salvar meu filho."

"Calma", repete o tenente, abrindo caminho para que Victor siga até o cume do morro.

Victor prossegue sua peregrinação desesperada, sobe e desce, sobe e desce, passa por policiais e traficantes, pergunta pelo Lourinho.

Lourinho não aparece.

De manhã Victor se larga no sofá da sala e dorme. É despertado horas depois por Pedro, que traz o café da manhã numa bandeja: "Pô, pai, você deu o maior esporro lá no morro ontem. Fiquei sabendo".

"Quase morri por tua causa."

"Maneiro. Fiquei orgulhoso."

"Tá na hora de *você* me dar um motivo para eu ficar orgulhoso."

Pedro não diz nada.

"Você ainda vai me matar, filho. Sobrevivi no meio de traficantes e de terroristas, mas não vou sobreviver a você."

Pedro continua quieto, Victor começa a sentir o sangue borbulhar:

"Você está me ouvindo, Pedro?"

Victor se levanta do sofá: "Eu ainda vou morrer por tua causa, moleque!".

"Pô, pai, eu estou tentando parar com isso."

Victor começa a espancar o filho. Tem os olhos e as faces vermelhas, está descontrolado, desce a porrada.

"Eu não vejo você tentar, porra!"

Pedro apanha resignado, não reage.

19. RIO, NOVEMBRO DE 1998

Pedro e Ruth recebem o neto e a namorada para o almoço. Na mesa trocam palavras com Jasmim. Dona Ruth é a que menos fala. Observa os modos da menina que o neto apresentara como namorada. Bonita, muito bonita, mas obviamente de outra classe social. Uma menina pobre, nascida no morro. Como pode ostentar tantas joias?

Pedro Dom prepara a comida na cozinha. O avô, menos crítico que a esposa, entretém a menina com algumas perguntas: "Você estuda?".

"Completei o primeiro grau, mas parei. Tive que ajudar em casa, não deu pra continuar o estudo."

"E você trabalha com o quê?"

"Sou secretária. Trabalhei numa academia de ginástica, mas estou desempregada no momento."

Dona Ruth olha fixamente para Jasmim. Deixa claro que não cai na conversa da menina. Gostaria de perguntar como ela conseguiu comprar os brincos e colares que está usando. Pega um pedaço de pão, desinteressada da conversa.

"Hoje em dia está muito difícil arrumar emprego", contemporiza seu Pedro.

"É", concorda Jasmim. "Estou procurando trabalho, mas tá sinistro."

"Ei, podem parar com o interrogatório, o rango chegou", diz Pedro, trazendo a travessa de macarronada.

"Rango?", pergunta Ruth.

"O cheiro tá bom", diz Jasmim.

Ruth mastiga o pão enquanto Pedro serve os pratos.

Durante o almoço, num momento em que seu Pedro e Jasmim conversam sobre uma novela de TV, dona Ruth sussurra ao ouvido de Pedro Dom: "Como é teu nome?".

"Como assim, vó? Pedro."

"O nome inteiro."

Pedro percebe que a avó está inconformada com alguma coisa.

"Pedro Machado Lomba Neto."

"Vê lá o que você vai fazer com o nome do teu avô", alerta.

Pedro Dom e Jasmim transam no motel. Ele vê a namorada refletida nos espelhos, e a visão aumenta sua excitação. Sem interromper o ato, Pedro inala por um canudo algumas fileiras de cocaína. Oferece a Jasmim, que também cheira. Ele coloca o prato com o pó no chão e volta a desfrutar da parceira com paixão furiosa.

Depois de gozarem, os dois permanecem na cama. Olham em silêncio para suas imagens refletidas no espelho do teto.

"Vamos ter que dar um jeito de sair sem pagar", diz Pedro.

"Que miséria, Lourinho. Tá sem grana?"

Pedro fica quieto.

Jasmim se vira sobre ele e o beija na boca.

"Bocó. Hoje quem paga sou eu."

"Não é certo a mulher pagar motel."

"O que não é certo é ficar trepando na praia, com areia entrando por tudo quanto é buraco. Pode dar doença, sabia?"

"Eu vou dar um jeito."

"Vai fazer o quê? Roubar alguma coisa do papai? Ou da mamãe? Vai vender morango? Vou te levar no centro, tu tá precisando de um descarrego."

"Não fode, Jasmim. Agora eu faço parte, sou soldado do Copa, dou cobertura pra ele na Tabajaras."

"Fala sério. Soldadinho de traficante? Igual àqueles perebinhas da favela? Descalço, sem camisa e com um berro enfiado na cintura do bermudão? Empinando pipa pra avisar a diretoria que o Caveirão tá subindo o morro? Ó o Caveirão aí, vamu fortalecê! Coisa mais brega, Lourinho." Jasmim pega o prato com a cocaína. Cheira mais uma carreira e oferece a Pedro, que aspira a última.

"Escuta aqui, garoto, a gente pode trabalhar junto, podemos fazer uma grana incrível, vai dar pra dormir toda noite em motel."

"Que papo é esse?"

"Depois que o Mauricinho foi em cana, o bando ficou desarticulado. Só tem prego ali, ninguém funciona sem um líder, neguinho é tudo comédia. Tu é bacana, tem pinta de playboy e lábia de doutor. Eu tenho a experiência, conheço os esquemas.

Assaltar residência é a maior moleza, é tudo serviço dado, garantido. E rende muito mais do que fazer segurança de traficante. E é menos perigoso."

"Eu não sou bandido, Jasmim."

"Não? Qual é a diferença entre roubar a casa do teu pai ou outra qualquer?"

"Não quero ser preso."

"Bandido rico não vai preso, só pé de chinelo puxa cana. Liberdade é uma coisa que se compra."

"O Mauricinho Botafogo está preso."

"Porque ficou famoso. Bandido rico só vai em cana se ficar famoso. O Mauricinho vacilou, achou que estava acima do bem e do mal. Deu mole, começou a querer sair em revista de celebridade, ir a programa de televisão, aparecer em ONG de gringo, essas paradas..."

"Não quero machucar ninguém."

"Tu não precisa machucar ninguém, Lourinho! É só trabalhar com a cabeça."

"Também não estou a fim de *me* machucar."

"Tu não sente dor, qual o problema de se machucar?"

Jasmim dá uma mordida no peito de Pedro.

"Aii!"

"Ué, doeu?"

"Foi o susto."

Os dois voltam a foder, e agora ela pede que ele a penetre por trás. O tesão é surreal. Depois Jasmim adormece, mas Pedro fica ligado. A droga não o deixa dormir. Pedro olha sua imagem refletida em vários ângulos no espelho do teto do quarto. Assaltar residências talvez não seja um crime tão escroto quanto traficar drogas, afinal de contas. Nenhum demônio enviando crianças inocentes para o inferno. Seu pai não vai ficar tão puto. Robin Hood não roubava dos ricos pra dar pros pobres? É um herói. Tá certo que devia sobrar algum pra enrabar Lady Marian no motel e pra servir champanhe, uísque e camarão pro João Pequeno, Frei Tuck e o resto da galera de Sherwood. É preciso participar. Fazer a diferença, pertencer. Pedro Dom apaga a luz do abajur com um safanão e fecha os olhos. Não gosta de se ver multiplicado no espelho. Às vezes tem a sensação de que está no lugar errado.

20. RIO/ PORTO ALEGRE, SETEMBRO DE 1999

Ele gosta de pensar que foi salvo da morte por Cosme e Damião na noite em que um táxi o atropelou em Copacabana, quando ele tinha quatro anos. Seus pais contam que ele nasceu no dia de um jogo entre Flamengo e Botafogo. Vermelho e negro o acompanham desde então como uma sina, fogo e escuridão se alternando continuamente.

Quando os adolescentes Eric Harris e Dylan Klebold entram na escola, matam treze pessoas, ferem outras vinte e quatro e depois se suicidam, numa grande apoteose midiática, ele se pergunta por onde andam Cosme e Damião. Imagens de Eric e Dylan em todas as televisões e jornais perturbam Pedro Dom por algumas semanas.

Cinco meses depois, em setembro, ele está na Cantina Villar, na rua Paula Freitas, com Jasmim, Lico e Boca Mole.

"Porto Alegre?", alguém pergunta. "Por que Porto Alegre?"

E ele pensa no massacre de Columbine.

Na casa do bairro do Rocha, as meninas se encontram com o pai.

"Ele não apareceu?", pergunta Verena, ansiosa.

"Não", responde Victor.

"Nem ligou?"

"Nada."

"Na casa da mamãe também não deu as caras", diz Monika.

As meninas colocam o bolo e os brigadeiros sobre a mesa, Victor observa pela janela os salgueiros no gramado descuidado.

"Hoje de manhã, lembrei do aniversário dele de dez anos ali no quintal."

"Vamos cantar parabéns", diz Verena. "Onde ele estiver, vai sentir."

"Verê, pelo amor de Deus", repreende Monika. "Tá maluca? Que coisa deprimente."

"Eu quero cantar. O Pedro está fazendo dezoito anos. Ele vai sentir nosso carinho."

"Ridículo, Verena. Vamos embora. Que situação patética."

Victor pega na mão das filhas, contemporiza.

"Deixa ela, Monika. Vamos cantar. Não custa nada."

Victor e Verena entoam "Parabéns" timidamente, Monika se recusa a cantar e começa a chorar. Victor e Verena interrompem o canto, os três se abraçam.

A imagem dos rostos de Eric Harris e Dylan Klebold passa rapidamente pela cabeça de Pedro no momento em que ele introduz a chave mestra na fechadura da porta do apartamento do bairro Menino Deus, em Porto Alegre.

Apartamento 204.

Menino Deus, ele pensa, que nome bizarro para um bairro.

Como em toda estreia, pensamentos sem sentido e secura na boca somam-se a frêmitos inesperados no estômago e intestino.

Por um momento imagina Cosme e Damião como Eric

Harris e Dylan Klebold. Eles brandem uma bandeira enorme do Flamengo.

Pedro, Jasmim, Lico e Boca Mole entram pela sala escura.

Aquilo, de certa forma, lembra o início de uma volta num trem fantasma.

"Minha mãe tem pavor de escuro", sussurra Pedro sem controlar a euforia.

"Pssss!", faz Jasmim, incisiva, levando o indicador aos lábios.

Melhor esquecer o massacre de Columbine, os temores de Lúcia, a bandeira rubro-negra. É hora de demonstrar alguma reverência. E fazer silêncio. Sua vida profissional se inicia naquele instante. Um momento grave, imponente.

Depois que se acostumam à escuridão, os vultos se movem pelo apartamento até um corredor.

"O último quarto", sussurra Jasmim.

Entram no aposento, Jasmim indica um armário grande de mogno negro. Pedro abre a porta espelhada do móvel, Jasmim procura um fundo falso numa das gavetas, onde encontra o maço de dólares e a caixa de joias.

No fim, tudo corre muito rápido, como quando se termina uma descida no tobogã.

21. PORTO ALEGRE, OUTUBRO DE 1999

Lico dirige o Golf pela BR116 numa manhã quente de céu azul sem nuvens. Ao lado dele, Pedro Dom encara a estrada com olhar perdido, a mente longe dali. No banco de trás Jasmim e Boca Mole contam dólares e separam joias.

A introspecção de Pedro não passa despercebida de seus

companheiros. Creditam-na a algum trauma pós-assalto do qual sofrem iniciantes no ramo.

A ressaca moral.

We are the champions, my friends, and we'll keep on fighting...

Jasmim e Boca Mole entoam com o Queen o refrão saído do rádio do Golf.

'Till the end, We are the champions, We are the champions...

Estão excitados. Um espelho com linhas de cocaína e um canudo de dólar deslizam sobre o banco traseiro.

"Dezoito mil dólares!", diz Jasmim depois de aspirar uma carreira. "Separando os cinco mil do cana, o resto é nosso. Dezoito menos cinco?"

"Doze", afirma Lico.

"Treze", corrige Pedro Dom sem olhar para trás.

"Treze dividido por quatro?", prossegue Jasmim.

"Complicou." Boca Mole pega o espelho da mão de Jasmim: "Deixa eu ver se o pó me ajuda a calcular...".

"Dá uma dízima periódica", diz Pedro.

"O que é isso?", pergunta Lico. "Tem a ver com o dízimo da igreja?"

"Dirige, Lico", sugere Jasmim.

"E as joias?", pergunta Boca Mole com o nariz sangrando: "O cana não falou nada das joias".

"As joias são nossas, mané", elucida Jasmim.

"Me dá essa merda", diz Pedro, irritado, virando para trás.

"As joias?", pergunta Jasmim em dúvida.

But it's been no bed of roses... no pleasure cruise." Boca Mole se transmuta num Freddy Mercury dopado e desafinado, o nariz ainda sangrando.

Pedro desliga o rádio: "Me dá essa merda toda, joias, dólares, tudo!".

"Como assim, playboy?", questiona Boca Mole.

Pedro Dom se ajoelha no banco e agarra o pescoço de Boca Mole. Com a outra mão pressiona a Walter de nove milímetros na testa do companheiro. Boca Mole larga o espelho com a droga, que se espalha no estofamento negro.

"Playboy o caralho. Respeito. Tu não sabe nem o que é dízima periódica."

"Tu vai ficar com tudo, compadre?", Boca Mole articula as palavras com dificuldade, a traqueia comprimida pela mão de Pedro.

"Não é *compadre*; é Pedro Dom."

Os dois se olham por alguns segundos.

"Repete", ordena Pedro.

"Tu vai ficar com tudo, Pedro Dom?"

Pedro solta o pescoço do comparsa, guarda a pistola e vira para a frente: "Não. Eu vou dividir os dólares e depois entrego a parte de cada um. E vou vender as joias. Vocês não sabem nem fazer conta. Comédia. E limpa esse sangue do nariz, caralho. Que nojo". Pedro se vira para Jasmim: "Me dá essa merda logo".

Ela entrega o dinheiro e as joias, Pedro guarda tudo na mochila e volta a olhar para a frente. Encara o sol, fecha os olhos, visualiza uma taturana luminosa.

"Não vai esquecer da parte do cana", alerta Jasmim. "Ele deu o serviço. Se a gente não pagar…"

"Fica na tua", diz Pedro com os olhos fechados. "Já entendi como funciona a parada."

Ele abre a mochila, retira uma pulseira de brilhantes e entrega para Jasmim.

"O quê?"

"Essa é pra você."

Ela se surpreende, sorri, coloca a pulseira no braço: "Obrigada, Lourinho".

"Pedro Dom", ele corrige, sem olhar para trás.

22. RIO, DEZEMBRO DE 1999

Ele gosta de olhar sua imagem refletida na vitrine, o terno bem cortado e a gravata listrada. A cicatriz na sobrancelha direita confere charme e ambiguidade a seu aspecto de mauricinho engravatado. Enquanto caminha pela Figueiredo Magalhães, Pedro percebe que o terno e a gravata afetam sua maneira de andar. Sente-se um modelo da Armani. Na moral. A maleta 007 que leva na mão só reforça a imagem de um jovem empresário bem-sucedido. Ninguém precisa saber que ela contém joias roubadas em Porto Alegre. No subsolo da galeria, entra na loja do receptador Paulinho do Ouro. Antes de pousar a maleta no balcão percebe o alvoroço.

"Mão na cabeça, todo mundo!"

A Polícia Civil invade o estabelecimento.

"Polícia!"

O modelo da Armani não podia estar num lugar mais errado.

Os policiais fazem estardalhaço, anunciam sua presença com a gentileza de praxe, Paulinho do Ouro é rendido.

O policial se aproxima de Pedro, aponta a arma: "Tá fazendo o que aqui?".

Pedro tira do bolso a pedra de pirita.

"Meu pai me deu isto", diz, ingênuo como um coroinha. "Vim saber se é ouro mesmo."

O policial observa de relance a pedra de ouro de tolo com que Victor presenteara Pedro em Campinas e baixa a arma. Balança a cabeça diante do que lhe parece um exemplo clássico de mané.

"Vaza daqui, otário. Rapidinho. Isto aqui é um ponto de receptação de material roubado."

"Não brinca!"

"Essa merda aí não vale nada." O policial ameaça jogar a pirita num cesto de lixo, mas Pedro o impede: "Foi presente do meu pai".

O policial devolve a pedra, outro policial se aproxima: "Qual é a do bacana?".

"Caiu de paraquedas."

"Vamos levar junto."

"O cara tá de bobeira."

Os três se encaram por um momento.

"E essa maleta?"

Em 1970 Dan orientava seu grupo na selva boliviana. Ali onde Che Guevara tinha planejado uma revolução, traficantes processavam a ilusão. Os agentes também tinham suas ilusões: preparavam-se para explodir o laboratório de refinamento de cocaína e se sentiam heroicos, relevantes.

"O inferno vai abrir a porta", dizia Dan, épico. "Quem ficar pra trás vai virar torresmo."

Ele espantava os mosquitos.

Dan gostaria de ter proferido uma frase mais impactante. Algo como Neil Armstrong tinha dito ao pisar na Lua: "Um pequeno passo para o homem, um grande salto para a humanidade".

Um agente percebeu uma movimentação na clareira: "Tem alguma coisa se mexendo ali".

Os homens pegaram as pistolas, ansiosos.

"O quê?"

"Deve ser uma jaguatirica."

"Jaguatirica de gorro?"

Viram um indiozinho andando pelos barracões de madeira, tentando se esconder atrás dos galões de acetona.

Dan correu na direção do garoto, gesticulando: "Sai daqui! Vai embora! Isso vai explodir!".

O menino fugiu assustado para o mato.

Depois uma grande labareda incendiou a floresta. Chamas, cinzas e fumaça subiam até as nuvens num redemoinho negro e ameaçador.

No estabelecimento de Paulinho do Ouro, Pedro responde: "Documentos. Sou estagiário de um escritório de advocacia". Faz menção de abrir a maleta. "Petições, memorandos, querem ver?"

O policial se distrai, alguém chama por ele nos fundos da loja.

"Vaza, meu irmão!", diz o primeiro policial. "Rapidinho."

23. NITERÓI, JANEIRO DE 2000

Djanira varre a sala.

Apanha uma almofada no sofá e a golpeia com uma das mãos para tirar a poeira. Contempla o pó que se desprende e flutua brilhante ao sol da manhã niteroiense. A campainha toca, Djanira vai abrir a porta, Pedro Dom aponta a Walter cromada, ela faz o sinal da cruz.

Liziane e o filho Júnior tomam café na cozinha e são rendidos em seguida. Mãe, filho e empregada sentam-se no sofá sob a mira da arma de Lico. Jasmim recolhe celulares, Boca Mole corta fios de telefones.

"Nós não guardamos dinheiro em casa", diz Liziane. "Podem levar os aparelhos de som, as televisões…"

"Quieta", diz Pedro Dom. "Quietinha."

Ele pega a vassoura que a empregada tinha largado no tapete. Posiciona-se no centro da sala e começa a bater o cabo da vassoura com força no teto. As vítimas não entendem. Uma das pancadas de Pedro abre um rombo no gesso, e vários sacos plásticos caem no chão. Divididos entre os sacos, há mais de cem mil reais. O que se chama, popularmente, de dinheiro caído do céu.

"O que é isso?", pergunta Liziane, espantada.

"Dindim", explica Lico.

"Hein?"

"Grana."

"Grana de quem?"

"Rá. De quem."

"De quem?"

"Do teu marido, porra", diz Lico, o revelador.

"Filho da puta!", exclama a mulher.

Lico se ofende. "Tá xingando minha mãe, dona? Na cara dura?"

"Filho da puta do Kleber. O meu marido. Eu aqui, correndo perigo por uma coisa que eu nem sabia."

"A senhora não sabia que o seu marido era agiota?", pergunta Pedro.

Liziane faz que não com a cabeça.

Ela não sabia que o marido era agiota, que não sabia que um de seus clientes o tinha dedurado a Jasmim, que não tinha certeza de que o porteiro do prédio iria acreditar que ela chuparia o pau dele no fim da manhã sob a sombra da amendoeira solitária no terreno baldio atrás do Cap D'Antibes na praia de Icaraí. Logo ela, imagine, *jet setter* do crime, cocota da favela, chupar o pau daquele zé ruela, Jasmim, a ex-mulher de Mauricinho Botafogo e atual parceira de Pedro Dom, que não sabe que a namorada se refere a ele, entre os membros do bando, como Boneco Doido.

Boneco Doido, o galã de olhos azuis imune à dor, o jovem angustiado e carinhoso capaz de agir com a frieza do orvalho e a veemência do machado. Uma marionete do diabo ou só um menino entediado querendo se divertir? O grafiteiro que gosta de cozinhar ou o assaltante de sangue-frio que jamais sorri? Paquito do mal? Prometeu acorrentado?

II

Boneco Doido

1. RIO, FEVEREIRO/ JUNHO DE 2000

Os acontecimentos parecem parte de uma narrativa preestabelecida, registrados num arquivo cósmico: arrombamentos, um apartamento, outro, adrenalina rotineira, grana escorrendo pelo túnel do tempo, Pedro Dom se firma como o líder da quadrilha. Ele monta um sistema sofisticado de informações e de agora em diante só se invadem apartamentos nos quais se sabe direitinho o que há para ser roubado e onde se escondem cofres, joias, dólares.

Boneco Doido dá ordens, escala prédios de cinco andares como o Homem Aranha, se desloca de uma cobertura a outra como o Tarzã, gira no dedo a Walter cromada numa manobra digna de um Billy The Kid.

Pedro Dom expulsa Lico do bando quando este, sem querer, faz disparar o alarme de uma residência em Mangaratiba — "Tu é comédia, quase que vai todo mundo preso por tua causa, mané!" —, implanta o profissionalismo doidão, a gestão movida a pó, persegue metas esticadas em espelhos e sonha com tesouros engavetados de Ali Babá na memória do menino que gostava de grafitar muros.

Jasmim abre uma frente de sedução de porteiros, motoristas, guardas municipais e vigias noturnos. Promete boquetes, sugere minúsculas calcinhas pretas de renda dourada, garante amanheceres oníricos em motéis da Barra com champanhe escorrendo pela virilha e borrifos de chantili nos mamilos durante o café da manhã.

Pedro azara empregadas, diaristas, babás, patricinhas sobrinhas de não sei quem: "Pedro, na cobertura do edifício Ilha Azul, tem uma mala verde no alto do closet do tio Luís, ele uma mala também, rá, bem lá em cima, grudada no teto, atrás dos sapatos italianos, hilário, uma mala verde na ilha azul do tio mala, rá, posso cheirar mais uma?".

Assaltos são oferecidos como brindes, o gigolô bem recompensado, o garanhão com a cicatriz na sobrancelha, um príncipe de programa de auditório cavalgando a CB 500 zero-quilômetro, as horas fluindo como cocaína numa ampulheta mágica, onde o tempo não para de escorrer.

Quem é o cara na moto? Terry Malloy, o personagem de Marlon Brando em *Sindicato dos ladrões*?

A CB 500 roncando como um dragão, Pedro Dom leva Jasmim na garupa, Bonnie and Clyde tropicais dando um rolé pelo Leblon: Vrummmmmmmmmmmmmmmmmmmmmmmmmmmm, vrummmmmmmmmmm!

Percorrem a beira-mar, almoçam no alto da montanha, lagosta à thermidor, sorvete de baunilha com calda de cereja, caipirinha com champanhe, passam a noite no motel.

Acordados.

Cheiram pó, cheiram muito, Jasmim tira a roupa e, como raios de luz, se revelam sedas da Victoria's Secret exalando suor e desodorante. "Não, calma, ainda não, peraí, olha só isto." Ela se deita na cama e começa a se masturbar com notas de dólar, Benjamin Franklins, George Washingtons e Abraham Lincolns úmidos e amassados, recendendo a boceta. Filme de sacanagem na TV, Bonnie and Clyde pelados em mil espelhos: "Me come, Boneco Doido! Me fode até o talo! Me dixava…".

Quando despertam na tarde do dia seguinte, na falta de sal grosso Jasmim banha a si e ao namorado com cocaína, para que se afaste o olho gordo e para que a boa sorte deles não tenha fim.

2. RIO, JUNHO DE 2000

Copacabana continua o centro gravitacional do universo. Ele caminha determinado e leva na mão uma sacola.

O rapaz bem-apessoado fez compras no shopping?

Não, ele assaltou a casa de um desembargador. Foi na estrada do Joá no sábado anterior. Durante o assalto, numa mesinha na sala da mansão iluminada pelo luar refletido no oceano através de janelões panorâmicos, ele viu os porta-retratos: a família se bronzeando numa praia do Caribe, esquiando no Colorado, tomando sorvete em Tel Aviv, sorrindo ao lado do Mickey. Fotos de família o incomodam. Ao lado dos porta-retratos, duas santas de pedra-sabão brilharam diante de seus olhos como uma revelação.

Assaltantes também sentem falta da mãe de vez em quando.

Ele entra no antiquário que Lúcia mantém na rua Duvivier há muitos anos e do qual, de certa forma, parece fazer parte, como uma imagem rara e delicada no canto de uma estante.

"Presente pra mim?"

"Business, dona Lúcia."

Ele tira as santas da sacola: "Isto vale alguma coisa?".

Ela avalia rapidamente as peças: "Originais do barroco mineiro sempre valem muito. Onde você arranjou isto?".

"Ganhei num rolo."

Fica subentendido que é melhor não aprofundar o significado de "rolo".

"Quer que eu avalie?"

"Quero que você venda. Rachamos meio a meio."

"Eu não posso vender isto, Pedro."

"Por quê?"

"Você sabe por quê."

Pedro sente uma pontada no peito, a constatação incômoda de que seus êxitos se transformam sempre em decepção para os pais.

"Você não pode pelo menos guardar essas peças pra mim?"

Lúcia hesita por um momento

"Não", diz por fim, determinada.

Despedem-se com um abraço travado, incompleto.

"A gente se vê logo", ele diz antes de sair.

Pedro caminha pela Duvivier até a Barata Ribeiro e vira à esquerda rumo à Princesa Isabel. Caminhar por Copacabana agora lhe proporciona uma euforia diferente, como uma vitória secreta capaz de distraí-lo das mágoas causadas pela negativa da mãe em negociar as santas roubadas. Observa os camelôs na calçada, um gordinho com chapéu de marinheiro, o bêbado desequilibrado, a patricinha com piercing no nariz que sai de uma porta com a placa: *Angélica, leio o tarô.*

Um Vectra negro com janelas cobertas por insulfilm bem escuro diminui a velocidade e encosta no meio-fio. A porta traseira é aberta, dois homens saltam e obrigam Pedro a entrar no carro. Cobrem seu rosto com um capuz. O toque frio do cano de um revólver no braço reforça a sugestão que ele mesmo havia se dado de manter a boca fechada.

Os homens também não pronunciam palavra durante o trajeto.

Aquilo é enervante.

Depois de fechar as portas do antiquário, Lúcia permanece na loja pensando nas santas de pedra-sabão. Ao olhar para uma delas, teme que a imagem comece a se mexer, ou verta lágrimas, ou diga alguma coisa em latim. Lúcia não teria estrutura emocional para suportar um milagre, ainda que intua que só um milagre afastará Pedro do crime. A imagem dos três pastores de Fátima que presenciaram a aparição de Nossa Senhora a apavora mais do que história de defuntos pegando táxis perto de cemitérios. Desde criança Lúcia pensa nos três pastores videntes como personagens de um filme de terror, e o fato de que uma das crianças se chamava Lúcia sempre a perturbou. Não, ela não está preparada para um milagre.

Lúcia decide que é hora de voltar para casa.

Hoje contei pras paredes coisas do meu coração... Os Tribalistas cantam "Amor I Love You" no rádio e a respiração de Pedro Dom se acalma por alguns minutos. Mais tarde o barulho do vento e a maresia sugerem que atravessam a ponte Rio-Niterói. *Seu cabelo me alucina/ Sua boca me devora/ Sua voz me ilumina/ Seu olhar me apavora...* Seu Jorge canta "Mina do condomínio" e uma sensação de familiaridade faz com que Pedro esboce um sorriso quase imperceptível. No escuro, um mundo de calor e vento salgado soa seguro e confiável.

Não por muito tempo, porém.

Numa casa de veraneio sem móveis na praia do Pecado, em Macaé, tiram seu capuz e sua roupa e o recepcionam com socos e pontapés. Pedro pergunta o que querem dele, mas os homens não dizem nada, continuam a surrá-lo até que caia no chão.

Aquilo é enervante.

Depois apagam cigarros em seus braços e em seu torso nu.

Antes de sair do antiquário, Lúcia verifica se desligou o ar-condicionado, como sempre faz. A ideia de que um curto-circuito possa causar um incêndio no antiquário não a abandonará até que adormeça de madrugada. No caminho, flores e fumaça — a rotina tranquilizadora das vitrines de floriculturas e do monóxido de carbono saindo dos escapamentos dos carros. Quando entra em casa, Verena está sentada no chão da sala, chorando curvada sobre o sofá.

3. MACAÉ, JUNHO DE 2000

Monika estaciona a Parati num posto de gasolina no trevo de Macaé. Lúcia está sentada ao lado da filha mais velha.

"A poça", diz Verena no banco de trás, olhando para fora. Ela segura um saco de supermercado.

"Oi?", diz Monika.

"Eles disseram que a gente tinha que atravessar a poça pra chegar até aqui."

"Que poça?", pergunta Monika, impaciente.

"O mar. Eles chamaram a baía de Guanabara de poça d'água."

"Hoje em dia está tudo invertido", elucubra Lúcia. "Tudo de cabeça pra baixo."

"Calma, mãe", diz Monika, passando a mão na cabeça de Lúcia. "Vai dar tudo certo."

"A poça", repete Verena.

"Verê!", Monika diz, irritada. "Para de falar poça! Que coisa chata."

"Calma!", suplica Lúcia. "Vamos manter a calma. Em Niterói muita gente chama a baía de poça."

As três olham para fora em silêncio.

Em 1968 Dan dava um tempo na birosca do Nerinho no morro Dona Marta. Um casal de jovens da Zona Sul com cabelo à moda dos anos 1960 e jeans desbotados como os dos beatniks do Picadilly Circus e do Times Square entrava no botequim.

"Estão querendo baurets?", perguntou Nerinho.

"Não, pó."

"Pó...", ecoou Nerinho. "Pó é mais caro."

Nerinho passou alguns sacolés para o casal, eles pagaram e foram embora. Nerinho guardou o dinheiro numa caixa de sapato e voltou à mesa, levando um pouco de maconha e enrolando um baseado: "Agora todo mundo só quer saber do pó. A cocaína é o futuro. Antigamente neguinho cheirava essa merda no Carnaval sem o menor problema. Era como lança-perfume. Depois proibiram. Agora está virando moda outra vez. É coisa de americano, eu acho. Essa garotada imita tudo que os americanos fazem. Não viu as roupas daquele otário? O que é aquilo? Homem com cabelo de mulher, onde eu nasci, tinha outro nome".

"Os tempos mudaram, Nerinho."

"É verdade. E o Pedro percebeu isso. O Pedrinho Botafogo é um visionário, bicho. Vai ficar rico. Mesmo preso. E vai continuar ajudando todo mundo aqui da favela lá de dentro da cana. O homem é esperto. Conquistou a confiança dos moradores do morro, sacumé? Isso é proteção. Quem vive aqui vai ficar do lado dele. O Pedro é safo. Conquistou o respeito do povo já que os políticos cagam pra nós. Mesmo de longe ele protege a sua gente. Como um anjo da guarda."

Nerinho acendeu o baseado, tragou, ofereceu para Dan.

"Obrigado, Nerinho. Não posso fumar. Sou mergulhador profissional, e essa fumaça pode ferrar o meu pulmão. É meu instrumento de trabalho."

"Tá de sacanagem?"

"É sério."

"Tu é mergulhador, rapaz?"

"Sou."

"E nunca disse nada? Eu achava que tu era o maior desocupado."

"Desocupado onde? Mergulho todo dia. É a minha profissão."

"E tava fazendo o que lá no centro espírita?"

"Ué? Mergulhador não pode frequentar centro espírita?"

Nerinho segurava a fumaça nos pulmões: "Muito doido um mergulhador no centro espírita. Deve ser muito louco o fundo do mar".

"É bonito", concordou Dan. "É outro mundo."

Nerinho soltava a fumaça: "Aqui também, bicho. Aqui também é outro mundo".

4. MACAÉ, JUNHO DE 2000

O Vectra negro com janelas cobertas por insulfilm se aproxima lentamente. Um homem salta do carro, abre a porta de trás da Parati e senta ao lado de Verena sem dizer nada. Ela entrega a ele o saco de supermercado sob os olhares da mãe e da irmã.

O homem confere o conteúdo do pacote, abre a porta e volta para o Vectra. As três não fazem ideia do que acontecerá em seguida. Observam o carro de vidros escuros parado ao lado delas.

"Cadê o Pedro?", sussurra Lúcia.

Em 1968 Dan, Nerinho e Zumbi estavam sentados em volta de mesa com dona Rosa, todos de mãos dadas, concentrados. As luzes do centro espírita tinham sido apagadas e os três mal discerniam os traços da mulher na escuridão. Dona Rosa mantinha os olhos fechados enquanto falava com a voz num tom estranhamente grave.

"Eu vejo o Pedro nadando", ela dizia.

Dan tinha a impressão de que era um idoso falando.

"Tem muitos peixes em volta dele. Espíritos maus, peixes cegos e pesados que vivem na escuridão do fundo do mar."

"Os peixes vão pegar ele, dona Rosa?", perguntou Nerinho.

"Não. O Pedrinho tem a proteção do lado de lá. A luz está com ele. Ele sabe que tem que seguir a luz enquanto nada. É só seguir a luz. Ele vai escapar."

A porta traseira do Vectra é aberta, Pedro Dom sai de lá, entra na Parati e é abraçado pela mãe e pelas irmãs.

Monika volta para o Rio pela estrada Rio-Manilha. Verena continua abraçada ao irmão no banco de trás. O silêncio encobre tudo como uma neblina. Pedro sente no rosto o vento que entra pela janela do carro.

"Vocês lembram do Ventania?", ele pergunta.

"O cavalo?", diz Verena.

"Que fim levou o Ventania?"

"Pedro, meu filho", diz Lúcia compassiva, "por que você está pensando nesse cavalo agora?"

"Não sei. Lembrei. O que aconteceu com ele?"

"Foi atropelado, eu acho", diz Verena.

"Não. A gente vendeu", corrige Monika. "Lembra? Para aquele vizinho, o coronel aposentado."

"Reformado", diz Lúcia. "Você está bem, meu filho?"

Monika percebe pelo retrovisor que Pedro olha para trás.

"Tô na boa, mãe. Não se preocupe."

"Eles te machucaram muito?"

"Nada."

"O rosto inchado, feridas no braço...", diz Lúcia.

"Não pega nada."

"Desculpe eu não ter concordado em vender aquelas santas."

"Esquece", diz Pedro. "As santas não existem mais, viraram caco de lixo."

"Os homens que te bateram destruíram as imagens?"

"Estão seguindo a gente?", interrompe Monika.

"A Blazer aí atrás", responde Pedro. "Está na nossa cola desde o posto da polícia rodoviária."

"Paranoia tua", diz Verena.

"Você tem razão, Verê", diz Lúcia. "O Ventania fugiu do sítio do coronel e foi atropelado na estrada. É verdade. Agora eu lembro."

Pedro olha para trás, distante da conversa.

"Não é paranoia, não. Estão seguindo a gente."

"A polícia?", pergunta Monika.

"Mas não acabamos de pagar a polícia para soltar o Pedro?", Lúcia diz, intrigada.

5. NITERÓI, JUNHO DE 2000

Pouco antes da ponte Rio-Niterói, a Blazer ultrapassa a Parati e dá uma guinada para a direita, obstruindo a passagem do carro dirigido por Monika. Homens saltam da Blazer armados de fuzis: "Parou! Parou!".

Um deles abre a porta traseira da Parati, puxa Pedro para fora, ele tenta correr, Monika grita: "Não corra, Pedro, pelo amor de Deus!".

Pedro é conduzido para dentro da Blazer.

"Pra onde vocês vão levar meu filho?"

Um dos homens mostra a insígnia de polícia sob o blusão: "Ele vai para a delegacia, dona. É procurado pela polícia. Achamos que estava assaltando vocês".

"Mas nós acabamos de pagar uma grana pra vocês liberarem ele!"

"Ninguém me pagou nada. Aliás, nem ia adiantar. O teu filho vai para a delegacia, é procurado pela polícia."

"Eu vou junto!", diz Lúcia.

"Não dá. Vai só o elemento. A senhora visita ele na delegacia."

Em 1968 Dan saía do centro espírita e descia pela favela até a rua São Clemente. De tempos em tempos, verificava o relógio no pulso, um Ômega especial para mergulhadores, e apressava o passo. De vez em quando olhava para trás, certificando-se de que não era seguido. Sentia-se intranquilo quando entrou em um botequim numa esquina e pediu um guaraná. Arcanjo se aproximou mancando um pouco. Ainda era jovem, mas tinha o cabelo precocemente grisalho. Acendeu um cigarro e se postou ao lado de Dan sem cumprimentá-lo.

"Novidades?"

"Acho que o homem vai fugir da prisão", disse Dan.

"De onde você tirou essa informação? Estão armando um plano de fuga?"

"A dona Rosa teve uma visão."

"A macumbeira?"

"Médium."

"Não é a mesma coisa?"

"Não. A dona Rosa é médium. Tem o dom de prever as coisas. Não é macumbeira."

"E você acredita nisso?"

"No quê?"

"Que alguém tem o dom de ver as coisas antes delas acontecerem?"

Dan fez uma expressão de dúvida no rosto: "A voz dela estava igual à de um homem. Parecia o Orlando Silva cantando. Sem sacanagem".

"Meu querido", disse Arcanjo, cuidando para não falar alto e não chamar a atenção dos frequentadores do botequim, "você faz parte de um serviço especial, secreto. Um serviço de informação forjado nos altos escalões do Exército e da polícia. Não te infiltrei na favela pra ficar observando mãe de santo fanchona."

"Confia em mim, Arcanjo. Estou lá dentro. Aquilo é um outro mundo. O Pedrinho Botafogo vai fugir da Ilha Grande. Vai por mim."

Arcanjo soltava lentamente a fumaça pelo nariz enquanto avaliava as palavras de Dan.

6. RIO, JUNHO DE 2000

Ele fecha os olhos e imagina que está surfando na praia do Pepê: um sol falso queimando retinas, ondas virtuais exalando o perfume ácido do sal e brisa inexistente arrepiando as orelhas.

Gosta de pensar que quando abandonar os assaltos vai se dedicar ao surfe.

Pedro Dom está sozinho na cela da delegacia da Polinter na Barra da Tijuca. Monika surge do outro lado das grades, uma aparição sob a vigilância do carcereiro sangue bom. Trocam um beijinho na boca entre as barras de ferro, Monika entrega para o irmão um bolo de laranja e dois Tupperwares lotados de comida preparada por Lúcia.

"A Verê e a mamãe mandaram beijos. A mamãe está sem coragem de vir aqui. Amanhã eu volto pra te trazer mais comida."

"Espero já ter saído daqui amanhã", ele fala baixo para que o carcereiro não ouça a conversa. "Já me interrogaram. Eles não têm provas contra mim. Não aguento ficar preso, me deixa nervoso."

"Eu imagino."

"Não imagina. Quando esta porta fecha, você não imagina."

"Não entendo, a gente não pagou o resgate pra polícia te soltar?"

"Aqueles caras eram do Sinap, Monika, o Serviço de Inteligência e Apoio da Polícia."

"Jura? Pensei que era tudo a mesma coisa."

"E é. Mas os departamentos operam com independência. Como facções de bandidos."

"Eu não entendo."

"Melhor. E o papai?"

"O que tem o papai?"

"Muito chateado comigo?"

"Não. O papai te ama, Pedro. Você sabe disso. Ele te perdoa sempre. Está correndo atrás de dinheiro pra ajudar a mamãe. Você sabe, o prejuízo do resgate. Se vier aqui, é capaz de armar escândalo, querer dar porrada no delegado."

O carcereiro faz um sinal para Monika, os irmãos trocam o selinho da despedida: "Me traz uma pizza amanhã?".

Em 1968 Dan se protegia da tempestade sob o alpendre de uma casa fechada. De longe observava a birosca do Nerinho. Dava para ver dois sujeitos jogando sinuca. Zumbi, um homem alto e forte, e Paulinho, um garoto magro vestido apenas com uma bermuda. Ambos estavam armados. A voz de um locutor esportivo emanava de um Zenith de ondas curtas. Nerinho acompanhava detrás do balcão a transmissão de um América e Vasco. Outro homem, discreto, fazia sua refeição em silêncio no balcão. Na queda de um raio, o rádio parou de funcionar. Zumbi e Paulinho interromperam a sinuca e foram até a porta observar a tempestade. A enxurrada trazia entulho, sujeira e objetos variados. A água escorria com força, transformando a escadaria da favela numa cachoeira. As águas arrastaram uma bicicleta. Depois uma fantasia de Carnaval. Os homens se divertiam. Apostavam entre si qual seria o próximo objeto a ser levado pela água.

"Um rádio."

"Liquidificador".

"Aquele veado que mora lá em cima."

"Qual deles?"

"O cabeleireiro. Renatinho."

"Tu já comeu o Renatinho", provocou Paulinho. "Não comeu?"

Zumbi notou alguma coisa movendo-se num remanso de águas podres.

"Olha lá, tem alguma coisa viva ali! Olha lá!", disse. "Tem um negócio esquisito se mexendo ali..."

"Tá maluco, negão? Doidão? Fumou da mofada?"

"Olha ali, otário. Presta atenção!"

Eles percebiam que alguma coisa se movia numa imensa poça d'água formada ao lado da escadaria.

"É peixe", disse Zumbi.

"Peixe?", disse Paulinho, rindo. "Veio lá do alto do morro? Tem alguma peixaria lá no alto, negão? Ou o mar trocou de lugar com o céu? Vai ver é por isso que tá chovendo, é a água do mar que tá caindo..." Paulinho concluiu: "Tu fumou da mofada".

"Vou dar um tiro nessa porra", disse Zumbi, puxando a arma da cintura.

"Para aí!", gritou o sujeito que comia em silêncio no balcão. Dan sentiu um arrepio ao reconhecê-lo. Era Pedro Ribeiro, o Pedrinho Botafogo. Ele caminhava em direção aos homens. "Tá com medo de assombração, Zumbi? Não vê que é um negócio pequeno? Guarda a cagadeira."

Zumbi guardou a arma.

"Paulinho, vai até lá e vê o que é aquilo."

"Tá chovendo, chefe..."

"Tá com cagaço de água?"

"Vai molhar a carga...", disse Paulinho e apontou para o seu revólver.

"Cagão", disse Pedro.

Ele arregaçou a calça até a altura do joelho e caminhou em direção à poça d'água sob a chuva forte. Lá encontrou um cachorrinho assustado.

Monika vai até a cela depois de revistada e de oferecer uma fatia de pizza ao carcereiro sangue bom. Ela percebe que o irmão mudou desde a visita do dia anterior. Rosto fechado, expressão carregada, a cicatriz na sobrancelha parecendo mais pronunciada, as marcas das porradas da galera do Sinap como se estivessem mais arroxeadas, as feridas nos braços e no peito aparentando mais purulência. Ela nota que há outro homem na cela, um rapaz sentado num canto.

"Beleza?", diz Pedro. "Trouxe o rango?"

"Que é isso, Pedro? Que jeito de falar é esse? Tá torto por quê?"

Monika acaba de conhecer o Boneco Doido, o homem das mil faces, a marionete do diabo, o menino entediado, o grafiteiro drogado, o minotauro deprimido, o Sísifo que se fodeu. Ele olha fixamente para a irmã, enfia parte do rosto entre duas grades e ameaça: "Vaza. Aqui não é lugar pra você".

Quando sai da Polinter, Monika se pergunta se havia mesmo alguém com Pedro na cela ou se o outro rapaz que ela tinha visto lá dentro era só mais uma projeção de uma personalidade múltipla, doentia e amargurada.

7. RIO, NOVEMBRO DE 2000

Como faz todas as manhãs antes de sair de casa, o joalheiro Jerônimo Nogueira verifica se está tudo em ordem no apartamento no bairro do Catete. É um homem solteiro e meticuloso que não suporta desorganização. De vez em quando recebe a visita de algum garoto de programa, mas se envergonha disso. Os bofes deixam a casa desarrumada e fedendo a cigarro. Ontem não recebeu visita e hoje se sente íntegro, pronto para mais uma jornada honesta de trabalho. Como de hábito, olha pelo olho mágico antes de abrir a porta e depois que sai e tranca a porta com chave confere se ela realmente está fechada.

Na rua, caminha sem saber que alguém o observa.

O observador espera que Jerônimo dobre a esquina e entra no prédio usando uma chave mista. Sobe as escadas saltando de dois em dois degraus e abre a porta do apartamento com a mesma chave que usou para entrar no prédio. Seus aprendizados de arrombamentos se desenvolvem como uma arte refinada.

No apartamento dirige-se ao quarto do joalheiro e localiza o cofre Fichet atrás de um armário. Abre o cofre e pega com cuidado as caixas de joias, das quais retira anéis, brincos, pulseiras e colares com a delicadeza de um ourives. Guarda as joias dentro da mochila e começa a cantarolar: *Just a castaway, an island lost at sea, oh, another lonely day, with no one here but me.* Devolve as caixas vazias ao Fichet, tranca o cofre e sai calmamente do apartamento.

Message in a bottle, message in a bottle.

Depois de ter se safado dos homens do Sinap com o pagamento do resgate feito por sua mãe e de ter se livrado da prisão por falta de provas, Pedro Dom entendeu ter ganhado um aliado do qual não se livrará mais. Na rua, caminha por dois quarteirões até entrar na viatura. No banco da frente abre a mochila.

"E aí?", pergunta o policial no banco do piloto.

"Do jeito que vocês falaram. Atrás do armário."

O Policial Um olha pelo espelho retrovisor para o Policial Dois no banco de trás.

"Fichet?"

Pedro assente com a cabeça.

"É um belo cofre, sólido, antigo", diz o Policial Dois, nostálgico.

Pedro Dom retira alguns colares e pulseiras da mochila e entrega ao Policial Dois.

"Joia?", diz o Policial Um. "Vou fazer o que com essa merda? Vender pro receptador?"

"Você pode dar de presente pra sua mulher."

"Tá de onda? Quer levar um pipocão na testa?"

O Policial Dois devolve as joias para Pedro Dom, ele guarda na mochila e retira dali alguns maços de dinheiro.

"Mulher gosta de joia", diz enquanto se vira para trás para entregar os maços para o Policial Dois.

"Só isso?", diz o Policial Dois depois de contar o dinheiro.

"É o combinado."

"As coisas mudaram", avisa o Policial Um. "Pensa bem, brother, tu tá com muita sede. Tá apavorando, só se fala de Pedro Dom por aí. Tá ficando famoso. A Civil está montando um esquema pra te pegar. Daqui a pouco vai aparecer na TV e o caralho."

"O cachê subiu", diz o Policial Dois.

Pedro entrega mais cinco mil. "Que esquema é esse?"

"Um passarinho me contou", responde o Policial Um. "Mas você sabe que da minha boca não sai nada."

Pedro salta da viatura e caminha sem olhar para trás. Os piores X9 são os policiais. Tem consciência de que aquele tipo de envolvimento não vai acabar bem, mas não se pode roubar sem a conivência da corporação. É um esquema, uma estrutura, um organismo, um sistema. Ele sabe bem disso. E mesmo que não soubesse a polícia se encarregaria de lembrá-lo.

8. RIO, JULHO DE 2001

A inauguração da boate Silk é um grande evento: artistas, jogadores de futebol, jornalistas e políticos distribuem sorrisos de maxilares trincados: o frescor dos dentes brancos. Na rua a barreira de fotógrafos desponta como a explosão de uma supernova: flashes, flashes, flashes, flashes, flashes.

Assessores de imprensa correm de um lado para outro, frenéticos. Na entrada, a moça com a lista de convidados — peitos arfantes pulando para fora do decote negro — sorri e sua muito, apesar da noite fresca e agradável. Seguranças, como clones engravatados de Myke Tyson, não suam nem sorriem. Apenas vigiam.

Para um assaltante que começa a postular uma vaga no panteão dos bandidos-celebridades procurados pela polícia, aquela inauguração pode significar um passe certo para a prisão.

Não para Pedro Dom.

O disfarce parece óbvio, apenas óculos de lentes sem grau, mas é o suficiente. Antes que um dos Tysons barre sua passagem, diz: "Chame o chefe da segurança, por favor".

Ao melhor estilo mafioso de filme, bastam algumas notas de cem para que se abra caminho e se consiga uma boa mesa.

A vida imita a arte.

Boca Mole, Otávio e Jasmim chegam pouco depois, quando a champanhe, o pó e o camarão já se espalham pelos arredores.

Pedro Dom agora é olhado com respeito. Ele gosta da sensação. Faz com que se esqueça de suas dúvidas. Um homem respeitado é um homem que age corretamente. Faz o que deve ser feito, nada mais. Apesar de estar ao lado de Jasmim, percebe garotas bonitas e olhares insistentes. Obviamente há mais que respeito naqueles olhares.

"Gostou da piranha?", pergunta Jasmim.

"Do que cê tá falando?" (Melhor seria perguntar: *De qual delas* você está falando?)

"Você sabe. Aquela piranha que tá olhando pra cá."

"Quem?"

"A vagabunda roubou o Mauricinho de mim."

Ela fecha a cara, arisca. Agora ele sabe de quem ela está falando. Uau! Cara de bom gosto esse Mauricinho.

Algumas taças e várias carreiras mais tarde, Pedro pede a Boca Mole que leve Jasmim embora com a desculpa de que tem trabalho a tratar na boate. Jasmim se nega a sair: "Tá me achando com cara de otária, malandro?".

Pedro agarra o pulso dela: "Tô mandando você vazar. Agora. Vai dar vexame e chamar a atenção? Quer botar todo mundo em cana?".

Jasmim se assusta com a expressão de Pedro. Quando fica nervoso daquele jeito, ela sabe, é melhor obedecer. Sai contrariada, acompanhada de Boca Mole.

Pedro vai até o DJ, abre a carteira mágica, pede que ele toque uma música. Pedro se aproxima de Viviane, garota da Zona Sul, filha de um coronel do Exército.

"Killing me Softly", ela diz, animada. "Amo!"

"Gosta dos Fugees?"

"É a minha banda favorita."

Não há tempo para desvendar coincidências significativas: ele e Viviane dançam.

"Nunca pensei que ia encontrar uma fã dos Fugees aqui."

"Tá vendo? Às vezes é bom variar o repertório."

"A Jasmim é gente boa."

"Meio xumbrega. Se liga, mulher de morro, macumbeira. Tu merece uma cachorra com estilo. Pedigree, sabe como é?"

"Tão se estranhando porque as duas já foram mulher do Mauricinho Botafogo."

"Não fui nem sou mulher de ninguém, não, filhinho. O Mauricinho é que foi meu homem. Quando eu gosto, roubo se for preciso. Você também não rouba quando tem que roubar?"

9. RIO, JULHO DE 2001

Pedro e Viviane, a bordo da CB 500, levitam em alta velocidade pela Vieira Souto: Vrummmmmmmmm, vrummmmm mmm, vrummmmmmmmmm.

Chegam ao apartamento de Pedro em Ipanema, poucos móveis, cartazes pendurados na parede, Petkovic, Stewart Copeland, Kelly Slater.

Só falta John Dillinger.

Viviane não perde tempo apreciando a decoração: ajoelha-se, abre a calça de Pedro e capricha na felação. Depois, o 69.

Em seguida, como consequência lógica, os dois transam no chão da sala.

Depois de gozarem, cheiram cocaína. Viviane diz: "Você se amarra em bateria, tô ligada".

"Essa é fácil, a foto do Copeland na parede."

"Gosta de bater no couro, tô ligada. Gosta de surfe, me liguei também."

"O Kelly Slater."

"Maior gato. Como você. Amarradão num tubo quentinho."

"E o Pet?", ele pergunta.

"O que tem o Pet?"

"Não vai falar nada dele?"

"Sou Vasco, neném."

Pedro se atira para cima de Viviane, ávido.

"Calma! Sem selvageria. Eu tenho trabalho pra discutir", ela diz.

"Trabalho? Cheia de onda."

"Acha que eu vou te dar o serviço assim de graça, Pedro Dom?"

"Você acaba de me dar uma coisa muito melhor de graça. E vai dar de novo."

"Não estou falando disso. Falo do que interessa, Dom. Grana."

"Você não é romântica."

"Quem tem que ser romântico é o homem. Mulher gosta de dinheiro. Aquela que disser que não está mentindo."

"Mulher gosta de dinheiro? E de amor, não?"

"Amor na hora certa, filhinho. Com dindim na conta. Esse papo de mulher romântica é estratégia de homem pra controlar a mulher."

"Qual é?"

"Uma empregada conhecida minha. Trabalha na casa de um deputado. Eca!"

"Tá passando mal?"

"Eca é o deputado, Dom. Maior filho da puta."

"Nenhuma novidade."

"Ligado ao governador."

"Membros da mesma quadrilha", ele diz.

"Mesmo partido, acho."

"Então."

"Ou da mesma igreja, evangélico, sei lá. Já reparou que o governador parece um bebê chorão?", pergunta Viviane.

"Não."

"Bebê do mal, tipo Chucky, tá ligado? *Brinquedo assassino*."

"Fala, logo, Viviane! Engoliu uma matraca?"

"Calma. Você tem que acompanhar o meu ritmo. Fica me entupindo de pó e quer que eu fique quietinha? Mulher normalmente já fala pelos cotovelos; calibrada então…"

"Sim senhora, sim senhora."

"Minha amiga está limpando um armário do banheiro quando dá de cara com uma cesta de Natal. Sinistro, né? Banheiro não é lugar de guardar cesta de Natal, ainda mais faltando seis meses pro dito-cujo. Ela acha estranho aquilo lá no meio do ano, e no banheiro. Abre a cesta. Adivinha o que tem lá dentro?"

"Panetone."

"Cinquenta mil."

"Não fode."

"Dólares. Dó-la-res", diz Viviane, saboreando as sílabas.

"Cinquenta mil?"

"*Cinquenta mil?* Bobinho. Ficou espantado? Presente do Papai Noel pra você! Vem cá, entra no tubo da matraquinha aqui. Formou."

Em 1969 a birosca do Nerinho estava apinhada de moradores do Dona Marta. Muita gente reunida nas escadarias que levavam ao alto do morro. As pessoas bebiam cerveja e conversavam, animadas. Batucavam um samba de Martinho da Vila em pandeiros, caixas, tamborins, caxixis e bumbos: *Batuque na cozinha, sinhá não quer...*

Dan observava a movimentação. Os moradores comemoravam a liberdade do chefe do tráfico no morro, que acabava de escapar a nado de uma temporada na Ilha Grande. Nerinho se aproximava, acompanhado de um homem esguio e tatuado que Dan já conhecia de vista: Pedro Ribeiro, o Pedrinho Botafogo em carne e osso.

"Pedrinho, quero te apresentar esse rapaz. Ele é mergulhador profissional, vem sempre aqui na dona Rosa. Você já deve ter visto ele por aí. A dona Rosa gosta dele, os espíritos gostam dele. Os espíritos e os peixes. É gente nossa. Adora as histórias aqui do morro, você também vai gostar do Dan."

Enquanto Dan e Pedro se cumprimentavam, Dan sentia um

arrepio na nuca. O olhar do traficante mais que intimidador era invasivo.

Dan tratava de agir da maneira mais natural possível.

"Já te vi aí pelas sombras, mas nunca fomos apresentados", disse Pedrinho Botafogo. "O garoto dos espíritos."

Nesse instante um dos seguranças do traficante se aproximou e sacou do bolso um revólver niquelado calibre 45. Dan, numa reação instintiva por se sentir ameaçado, abraçou-se ao sujeito, impedindo-o de movimentar os braços. Os dois caíram no chão. Dan tentou desarmá-lo, não conseguiu, então enfiou os dedos no olho do oponente. Tudo se passou muito rápido, vários homens se aproximaram e apontaram armas para Dan, certos de que ele desafiava a segurança de Pedrinho Botafogo.

Anos de trabalho para desmantelar o tráfico, pensou Dan, e agora aquele final inglório. Todos os seus mergulhos, a missão arriscada de se fazer passar despercebido coletando informações, tudo se esvaía numa provável e iminente saraivada de balas.

10. RIO, 11 DE SETEMBRO DE 2001

No futuro vão dizer que o século XXI começou exatamente hoje.

O que se vê são imagens estarrecedoras na televisão. O inspetor Betinho é acordado por sua mulher, que ligou a TV alertada por uma amiga pelo celular. Logo no dia em que ele poderia dormir até um pouco mais tarde. Mas as imagens são realmente assustadoras, as Torres Gêmeas de Nova York em chamas, abalroadas por aviões. Um ataque terrorista.

"Ainda bem que a gente mora aqui no Rio", diz sua mulher.

"Será?", questiona Betinho.

O Rio é uma cidade violenta, ele pensa. Toda semana é como se uma ou duas Torres Gêmeas fossem implodidas nos morros e nas favelas. O crime está disseminado, crianças drogadas e armadas disparam tiros a torto e a direito. Um mundo perdido. Ele se persigna, propõe à mulher que orem um pai-nosso em nome das pobres almas sacrificadas pela barbárie islâmica.

Pai nosso, que estais no céu, santificado seja...

Depois de orar, Betinho toma banho, veste-se, beija as crianças e a mulher, e recomenda a todos que fiquem com Deus.

As torres desabam.

Em 1969, deitado sob a mira dos traficantes, Dan achou que estava perdido. Fechou os olhos.

"Ei, ei", Nerinho disse a Dan, "é o Chora-Neném, cunhado do Pedro. Tá maluco, Dan?"

"Calma!", Pedrinho Botafogo ordenou a seus homens. "O garoto dos espíritos viu a arma com o Chora-Neném e achou que ele ia me acertar."

Os homens baixaram as armas.

Pedrinho Botafogo ofereceu a mão a Dan e o ajudou a se levantar.

"Obrigado, garoto. Você foi corajoso."

"Desculpe, eu não sabia", disse Dan aliviado a Chora-Neném. "Agi por instinto."

"Porra, quero ser seu amigo", disse Chora-Neném. "O Branquinho é rápido. Caralho."

Os homens riam.

Chora-Neném se levantou e entregou a arma a Pedro Ribeiro.

Dan se recompunha, surpreso não só por não ter sido desmascarado, mas por ter conquistado a confiança de Pedrinho Botafogo.

Dan observou o traficante se afastar acompanhado de seus capangas.

Pedro Ribeiro, pensou Dan. Pedrinho Botafogo. A lenda.

O homem que tinha trazido a cocaína para a favela e iniciado a estratégia de venda no varejo. Tudo havia começado com ele. Era o rei do morro, mas nunca quis ser chamado de Dom.

11. RIO, 11 DE SETEMBRO DE 2001

No caminho para o trabalho, Betinho repara como a cidade está imunda. Mas temos um bom governador, pondera. Um homem religioso, porém pragmático. Para combater o crime é preciso mais que boas intenções. É necessário imiscuir-se na sujeira e descer aos esgotos do inferno para purificá-lo. E para garantir algum para o futuro, porque ninguém é de ferro. O salário pago aos policiais é ridículo. O chefe de polícia, Carlos Serafim, é uma referência: o homem certo para controlar o crime na cidade e administrar com competência a indústria do faz-me rir.

Jovem, ativo, científico.

Boa-pinta.

Logo, logo sai para deputado. Ou coisa maior.

Nas salas do serviço de inteligência da Polícia Civil, só se fala no ataque terrorista aos Estados Unidos. O avião que atacou o Pentágono, o outro que caiu antes de atingir a Casa Branca, a retaliação iminente. George W. Bush, um homem decidido, não vai deixar barato. Ah, não vai mesmo.

Na sala dos investigadores, Betinho, o delegado Fábio e o inspetor Bianchi se dividem entre as notícias na TV e uma escuta telefônica.

"Que estrago", diz Betinho.

Bianchi intercepta alguma coisa na escuta e não presta atenção no inspetor.

"Bin Laden do caralho", diz o delegado Fábio. "Muçulmano filho da puta."

"Aqui no Rio essa Al-Qaeda não se criava, bicho", Betinho diz. "Vai por mim. Ia ter que pagar propina pra polícia, pro Comando Vermelho e até pros fiscais da prefeitura. Fora que aqui ninguém morre por porra nenhuma. Morre? Nem por futebol. Mulher. Nego pode até matar por alguma coisa, mas morrer?"

"Inspetor", interrompe Bianchi, indicando os fones de ouvido.

12. RIO, OUTUBRO DE 2001

No pontão do Leblon o mar ruge. Uma ressaca proporciona condições perfeitas para o surfe. Pedro gostaria de estar dropando as ondas, arriscando aéreos e *cut backs*, pegando tubo e o escambau.

Mas o trabalho está em primeiro plano: Boneco Doido, o bandido responsa, pilota a Honda CB 500. Na garupa o fiel Boca Mole. Tritura Pedra, o Trita, os aguarda mais adiante, bebendo água de coco num quiosque. Fechaduras que se cuidem, armários que se preparem, cofres que comecem a rezar.

Canas que se fodam.

Não se trata de Sting, Andy Summers e Stewart Copeland, mas Pedro Dom, Boca Mole e Tritura Pedra formam um *power trio* pra ninguém botar defeito.

Às vezes ele acha engraçado que sua banda favorita se chame The Police.

Pedro vê um garoto descer uma onda em diagonal, em pé na prancha até chegar na areia. Coisa mais linda, um balé.

No Leblon tudo parece claro, organizado. Uma Austrália com o Vidigal ao fundo. Tudo sonho e maresia no rosto. Ele fecha os olhos: os raios ultravioleta dão onda, algum dia a ciência há de descobrir isso.

Ninguém imagina uma manhã ensolarada de sábado como a hora ideal para assaltar um apartamento, mas o que se sabe, no fundo, sobre a arte de assaltar residências?

A moto não desperta suspeitas, os garotões procuram vaga a caminho da praia.

Tá ruim de vaga.

Um observador mais atento perceberia que os rapazes não olham mais para a praia, e sim para os prédios da avenida Delfim Moreira. Encontram o edifício JK, nome interessante para a morada de um político. Não há tempo para desvendar coincidências significativas: é preciso achar uma vaga.

"Ali", indica Boca Mole.

Trita, famoso por sua habilidade no manuseio de uma lâmina de barbear sobre uma pedra de cocaína, aguarda os comparsas em frente ao quiosque.

"Cada onda, brother!"

Os três garotões vão em direção ao prédio onde Juscelino Kubitschek morou antes da criação de Brasília. Eles desconhecem essa informação, o que não faz a menor diferença. As informações importantes estão devidamente registradas: Cíntia, babá da filha do deputado e amiga de Viviane, está neste instante pedindo ao porteiro que a ajude a carregar algumas caixas de roupa para o depósito da garagem. Destravar o portão de acesso ao prédio é algo que Cíntia sabe fazer, e ela faz isso enquanto o porteiro desce as escadas carregando uma das caixas.

Outra informação, e mais importante, está igualmente catalogada: o deputado passa o fim de semana com a família em Brasília. Além de político, é otário. Devia ser o contrário, não? Passar a semana em Brasília e o finde no Rio, com essa puta praia à disposição. Vai entender cabeça de político.

O trio entra sem problemas no apartamento. Aquilo é — literalmente — um passeio. Instruídos por Cíntia sobre a planta baixa do imóvel, o trio demonstra também familiaridade com as técnicas de engenharia e de arquitetura. Bandidos modernos, especializados. O milagre do pó: chegam com facilidade ao banheiro luxuoso.

O banheiro é um capítulo à parte, digno de nota: espelhos, piscina Jacuzzi, sauna de mármore.

"Acho que vou tomar um banho de Jacuzzi", arrisca Boca Mole.

"Sem comédia", alerta Pedro.

A visão de si mesmo reproduzida ao infinito pelos espelhos o incomoda. "Vamos vazar logo deste inferno", diz.

Inferno?

Esse Boneco Doido é difícil de entender. Talvez por isso ele seja o líder.

Encontram a cesta de Natal com os cinquenta mil dólares.

"Por que o otário deixou essa grana numa cesta de Natal e no banheiro?", questiona Boca Mole.

"Graças a Deus existe uma porção de otário no mundo", diz Tritura Pedra.

"Depois vocês rezam", sugere o líder. "*Wazari*."

Nunca foi tão fácil conseguir dinheiro. O butim será repartido mais tarde, agora ele vai para a mochila de Pedro Dom.

Na rua os três se separam. Boca Mole e Tritura Pedra saem a pé, cada um para um lado, Pedro parte na CB 500 em direção a Ipanema.

Olha, que coisa mais linda, mais cheia de graça...

Algumas esquinas à frente, Pedro Dom para no sinal e é interceptado por dois policiais civis armados

13. RIO, OUTUBRO DE 2001

Naquele sábado ela desperta com o barulho de uma sirene. O coração dispara, será um incêndio?

O incêndio.

O som das sirenes se afasta e ela ouve gritos de crianças. Nenhum incêndio, claro, graças a Deus. Olha o relógio, quase meio-dia. A insônia da noite passada foi um pouco mais intensa que das outras vezes. Noites de sextas-feiras são propícias à falta de sono pela anunciação de mais um fim de semana sem notícias do filho.

Lúcia não consegue mais pronunciar Pedro Dom.

Em 1985 ela chegou a seu apartamento da rua Sá Ferreira, em Copacabana. Abriu a mala, guardou as coisas pelos cômodos do lugar simples, de móveis alugados. Ligou a velha Telefunken com antenas desgastadas pela maresia, mas não se concentrava na programação. Preparou um omelete, mas não teve apetite. Largou a louça suja na pia, caminhou até o quarto. Tentou dormir com a luz acesa, mas não conseguiu. Apagou a luz, e a escuridão trouxe a lembrança do suicídio de sua mãe depois de atear fogo ao próprio vestido embebido em álcool, por ciúmes do marido.

De manhã pegou um táxi de volta à casa no Rocha. Tocou a campainha e Victor a recepcionou no portão: "Já voltou?".

"Não consegui dormir."

"Nem eu."

"Entra."

"Não vou entrar."

"Entra", ele insistiu.

"Não. Não chega perto. Você me confunde. Vim buscar meus filhos."

"Você não tem esse direito, Lúcia. Já falamos sobre isso."

"Não importa o que falamos ou deixamos de falar. É claro que eu tenho esse direito. Você sabe. Prefere que eu vá ao juiz?"

"Eu não vivo sem as crianças."

"Nem eu."

Olharam-se por um instante.

"Me deixa pelo menos levar o Pedro", ela implorou.

"É quem precisa de mais cuidados. Ainda é pequeno…"

"Por isso mesmo. É o que mais necessita ficar perto da mãe."

Victor hesitou.

O inspetor Betinho aponta a arma: "Pedro Dom. O cara".

"Qual é?"

"Estou acompanhando seu trabalho já faz um tempo."

"Um fã?"

"O playboy tem senso de humor".

"Não me chama de playboy."

"Te chamo como eu quiser."

"Vai me levar em cana? Me sequestrar? Me dar porrada? Qual é a ordem do dia?"

"Fica frio, garoto."

O inspetor Betinho e seu companheiro Bianchi ordenam que Pedro Dom salte da moto. Depois o conduzem até a Blazer da Civil estacionada na Epitácio Pessoa, sob a sombra das amendoeiras do Jardim de Alah.

No carro, o inspetor Betinho ocupa o assento do piloto e Pedro senta-se ao lado dele. Bianchi permanece no banco de trás, com a pistola apoiada na coxa.

"Qual vai ser?"

"Depende."

"Quanto?"

Os policiais permanecem quietos.

"Vamos acertar logo", insiste Pedro.

"Acertar logo?", diz Betinho, trocando um olhar com Bianchi. "Tá com horário, playboy? Tem compromisso? Tá com pressa?"

"Quanto é?"

Betinho acerta um tapa na cabeça de Pedro.

"Playboy! Playboy do caralho! Ladrão!"

"Calma", diz Bianchi, botando a mão no ombro de Betinho.

O velho número da dupla de policiais: o bom e o mau.

Betinho respira fundo. Move nervosamente os maxilares.

"Respeito, Pedro Dom", diz Betinho. "Olha como fala comigo", prossegue, tentando se controlar. "Sou um homem de família, religioso. Mas ando muito nervoso. As pessoas perderam a noção. Terroristas destruindo prédios, ladrões roubando sem vergonha na cara, traficantes matando crianças inocentes. Eu tenho filhos!"

Os três ficam em silêncio à espera da conclusão do sermão de Betinho.

"Acho que dessa vez você dançou, Dom. E olha que a gente nem quer ver o que tem dentro dessa mochila. Vamos pra sede da Polícia Civil. O secretário de Segurança Pública abre a tua mochila pessoalmente. Aliás, hoje é sábado. Vamos encontrar o homem no Jóquei Clube, ele está jogando tênis. Vai adorar interromper a partida pra ver o que tem nessa mochila. Quer ir pro Jóquei? É aqui do lado."

"Quanto?", insiste Pedro. "Pode cortar o papo-furado. Eu sei que vocês querem grana. Polícia Civil, Militar, Sinap, secretário de Segurança, tanto faz. Todo mundo só quer a grana."

"Vai me dar lição de moral, bandido? Ladrão. Tu é ladrão. Que moral você tem, ladrão?"

"A mesma moral que o deputado de quem eu acabei de roubar esta grana aqui", diz Pedro, mostrando a mochila. "De que adianta me enfiar porrada? Isto aqui é um negócio como outro qualquer. Não é falta de moral que me diferencia de vocês. Vocês sabem disso. Eu também. Vamos resolver a parada como gente grande."

"Cheio de onda", diz Betinho, dando um tapa num mosquito que pousa em seu braço. "Quer sentir dor, playboy?"

"Eu não sinto dor. Quanto?"

"O que você tem pra oferecer?"

14. RIO, OUTUBRO DE 2001

O Condomínio Mansões, na Barra da Tijuca, tem um nome bastante explícito. Antigamente os condomínios de luxo ostentavam nomes mais evocativos, embora de gosto duvidoso, como Côte d'Azur, Cap Ferrat, Malibu e Palm Springs. O Mansões, talvez para satisfazer a voracidade pragmática de seu público-alvo, opta por ir direto ao ponto. Uma mansão é uma mansão, afinal de contas, no Rio ou em Beijing. Apesar disso, ali alguém pode se sentir em Miami ou na Califórnia. Alamedas arborizadas, nada de muros ou cercas. Vigias e sistemas eletrônicos de segurança garantem a paz celestial. Crianças brancas e sorridentes, algumas falando em inglês para reforçar a impressão de que se está num paraíso do hemisfério Norte: *"Trick or treat? Trick or treat?"*.

É nessa ilha imaculada de bebês perfumados, babás negras e motoristas uniformizados, numa mansão amarelo-ouro, que o chefe de polícia Carlos Serafim oferece um jantar para autoridades, empresários, bicheiros, bispos, sambistas e políticos. Curioso ninguém estranhar que um funcionário público seja proprietário de uma mansão daquele tamanho, naquele condomínio. Estamos no Brasil, afinal de contas, não na Califórnia. Não há tempo a perder com detalhes irrelevantes. Carlos Serafim está orgulhoso de si mesmo. Sua mulher, Jussara, exibe seios recém-calibrados e bochechas recheadas de botox. Tudo parece em harmonia, vibrando como as taças do prosecco rosé, um estranho híbrido de italiano e francês que descreve a bebida adocicada, borbulhante e sem sabor, porém de enorme prestígio. O próprio governador está presente! Desfila roliço e sorridente ao lado da esposa, igualmente roliça e sorridente, a provável futura governadora do Estado. Por todo lado brilham dentes brancos recendendo a consultórios odontológicos e a essência de eucalipto.

Uma glória.

"Só faltou o Amaury Jr.", comenta Jussara, entre sorrisos fugazes e vapores de prosecco.

"Dr. Carlos!"

A voz de Antenor, o caseiro, parece interromper um sonho. Serafim tergiversa sobre os benefícios do jiu-jítsu no centro de uma roda e ignora o chamado do caseiro: "O que mais me atrai no jiu-jítsu é essa mistura da eficiência japonesa com o jogo de cintura brasileiro…".

"Dr. Carlos!", insiste o caseiro.

"O que foi, Antenor? Não vê que estou ocupado?"

"É que o inspetor Betinho…" O caseiro faz um sinal com o dedo apontando para o lado.

"O que tem o Betinho?"

"Está lá na garagem. Quer falar com o senhor."

Em 1985, numa noite quente de primavera, o menino vestia uma camisa do Flamengo e atravessava correndo a Figueiredo de Magalhães.

"Mãe!"

A babá se distraiu por um momento e o menino correu em direção à mãe. Ela caminhava do outro lado da rua, trazendo um saco de pipocas para o filho.

"Pedro! Pedro!"

Os gritos angustiados da mãe alertaram o menino para algum perigo iminente. Ele não teve tempo de perceber o que se passava. Um táxi vinha em sua direção. O rosto do menino se crispou, o sorriso desapareceu, a Brasília atingiu o menino com violência e a mãe correu desesperada em direção ao corpo no asfalto: "Pedro! Pedro!".

As pipocas se espalhavam pela rua tingidas de sangue, enquanto as pessoas se aglomeravam em torno dos dois.

Na garagem da mansão, Carlos Serafim se depara com o inspetor Betinho sorrindo ao lado da Honda CB 500.

"Porra, Betinho, interromper meu jantar a uma hora dessas? Cheio de convidado lá dentro..."

"Eu quis entregar logo a féria do mês", o inspetor diz, se desculpando. Betinho tira do bolso um maço de dinheiro e o entrega a Carlos, que guarda rapidamente no bolso do blazer.

"E tem a moto também." Betinho indica a CB 500 com o queixo. "Peguei do Pedro Dom."

"Moto, Betinho? O que eu vou fazer com uma moto roubada?"

"Não é roubada. O Dom comprou a moto."

"Com dinheiro roubado. Tá maluco, porra? A moto de um assaltante! Tem que ter um mínimo de mentalidade, capitão.

Quer me foder? Vamos com calma. Vende essa merda e me dá o dinheiro depois. Deixa eu voltar lá pra dentro, os convidados estão esperando, o governador está aqui. Com a esposa!"

Carlos muda de expressão de repente, dá um sorriso e estende a mão ao inspetor: "Não vai me cumprimentar? Acho que aquela indicação vai rolar. Quase certo. Vou sair pra deputado estadual. Quase certo".

15. RIO, FEVEREIRO DE 2002

2002 é o ano em que se define o Eixo do Mal: Irã, Iraque e Coreia do Norte. Agora todos já sabem quem são os inimigos. Em fevereiro, a senadora colombiana Ingrid Betancourt, candidata à Presidência de seu país, é sequestrada pelas FARC. Dois dias depois, o presidente Fernando Henrique Cardoso anuncia o fim do racionamento de energia. Bandidos e assaltantes lamentam, o apagão ajuda muito os negócios. Desprovido da CB 500, Pedro pega emprestado o Fiat Tipo de Lúcia.

Mãe é mãe.

Pedro, Tritura Pedra e Boca Mole conversam dentro do Fiat estacionado numa rua próxima à ladeira dos Tabajaras. Boca Mole acende um baseado.

"Brother, não tem coisa mais impressionante. Ali, no meio da bateria, é como ficar no meio de um furacão e de um terremoto ao mesmo tempo", diz Trita, se concedendo liberdades poéticas. "Maior onda."

"Se estiver doidão", diz Boca Mole, segurando a fumaça no peito, "tu perde até a noção espacial, morou?"

"Eu preferia ficar ao lado da bateria do Copeland", diz Pedro. "O Copeland sozinho engole a bateria inteira da Mangueira."

"Tá maluco?", diz Tritura Pedra, indignado. "Copeland é o cacete. Branquelo marrento. Tu devia sair na Mangueira pra sentir o tranco."

Pedro percebe pelo espelho retrovisor que uma viatura da PM se aproxima. É sempre hora de sentir o tranco: "Sujou".

"Boca Mole do caralho, vacilão. Era hora de acender baseado, porra?"

Os três pensam em fugir e Pedro em tentar desovar as pistolas zero bala escondidas na mochila. O objetivo do encontro não era fumar maconha nem dissertar sobre a potência da bateria da Mangueira ou das baquetadas de Stewart Copeland. Aquilo deveria ser o transporte de armas de uma conceituada quadrilha de assaltantes.

Eles saem do carro e cada um corre para um lado. Como um líder que se preze, Pedro chama a responsabilidade para si: antes de ser alcançado pelos policiais, larga a mochila no jardim do edifício Herivelto Martins, mas é observado por dona Suleima da janela de seu apartamento. Ela desce correndo à rua, de bobes no cabelo, e informa os policiais.

"Esse aí, o bonitinho. Esse mesmo. Largou uma mochila ali no jardim. Eu vi."

Nada como a sensação do dever cumprido. Afinal de contas há que se combater o crime. Pedro é capturado em flagrante.

"Quanto vai ser?", pergunta Pedro, algemado, dentro do camburão.

"Perdeu, bandido. Não vai ser nada. Você vai se explicar pro delegado", responde o policial.

"Como assim? Eu tenho grana, sou cliente. Sempre faço jogo com a polícia."

"Não tem jogo nenhum. Cheio de testemunha ali, todo

mundo viu a gente te prender, acha que vou botar o meu na reta pela merreca que você vai me pagar? Tenho família pra criar, rapaz."

"Não é merreca."

"Perdeu, bandido. Deu azar. Pegou um policial honesto dessa vez. Existe. Pensava que não existia policial honesto? Muito prazer."

Pedro conhece um ex-policial honesto, mas a lembrança não lhe traz nenhum prazer.

Pela parede de vidro ele vê moças dançando, curvando o corpo e jogando os braços para o alto, todas juntas e ao mesmo tempo. Há um rapaz entre elas, ele não tinha notado. O som da música chega a seus ouvidos abafado. Uma espécie de jazz com batida eletrônica.

O menino parece angustiado. Aliás, todos eles.

De sua sala no Estúdio Jaime Aroxa Tijuca, Victor observa as aulas de dança. Balé moderno é um negócio que ele nunca conseguiu entender. Nem o clássico, pensando bem. Tango. A dança em si é um conceito complexo.

O que se busca ali exatamente?

Por que parecem sofrer? Estão dançando, deviam estar felizes!

Está na hora de vender sua parte na sociedade, pensa. Mesmo antes de a empreitada ter dado algum lucro.

Foda-se.

Dança, dinheiro, tudo vai perdendo o sentido aos poucos.

Os dançarinos parecem suplicar por alguma coisa, os rostos cada vez mais angustiados.

Será que a angústia faz parte da dança?

Vai entender o balé moderno.

Daiane, a secretária, abre a porta, interrompendo suas elucubrações. O rosto dela expressa ainda mais angústia que o rosto dos dançarinos. Por que todo mundo está angustiado hoje?

Daiane, com o telefone na mão: "Seu Victor, desculpe entrar sem bater. É a Monika, sua filha. Diz que é urgente".

Victor chega à 12ª Delegacia. O delegado Sinval Lima é um garoto, mas a presença de um ex-integrante do Esquadrão de Ouro sempre gera respeitabilidade em ambientes policiais. Hoje em dia quase não se fala mais em Vick Vanderbill, embora em algumas delegacias um degolador de mendigos e ladrões como ele ainda inspire vivas e tapinhas no ombro. Não se fazem mais justiceiros profiláticos como antigamente: ter sido um membro do histórico esquadrão abre portas para Victor.

Consegue chegar à cela em que Pedro aguarda interrogatório. Victor sussurra, do outro lado da grade: "Diga que você é viciado, que tinha ido ao morro comprar droga quando a polícia subiu atrás de traficantes, que viu um deles jogar uma mochila no mato, que esperou a coisa se acalmar e apanhou a mochila pensando que continha droga e que só quando chegou em casa viu que eram armas. Sem saber o que fazer, levou as armas pro carro e pretendia entregar pra polícia...".

Não há honestidade que resista ao amor por um filho.

16. RIO, MARÇO DE 2002

No horóscopo chinês é o ano do cavalo.

Ele gosta de fechar os olhos e lembrar das cavalgadas com Ventania pelo cerrado. É possível perceber de onde vem a luz mesmo de olhos fechados. A monotonia daquele lugar evoca salas de aula, celas de prisão, buracos escuros, missas de sétimo dia e ruas sem saída. A voz do homem é monocórdia, como a de um padre. Ele poderia estar rezando.

Entretanto, não está.

"… sempre que presentes a materialidade e indícios de porte, o juiz está autorizado a manter o réu segregado para, dentre outras finalidades…"

Antes aquela voz proferisse o pai-nosso.

Mas ali não é uma igreja.

"Meritíssima, pode pedir para o réu abrir os olhos, por favor?"

Pedro abre os olhos.

Ali não é uma igreja, é a sala da vigésima vara criminal no Fórum de Justiça do Rio de Janeiro.

"O réu pode manter os olhos abertos, por favor?", inquire Maria Michele Lubanco, a juíza. "Aqui não é lugar para tirar soneca."

"Sim, senhora."

Ela se dirige ao promotor público: "Prossiga, por favor".

"… assegurar a garantia da ordem pública e a aplicação da lei penal prevista no artigo…"

Aquele é o lado chato da profissão.

Os ossos do ofício, como diria vovó Ruth.

A sensação de estar algemado não é das mais auspiciosas. Coceiras começam a se disseminar pelas costas só porque é impossível coçar-se algemado. Estranho esse componente sádico do corpo, revelado na chamada "coceira de algema".

Só quem experimentou sabe.

Mesmo de olhos abertos Pedro Dom continua alheio. Vê as pessoas, claro. De seu ângulo de visão elas parecem irreais. A sala é abafada, o ar-condicionado não funciona, a lei gosta de se hospedar em lugares desagradáveis. Sentada numa mesa comum, a juíza preside o julgamento de Pedro Machado Lomba Neto, o Pedro Dom. É uma mulher séria e compenetrada, mas alguma coisa em seu olhar parece abrir uma fenda. Ou um sorriso velado. Além dela, de Pedro e do escrivão, estão presentes o advogado de defesa, dr. Guilhón, o promotor público, Victor e Lúcia. Aquela é a visão realmente difícil: Victor e Lúcia. Às vezes Pedro tem a sensação de que está no lugar errado.

Em 1985, no Natal, Victor, acompanhado de seus pais e das filhas improvisava uma ceia no quarto da ABBR, a Associação Brasileira Beneficente de Reabilitação, onde Pedro se recuperava do atropelamento. O menino estava na cama com a perna engessada, agarrado ao boneco marinheiro. O pai, as irmãs e os avós tentavam animar o garoto com brincadeiras e presentes. Uma enfermeira entrou para dar uma injeção em Pedro. O menino suportou bem o desconforto da picada e disse para a enfermeira: "Agora dá nele".

A enfermeira já estava acostumada ao procedimento. Todos os medicamentos aplicados em Pedro deviam ser igualmente ministrados ao boneco de isopor. Ela fingiu que dava uma injeção no boneco.

"Doeu?", ela perguntou ao boneco marinheiro.

"Doeu", respondeu Pedro, falando pelo boneco.

A enfermeira foi convidada a participar da ceia improvisada.

Dona Ruth e seu Pedro distribuíram os pratos de pernil com farofa. Victor abria uma garrafa de champanhe, quando Verena o cutucou. Ele viu Lúcia parada na porta, com alguns pacotes de presentes. Victor pousou a garrafa na mesa e foi até ela, antes que Lúcia entrasse no quarto. Fechou a porta atrás de si e conversou com a ex-mulher no corredor.

"Vai me impedir de ver meus filhos na noite de Natal?"

"Você sabe que eu não posso fazer isso."

"Não pode mesmo."

"Não vamos discutir isso agora. O menino está se recuperando. Comporte-se."

"Eu não vim aqui pra discutir."

Victor resistiu por alguns segundos.

"Tudo bem. Mas uma coisa tem que ficar bem clara. Presta atenção. Nossa separação, dessa vez, é definitiva."

Ele então abriu a porta e permitiu a passagem de Lúcia. Ela entrou no quarto seguida por Victor. As crianças ficaram felizes de ver a mãe. Victor observou Lúcia beijar a boca do filho com carinho.

"Agora beija ele", pediu Pedro, estendendo o boneco à mãe.

Antes de Maria Michele proferir a sentença, Lúcia salta da cadeira e ajoelha-se diante da juíza. Implora: "A senhora deve ser mãe como eu e entende a dor que estou sentindo. Sei que o Pedrinho fez um monte de besteira, mas no fundo ele é um menino bom. O problema dele é a droga. A cocaína é uma desgraça, nem a prisão nem a liberdade vão curar o problema dele. O Pedro tem que ir para um hospital, não para a cadeia ou para as bocas de fumo. Ele precisa se tratar...".

Lúcia é amparada por Victor e pelo advogado, que a reconduzem à sua cadeira e recomendam que se acalme. Pedro, algemado, permanece alheio. Não gosta de ver a mãe se humilhando por causa dele. Desvia o olhar para o grande globo de vidro branco no teto.

17. RIO, ABRIL DE 2002

Em seu primeiro rolé pelo lugar em que passará os próximos meses, Pedro Dom sente um enorme alívio. Homens e mulheres juntos pegam sol nos bancos do pátio sob a vigilância meia-boca do misto de enfermeiros e agentes penitenciários.

Ele fecha os olhos: os sons do Estácio, ali do lado, o fazem levitar acima dos muros. Nada como poder ouvir as engrenagens do mundo funcionando pelo som de um rádio: *o Estácio acalma os sentidos dos erros que faço...*

A juíza Maria Michele Lubanco poderia ter condenado Pedro a três anos de prisão por receptação e porte de armas. Mas, sensibilizada com o discurso de Lúcia, converteu a pena em um ano de tratamento clínico num hospital psiquiátrico penal, por entender que Pedro é dependente químico e que suas ações criminosas são motivadas por essa dependência.

Mãe é mãe.

Nada de meninos ladrões, bandidos experientes, chefes de tráfico ou assassinos perigosos. Nada de escola do crime.

Só um bando de loucos.

E Nélio Caçapa, condenado ali a trinta anos de reclusão por assassinar a facadas a família inteira num acesso de loucura. Mulher, três filhos pequenos, uma sobrinha e até o cachorrinho, que roía inocentemente um osso no canto da cozinha. Por causa de sua periculosidade, Nélio está isolado dos outros presos, o que não impede que exerça uma espécie de liderança entre os internos. Os mais antigos garantem que um acesso de loucura de Nélio Caçapa é algo que faz arrepiar a nuca de Lúcifer.

Em 1986 Victor dirigia seu Escort a caminho da ABBR.

No banco do carona, Pedro Lomba, pai de Victor, dizia: "Esse menino é incrível. Não é porque é meu neto, não. Juro pra você, Victor, nunca vi ninguém resistir tanto à dor. Você sabe que eu tenho experiência, na minha vida de médico vi muito homem chorar de dor. E não eram grandes dores, não. Presenciei muito touro desmaiar como donzela porque viu um pouco de sangue. E esse menino, com cinco anos de idade!, nem sequer uma reclamação. Sabe que isso às vezes me preocupa?".

"O que te preocupa? Ele ser macho como o pai?", perguntou Victor, radiante, feliz com a recuperação do filho.

"Ele não sentir dor. Provavelmente o corpo dele passou a produzir adrenalina por causa do atropelamento, como uma reação natural ao choque psicológico. Ele pode se tornar dependente dessa adrenalina, como um viciado. Isso é um problema muito sério na vida de alguém."

"Bobagem, pai. Ele é um menino corajoso, só isso."

"A dor é um aviso. Sem ela não percebemos o perigo se aproximar. Eu sou médico, Victor. Sei do que falo."

Victor seguia dirigindo o carro: "O que importa", diz, sem tirar os olhos da rua à frente, "é que ele teve alta. Ficou bom".

Quando chegaram à ABBR Victor e o pai acomodaram Pedro e o boneco no Escort e fizeram festa com o menino no caminho de volta para casa.

18. RIO, MAIO DE 2002

Os dias correm frenéticos no manicômio. Mas não é um frenesi ativo como o que se sente depois de cheirar uma carreira de cocaína e entrar num apartamento escuro para roubar joias. É mais como um sonho agitado do qual não se consegue despertar, uma anestesia que custa a passar, uma febre que não cede.

Uma doença.

Pedro se adapta ao novo habitat e percebe que ali a cachaça

é como petróleo: sem ela a rotina não flui. Ele exerce seus dotes de sedução, o garotão simpático que gosta de cozinhar. Especializa-se na fabricação de cachaça artesanal num pequeno alambique improvisado no fundo de sua cela. Bastam algumas panelas, fogareiro, água, açúcar, fubá e muito álcool de farmácia. O material é garantido pelo pessoal da cozinha e da limpeza. Pedro Dom, o empreendedor, passa a distribuir a bebericagem de alto teor alcoólico a vários internos e a alguns agentes, que fazem vista grossa e permitem que ele se mova com certa liberdade pelos pavimentos do manicômio. A cachaça de Pedro é rapidamente popularizada pela alcunha de "birita do demônio".

O problema, claro, é que Pedro também começa a consumir a bebidinha diabólica em doses generosas. Uma noite sonha com Nossa Senhora do Sashimi, a santa padroeira dos restaurantes japoneses. Numa tarde fica prostrado olhando melancolicamente para o muro sem conseguir falar nada. De manhã fuma um cigarro com a interna Zélia e sente vontade de chorar quando ela conta que o pai a violentava. "Quer me comer?", ela propõe carinhosamente. Pedro afaga a cabeça da moça e sai andando.

Numa de suas prospecções etílicas pelas dependências, descobre atrás da lavanderia um espaço que está sempre vazio. Passa a maior parte do tempo ali, sozinho, afastado dos loucos. De certa forma sente medo de enlouquecer também, como se a loucura fosse uma doença contagiosa que pudesse tomar conta de sua cabeça aos poucos sem ele perceber.

Naquele espaço uma cerca grande de arame eletrificado o separa do muro que circunda o manicômio. Escalar a cerca eletrificada não parece uma boa ideia mesmo para um louco.

Em 1988 Victor chegava à Brasília depois de dirigir por mais de dezoito horas. Estava cansado e com dor nas costas. Seguia as placas em direção a Valparaíso, dirigindo devagar, até que em determinada rua passou a observar com cuidado a numeração das casas. Estacionou o carro em frente a uma casa avarandada e se espreguiçou, para esticar os músculos doloridos. Algumas crianças que comemoravam o dia de Cosme e Damião se aproximaram, pedindo doces. Victor encontrou uma caixa de chicletes no porta-luvas e entregou a elas. Depois desceu do carro, pegou alguns pacotes de presentes no porta-malas e tocou a campainha.

"Pai, você veio!"

Pai e o filho se abraçaram na pequena varanda com chão de azulejos vermelhos encerados.

"Você acha que eu ia esquecer o teu aniversário de sete anos? Tá maluco, garoto? Sete anos! Você já é um homem! Deixa eu ver."

Victor olhava com atenção para o filho e se surpreendia com seu crescimento. Percebeu, então, que ele havia passado mais tempo do que gostaria longe dos filhos. Victor sentia o cheiro intenso da cera e lembrava de sua própria infância. Por um momento sentiu pena de si mesmo.

"Como você cresceu! Cadê o boneco marinheiro?"

"Boneco é coisa de criancinha, pai. Ou de menina. Agora eu tenho um cavalo."

"Cavalo?"

"O Ventania. Vem ver."

Victor acompanhou o filho por uma passagem lateral que levava aos fundos da casa. Um cavalo branco preparado com arreios pastava no gramado. Victor levou um susto: "Pensei que fosse um cavalo de brinquedo".

19. RIO, JUNHO DE 2002

Para evitar surtos é importante que Nélio Caçapa esteja bem abastecido de maconha, cigarros e cachaça. Essa é a lição número um para quem chega ao manicômio.

A cachaça Pedro mesmo fabrica, os cigarros são fáceis de conseguir. A maconha exige uma estratégia mais complexa. A boa notícia é que as visitas são frequentes e permitidas no manicômio. O fato de ele estar internado naquele lugar instiga os sentimentos românticos de Jasmim, que andava meio ressabiada nos últimos meses, e de Viviane, que parece sempre pronta para mais uma.

A meta, no momento, é ganhar a confiança de Nélio Caçapa.

O reencontro com as namoradas faz a engrenagem se movimentar. Numa das visitas Jasmim leva um pão doce recheado de baganas e na semana seguinte Pedro recebe de Viviane um bolo de chocolate que, como um cavalo de Troia, oculta berlotas perfumadas em seu âmago.

Uma continua não sabendo das visitas da outra, mas isso é um detalhe.

Uma noite Nélio e Pedro fumam um baseado.

"Aqui é um lugar tranquilo, mas sinto que você quer voltar pra selva", diz Caçapa de repente, soltando fumaça pela boca.

"E você não quer?"

"Não. Mas sei como você pode fugir."

"Não fode."

"É sério. Mas eu não aconselho."

Nélio Caçapa revela a Pedro a história de Robson Traíra, condenado a vinte anos de reclusão por assassinar e estripar a própria mãe e enterrar seus restos no quintal da casa em que viviam em Encantado. Depois de cumprir dois anos da pena, entediado com a rotina no manicômio, Robson iniciou a escavação de um túnel na área atrás da lavanderia, sob a cerca de arame eletrificado, que possibilitaria acesso ao muro.

"O homem era um gênio na arte de escavar um buraco", atesta Caçapa enquanto segura a fumaça nos pulmões. O esconderijo do cadáver estripado materno no quintal em Encantado não o deixa mentir. "Um gêêêênio", diz e expele a fumaça como um dragão melancólico. "Depois de meses de escavação, o Robson morreu na cela com uma crise aguda de asma. O túnel dele nunca foi descoberto."

Pedro acha a história meio delirante, mas no dia seguinte Nélio o conduz até o espaço atrás da lavanderia e indica o portal da obra-prima de Traíra escondido sob chapas de madeira compensada. Aos olhos de Pedro aquilo se parece mais com um buraco de tatu.

Na falta de algo melhor para fazer, Pedro Dom decide levar adiante o projeto inacabado de Robson Traíra. Nada como um objetivo para ocupar a mente e mantê-la afastada da piração total.

No começo parece só uma onda maluca num ninho de loucos, mas não é que o túnel do Traíra tem certa profundidade e alguma engenhosidade?

Ele custa a acreditar que possa terminar de cavar o túnel sozinho, só com a ajuda de colheres de sopa. Mas a promessa da liberdade, mesmo que ilusória, é irresistível. Afinal Ícaro só precisou de cera de abelha e penas de gaivota para fabricar as asas que o libertaram do labirinto.

Com a cozinha, Pedro Dom dá início à sua odisseia subterrânea.

Nélio Caçapa o auxilia a distribuir a areia pelas lixeiras do manicômio, o interno Janílson distrai os agentes em troca de pão doce, Zélia consegue roubar algumas colheres da cozinha e outro interno, João Paulo, o nina com canto gregoriano na hora de dormir.

Às vezes Pedro se sente num desses filmes da TV que mostram fugas de prisões, tipo Clint Eastwood fugindo de Alcatraz.

Entrar naquele buraco é bem desconfortável, mas a liberdade, como tudo, tem um preço. Um baseadinho antes da escavação sempre ajuda. E música sacra na hora do descanso, porque ninguém é de ferro.

Ave, Nossa Senhora do Sashimi, permita que eu saia daqui.

Valei-me, Cosme e Damião!

Numa visita Pedro diz a Jasmim: "Daqui a duas semanas me espera na rua São Diniz com um carro, entre duas e quatro da manhã. Estou cavando um buraco até o muro, vou escapar daqui".

"Que rua é essa?"

"Aqui atrás, no alto da favela. Não tem polícia lá."

"E se aparecer um bandido?"

"Você dá um jeito nele."

Dentro do pão de ló há uma lanterna.

Na semana seguinte, só para garantir, ele pede a Viviane que esteja em sete dias com um carro na rua São Diniz, entre duas e quatro da manhã.

"Está quase tudo pronto para a minha fuga", diz.

"Vou ficar dando mole na favela sozinha?"

"Você sabe se defender."

"Vou trazer o berro do coronel, só pra garantir."

"Que coronel?"

"Meu pai."

De volta à cela, Pedro abre a torta de nozes de Viviane e descobre mais baseados e cigarros. Há também uma pá de jardinagem, já que as colheres de cozinha se deterioram rapidamente na escavação.

Com a ajuda de Nélio, Janílson e Zélia, Pedro troca baseados, doces e afagos por lençóis. Começa a confeccionar a indefectível teresa, a corda de lençóis entrelaçados.

Como num filme.

Ele não fazia ideia que a vida podia ser tão emocionante num hospício.

Tudo bem, mas as coisas não podem ficar emocionantes *demais*.

Com medo de que uma das duas namoradas não cumpra o prometido, acha por bem garantir a presença das duas no dia da fuga. Quando escapar, se as duas estiverem ali, escolherá na hora em que carro entrar e seguir num *bonde* animado pelas ruas do Rio.

Par ou ímpar?

Quem sabe depois não pega as duas juntas pra comemorar a liberdade?

Se elas não se matarem antes.

Elas vão entender a ambiguidade dele. É o Boneco Doido, afinal de contas. Depois de tanto tempo no meio dos loucos, não será uma cena de ciúmes que vai atravancar seu caminho para a liberdade.

"Quer me comer?", Zélia propõe carinhosamente. Pedro afaga a cabeça da moça e sai andando.

Antes de dormir ele bate uma punheta imaginando que transa com Jasmim e Viviane ao mesmo tempo.

20. RIO, JULHO DE 2002

Após ser decapitado por soldados romanos são Diniz pegou a própria cabeça do chão e caminhou altivo em direção à igreja em que pregava o cristianismo. Na rua São Diniz, próxima do

Morro de São Carlos, não há ninguém andando e carregando a própria cabeça.

Ainda.

Na madrugada fria a rua está deserta.

Apenas dois carros estacionados, próximos um do outro.

Floriculturas e igrejas não conseguem mais distraí-la.

A sala escura ou o quarto iluminado pelo abajur também não acalmam seu espírito. Orações perderam o significado.

Nós Vos louvamos

Nós Vos bendizemos

Nós Vos adoramos...

Será?

O antiquário, antes tão aconchegante e acolhedor, agora evoca cenários de pesadelos: santas de olhar inquiridor, candelabros macabros, o aquário vitoriano vazio.

De que serve um aquário vazio?

Tudo remete à prisão, e o dia ainda nem nasceu. Às vezes ela tem certeza de que a garoa prenuncia acontecimentos ruins.

Quando era pequena seu pai a levava com os irmãos para pescar no Lago Paranoá nas manhãs de domingo. Para quem vive no mar, um aquário é um lugar muito pequeno.

Em 1990 ela levou os filhos para pescar na praia de Itaipu, em Niterói.

"Mãe, eu quero ser mergulhador quando crescer", disse o menino.

"Você não pode. Infelizmente. Perdeu o baço quando foi atropelado. Sem o baço não dá pra mergulhar."

"Baço?"

"É um órgão do corpo, mano, lá dentro", explicou Monika. "Como o coração e o pulmão. O baço é um reservatório de sangue. É importante quando a pessoa mergulha. Mas aqui, fora da água, não tem problema você não ter o baço."

"O Pedro também perdeu o baço?"

"Que Pedro?", perguntou Verena. "Tá maluco?"

"O meu boneco."

"Pensei que você tivesse se esquecido desse boneco", a mãe disse.

"Mãe, a gente não esquece de quem a gente gosta."

"É. Acho que ele também perdeu o baço. Ele não fazia tudo igual a você?"

"Ele sentia dor no meu lugar."

Ela observou o menino. Depois deu um beijo em sua testa.

"Ainda bem que eu não perdi o braço", ele disse.

"É. Ainda bem."

"O braço é mais importante que o baço, né?"

As meninas riram.

"Muito mais, claro."

Nesse instante a vara de pesca do menino começou a envergar. A mãe e as duas irmãs o auxiliaram a puxar a vara. Tinham que fazer força, o peixe resistia bastante. Finalmente conseguiram trazer o caniço para fora e Lúcia desvencilhou o anzol da boca do peixe. Ela colocou o peixe na mão do menino, assustado por ver o animal se debatendo.

"Vamos jogar ele de volta no mar", ela disse, se divertindo com a aflição do menino.

"Se eu não tivesse braço eu não ia conseguir pescar", ele concluiu.

Seis da manhã, Pedro ainda escava terra no túnel de Traíra. Está próximo da parede que o conduzirá à liberdade. Com a teresa enrolada no corpo, o Boneco Doido adquire a forma de uma múmia cavando seus caminhos sob a pirâmide do Estácio.

Está um pouco atrasado, mas as meninas esperarão por ele.

Na cela, Nélio Caçapa dorme no chão, de boca aberta.

Ele deveria estar fazendo guarda para a fuga de Pedro, mas a combinação de maconha com cachaça artesanal não é exatamente um energético. Às vezes Nélio tem a impressão de que sua cabeça está descolada do corpo. Ainda assim, foi ingenuidade demais acreditar que era possível botar o corpo para dormir enquanto a cabeça permanecia acordada.

O agente noturno passa pelo corredor, puta que o pariu, esse velho ronca alto pra cacete.

"Caçapa!"

O sono dos loucos.

"Caçapa! Acorda, maluco!"

"Oi?"

"O que esses sacos com terra estão fazendo aqui?"

"Sacos? Não enche meu saco, não vê que meu corpo está dormindo?"

21. RIO, JULHO DE 2002

Ali foi fundada a primeira escola de samba da cidade, a Deixa Falar.

O fundador, Ismael Silva, via tristeza na rua da Alegria, desordem na rua da Harmonia e fracasso no largo da Glória. Ele saberia melhor que ninguém que não existem santos na rua São Diniz.

Com ou sem cabeça.

Às sete da manhã só as pessoas de sempre, indo para o trabalho.

Jasmim e Viviane — não se pode chamá-las de santas —

continuam com a cabeça sobre o pescoço, embora vergadas: as duas dormem em seus carros. Jasmim num Fiat Uno branco, Viviane a bordo de um Gol azul. Do fundo do sono uma não tem consciência da presença da outra.

Em 1975 o Esquadrão de Ouro invadia uma refinaria de cocaína em Belfort Roxo. Eles chegaram de surpresa ao galpão e renderam os homens que trabalhavam no processamento da droga. Um tiroteio se iniciou, Victor foi atingido no braço. Vick Vanderbill acertou um tiro no pulso do bandido que disparara contra Victor, que largou a arma. Ele foi rendido por outros policiais.

"Tudo bem, Victor?", perguntou Vanderbill.

"Tudo bem, o tiro pegou de raspão", respondeu Victor, com o braço sangrando, amparado por Castrinho.

Vanderbill caminhava em direção ao homem ajoelhado que tentava estancar o sangue que escorria do pulso. Épico, Vanderbill ordenava aos policiais que abrissem espaço e ligassem o Aiko portátil com a fita de Odair José. O show ia começar.

Eu só queria que você soubesse
Que eu não me importo com seu jeito de ser...

O bandido percebia que alguma coisa estranha estava em curso.

Indiferente ao olhar assustado do homem ferido, e como se executasse uma coreografia predeterminada enquanto caminhava ao ritmo da música, Vanderbill tirou o punhal de uma bainha acoplada ao tornozelo, cantarolando com Odair José:

Eu só queria que você deixasse
Eu só queria que você entregasse
A sua vida em minhas mãos...

* * *

Pedro é capturado dentro do buraco, agentes noturnos desenrolam a teresa de seu corpo, ameaçam surrá-lo.

"Tá maluco, playboy? Achou que ia escapar por esse buraco de gambá?"

Nélio Caçapa, olhos arregalados, surge com uma foice na mão como um são Jorge em surto psicótico: "Quem relar no menino perde o braço! Respeitem a obra do Traíra!".

De certa forma é como se ele fosse são Jorge e o dragão ao mesmo tempo. Um acesso de loucura de Nélio Caçapa é algo que faz arrepiar a nuca de Lúcifer, diz a lenda.

Boneco Doido não aparecerá deslizando pelo muro como o Homem Aranha. Ogum, Jesus Cristo, Cosme, Damião e Nossa Senhora do Sashimi ficam devendo essa.

Um mês depois, Pedro Dom consegue autorização judicial para deixar o manicômio e prosseguir em tratamento particular.

A obra maior de Robson Traíra e Pedro Dom permanecerá inconclusa.

22. MORRO DA MANGUEIRA, AGOSTO DE 2002

A vida é sonho, dizia um antigo poeta espanhol, xará de Pedro.

Se a vida é louca, pode se tornar também um pesadelo, conclui Ricky Martin.

Upside inside out
She's livin' la vida loca...

O tratamento particular tem início no baile funk. Ele gosta de olhar para cima, girando, focando as luzes que piscam sem parar e o deixam zoado. De volta ao habitat, ele se compraz em encontrar pessoas normais. O convívio com os loucos o deixou um pouco louco também, mas é hora de se tratar. Zonzo, olha em volta: além de suscitar respeito, sua presença agora está envolta em uma aura especial. Pedro Dom começa a se tornar uma lenda. Uma lenda saudosa da rotina depois de meses afastado por causa da estadia no reino da verdadeira vida louca. A reputação de Pedro Dom só fez crescer durante os meses de reclusão, e alguns assaltos ocorridos durante sua ausência são falsamente creditados a ele. A abstinência forçada da cachaça mágica é recompensada pelo fluxo incessante do pó. As cascatas murmurantes sob a nada merencória luz dos refletores...

Ele cheira além da conta, mas ninguém parece se preocupar com isso. Muito menos ele mesmo.

O batidão em volume animal:

She'll push and pull you down
Livin' la vida loca...

Pedro dança. Fecha os olhos, rodopia, abre os olhos: as luzes piscam.

Ele gosta da sensação.

As mulheres olham para ele. Olham mesmo.

Brotando do mar de luzes e suor como uma flor do pântano, surge Jasmim. Pedro abre os braços, quer abraçá-la, mas dá com o semblante da moça fechado, como se ela tivesse visto um policial armado.

Mas não é a ele que se dirige a ira de Jasmim. Pedro vira para trás e percebe Viviane como uma pantera de dentes arreganhados, pronta para o bote. As duas se desafiam, indiferentes à presença de Pedro no fogo cruzado.

"Fura olho!", grita Jasmim, irada.

"Macumbeira!", devolve Viviane, furiosa.

Atracam-se no meio da pista, as pessoas abrem caminho, param de dançar, gritam, os homens riem: "Porra!".

* * *

Em 1975, o homem ferido em Belfort Roxo não entendia aonde Vick Vanderbill queria chegar cantarolando Odair José e caminhando em sua direção com um punhal na mão. Ou melhor, entendia muito bem: a fama de Vanderbill de matar bandidos por recreação ultrapassava fronteiras. O bandido se contraía, Victor intercedeu: "Larga essa faca, Vanderbill. Não vai matar o cara. Ele me acertou de raspão. Pelo amor de Deus".

Deus, tremendo corta onda.

"Algemem este rato", Vanderbill ordenou aos policiais enquanto empurrava com o pé direito as costas do homem ajoelhado, até ele cair no chão.

Eu só queria que você soubesse

Que eu não me importo com seu jeito de ser...

"Rato", ele repetiu enquanto guardava o punhal de volta na bainha.

Eu só queria que você deixasse

Eu só queria que você entregasse...

"Alguém desliga o Aiko, porra?"

O tratamento particular não pressupõe emoções tão fortes. No baile funk Pedro se afasta da muvuca, enquanto Jasmim e Viviane rolam pelo chão como nos espetáculos em que mulheres se digladiam seminuas na lama para deleite de machos alcoolizados e sorridentes.

Não, a cabeça de Pedro Dom está perturbada demais para esse tipo de contemplação deprimente. Principalmente quando se leva em conta que o troféu é ele mesmo.

Ele caminha até uma mesa em que duas mulheres mais velhas e cheiradaças divertem-se com a situação.

"Vamos dar linha", diz Pedro, sedutor.

23. OURO PRETO/ RIO, AGOSTO DE 2002

Em Ouro Preto, Lúcia acorda sobressaltada na pousada Arcádia Mineira. Logo na noite em que conseguira pegar no sono, cansada depois de passar o dia visitando antiquários da região. Celso, o namorado, dorme profundamente.

Uma luz tênue entra pela cortina da janela.

Os velhos temores voltam aos poucos: será que ela tinha desligado mesmo o gás antes de saírem para a viagem? O aparelho de ar condicionado do quarto do apartamento em que ela mora é muito velho, era bem provável que um curto-circuito o fizesse explodir em chamas, mesmo desligado. Talvez tivesse deixado o ferro ligado, o secador de cabelo plugado na tomada do banheiro. Quem sabe uma fiação no quarto da empregada tenha entrado em curto-circuito? Será que alguém tinha esquecido uma vela acesa no apartamento de cima e o fogo se alastrou rapidamente da toalha da mesa para o carpete, atingindo depois o apartamento dela?

Desiste. Ela sabe que tudo é fruto de sua imaginação paranoica e das feridas incuráveis. Suicídio, loucura, solidão, abandono. Fogo, autoimolação, castigo. E agora culpa: não é direito uma mulher madura, mãe de três filhos, deitar-se com um garoto com idade para ser seu filho.

E se Pedro procurar por ela?

Por onde andará o filho?

E se ele, por algum motivo, estiver precisando dela?

Lúcia sabe que não voltará a dormir.

* * *

Dar linha significa ir embora, vazar. Mas há linhas de cocaína a serem distribuídas. E muito o que dar.

No apê em Ipanema Pedro coloca um CD de LL Cool no som portátil:

Mmmm
If you need me baby, I'm for real
The rest of your life
I will take you to Paradise...

Ele e as duas coroas doidonas já estão bem altos, mas o paraíso não tem teto.

Quem conhece, sabe.

Pedro estica uma carreira após outra num prato sobre a mesa, os três aspiram a droga usando canudos de notas de dólar enroladas, dançam juntos, despem-se. Iniciam um ménage à trois, a performance não é lá essas coisas, mas quem se importa?

Brother, as coroas estão se pegando pra valer!

Doidonas, gostosas, experientes.

Não param de cheirar.

Estrias e culotes, peitos caídos, maior tesão. Lábios manchados, batom, cajal e rímel escorrendo com suor e eflúvios genitais. Uma excitação diferente, nervosa, uma sensação de comer antigas professoras e diretoras de colégio.

As mulheres se atracam num 69, dá pra escutar o som das línguas roçando os clitóris inchados e úmidos. Pedro alucinado, os olhos vidrados, os batimentos do coração descompassados: "Boneco Doido, Boneco Doido, Boneco Doido...", ele repete como se cantasse um rap.

Em 1990 Victor municiava a Walter de nove milímetros diante de Pedro. Ele percebia a admiração no olhar do menino.

Victor girava a pistola no dedo como um caubói. Depois destravava e travava a arma rapidamente, gabando-se de sua destreza. O som da trava era imponente, assim como o cheiro do óleo lubrificante — revelavam a engrenagem sólida e harmônica de um organismo vivo.

"Pai, a Verena disse que você é polícia."

"Já fui. Não sou mais. Agora o papai tem a marcenaria."

"Já foi polícia?"

"Já."

"Quando?"

"Antigamente. Antes de você nascer."

"É maneiro ser polícia?"

"Por que você quer saber?"

"Deve ser legal prender os bandidos."

"Não é legal nada. Quero que você seja tudo, menos polícia. Porque polícia e bandido são a mesma coisa."

"Como assim?"

Victor travava e destrava a arma, claque, claque.

"Os dois roubam dinheiro dos outros. Espantado? Pois é. Tá na hora de aprender algumas coisas sobre a vida. Polícia não dá pra ser. Melhor é trabalhar com madeira. Polir o tampo da mesa, construir uma cadeira. Empresário. Vou deixar a marcenaria pra você. Ou então médico, como o teu avô. Cuidar dos outros, ajudar os doentes."

Pedro olhava o pai.

"Posso pegar o revólver?"

"Pistola", corrigiu Victor. "Só depois que eu descarregar."

Victor tirou o pente de munição e destravou a Walter: claque, claque. Depois deixou o menino pegar a arma por alguns segundos.

"É pesada", disse Pedro.

140

* * *

Às três da manhã o telefone toca no apartamento de Victor Lomba em Copacabana, na rua Joaquim Nabuco. É lá que ele vive agora, depois de abandonar a velha casa no Rocha por não suportar mais as lembranças que suscitavam os salgueiros no quintal.

O inconfundível toque das notícias ruins: "O sr. Victor, por favor?", diz a voz masculina do outro lado da linha.

"Eu mesmo."

"O senhor é pai do Pedro?"

A questão abre mil possibilidades. O filho pode ter sido preso, ferido.

Morto.

O coração bate mais forte.

Morto pela polícia?

Por alguém que reagiu a um assalto?

O dono da casa guardava a arma sob o travesseiro e ao perceber o ladrão entrando no quarto sacou a arma e...

"Sim, eu mesmo", disse, a voz soando fraca, como se quisesse sumir.

24. OURO PRETO/ RIO, AGOSTO DE 2002

Ela sabe que não voltará a dormir.

Sai de fininho da cama para não despertar Celso, veste-se, pega o casaco, faz frio lá fora.

Caminha pelas ladeiras calçadas com paralelepípedos e chega ofegante à praça Tiradentes. Poucas pessoas por ali àquela hora da madrugada, um grupo de jovens canta e toca violão nas escadarias do Museu da Inconfidência, um bêbado dorme num canto.

Um barzinho fecha as portas, um cachorro passa mancando.

A lua ainda brilha por cima da estátua de Tiradentes.

Andorinhas chiam em algum lugar.

Tantas igrejas, ela pensa, e nenhuma aberta para ela rezar.

Um vento frio sopra das montanhas de pedra.

Victor chega ao Miguel Couto. Em sua cabeça surge a lembrança do atropelamento de Pedro, dezessete anos antes. Foi daquele mesmo hospital que ligaram para ele, avisando-o que o filho fora atropelado.

Pedro está amarrado a uma maca.

É a primeira vez que Victor vê o filho naquele estado. Pedro se agita, tentando se livrar das amarras. Diz frases sem sentido: "Querem me matar!".

Victor afaga o cabelo do filho.

"Calma, Pedro. Sou eu, teu pai. Ninguém quer te matar."

Os médicos aplicam glicose e calmantes.

"O rapaz apareceu aqui dizendo que iam matar ele", explica um dos médicos. "Estava muito drogado e pedia socorro. Quisemos medicar, ele reagiu, disse que ia morrer, saiu correndo. Tentamos impedir, ele correu para a rua e se pendurou na janela de um ônibus. Foi preciso quatro homens para carregar ele de volta para cá. Depois teve uma crise de choro e pediu para chamarmos o senhor."

Victor leva o filho para seu apartamento. Depois de um banho quente, Pedro dorme agarrado ao pai.

Por volta das dez da manhã Victor desperta, mas Pedro continua dormindo por horas. Victor pega as roupas do filho e encontra dois mil dólares no bolso da calça. Nenhuma droga ou arma. Guarda o dinheiro numa cômoda. Pedro acorda, Victor prepara um café. Pedro está recuperado do surto, apresenta feições mais relaxadas e sóbrias.

"Porra, Pedro, quando é que você vai se tocar de que a droga vai acabar com você? O que você acha que eu senti quando te vi naquele estado? Como acha que eu ficaria se você tivesse uma overdose e morresse?"

Pedro continua a comer, sem encarar o pai.

"Come o ovo."

"Estou comendo."

À noite pai e filho vão até o apartamento de Pedro em Ipanema.

No meio da sala, sobre uma mesinha, uma nota de cem dólares largada entre fileiras de cocaína. O pó melado começa a se decompor, o lugar todo recende a suor azedo e acetona.

"Isso aqui", Victor aponta para a droga na mesa. "Isso é errado." Victor pega um punhado da cocaína melada e a espalha na palma da mão: "Esta merda leva um sujeito pro buraco. Destrói a integridade de um homem".

Vai até a cozinha e lava mão sob o olhar anestesiado do filho.

Depois eles juntam alguns pertences de Pedro e deixam muita coisa ali. Aparelhos de som, televisores, micro-ondas. Victor sabe que é tudo mercadoria roubada. Voltam para o apartamento de Victor: "Aqui é a tua casa agora".

Em 1996 ele se encontrou com Arcanjo na praça Marechal Floriano, em frente ao Teatro Municipal. Incrível que Arcanjo ainda estivesse vivo. Magro e alquebrado, lembrou a Victor um vampiro moribundo. Continuava mancando e tossindo, apesar de ter parado de fumar.

"Você não perde a mania desses encontros na cidade", disse Victor enquanto os dois se cumprimentavam.

"Continua sendo a maneira mais segura de nos encontrarmos. É uma contradição: quanto mais testemunhas, mais despercebidos passamos."

Victor sorria. Estava feliz de rever seu velho companheiro do serviço de informações. E surpreso que ele ainda insistisse em combater o tráfico de drogas.

Arcanjo e Victor sentaram-se num banco da praça.

"Estou precisando de você para um trabalho", disse Arcanjo. "Serviço simples, uma campana, é só ficar de olho num figurão, um comerciante turco do ramo de perfuração petroleira. Temos informações de que ele é do cartel internacional e que a atividade no comércio é só fachada."

Arcanjo tirou um envelope do bolso, franziu os olhos e leu com dificuldade: "Omar Baktuk".

Guardou o envelope de novo no bolso: "Nome esquisito, peixe grande".

"Campana? Só isso?"

"Moleza, aqui no Rio mesmo. No máximo uma viagem a São Paulo."

"Você inventa essas histórias só pra poder me encontrar."

"É bom te rever, Dan."

"Não sei, Arcanjo. Agradeço vocês continuarem se lembrando de mim, mas estou passando por uma fase difícil."

"Estou informado."

"Meu filho está envolvido com drogas."

"Eu sei."

Por um momento os dois observaram os pombos ciscar o chão da praça.

"Não tenho cabeça pra nada. Acho que vou declinar, espero que você compreenda."

Arcanjo pousou a mão no joelho de Victor. Os dois homens se encararam.

"Arcanjo, acho que estamos perdendo a guerra."

"Já perdemos há muito tempo."

Os pombos revoaram de repente, todos juntos, como se tivessem ensaiado.

25. RIO, AGOSTO DE 2002

No motel Skorpios a atmosfera sexual se desintegra aos poucos: Viviane e Rafael olham a TV sem prestar muita atenção no canal de sexo explícito.

"Desliga essa merda", diz Rafael, se virando para preparar carreiras de cocaína na bancada de fórmica da cabeceira da cama.

"Vou abaixar o volume. Gosto de ficar olhando."

"Depois que eu gozo, acaba meu interesse."

"Homem."

Ele inala ruidosamente uma linha.

Viviane desliga a TV: "Aí, Rafa, conheço uma galera que pode ajudar a gente naquela parada".

Rafael, mais interessado na confecção das carreiras: "Que parada?".

"Aquela grana que o teu pai esconde em casa."

Rafael cheira mais uma linha.

"O que tem a grana?" Ele passa o canudo para Viviane.

"Não, já cheirei demais. Cabecinha fervendo. Você não disse que achou um esconderijo em casa e que já pegou trinta mil dólares do teu pai?"

"Do jeito que o pó está caro, vou ter que pegar mais."

"Por que não pega tudo de uma vez?"

"Gracinha. Eu cheiro e você enlouquece. Meu pai tem mais de setecentos mil em casa. Se-te-cen-tos. Mil. Dólares."

Rafael aspira mais uma carreira: "Ele me mata se eu pegar tudo".

"Por que ele não bota essa grana num banco?"

"Vivi, Vivizinha. Gostosura. Por que será?"

"Porque é dinheiro sujo e o imposto de renda não pode saber?"

"Uau! Gênia!"

Rafael serve-se de outra carreira: "Gostosa e inteligente. Coisa rara".

"Rola murcha", ela diz.

"Murchou agora. Até que deu pro gasto."

"É. Pelo menos é grande."

"Quer cheirar uma no meu pau?"

"Acho que vai faltar sustentação, amorzinho. Daqui a pouco, o.k.? Dá um tempo pra tua pica se refazer. Agora vamos falar de negócios: conheço uma galera que pode roubar essa grana pra gente."

"Pra gente? Virou sócia, piranha?"

"Claro. Alguém tem que ganhar pra se arriscar. Você só tem que desenhar o mapinha. Sabe desenhar?"

"Sei comer o teu cu também. Não ia adiantar, cabeçuda. O condomínio onde eu moro é cheio de segurança. Neguinho faz curso com o Mossad e o caralho."

"Papo brabo. Mossad para aqui na minha bocetinha."

"Viajou?"

"Não se preocupe com segurança. Eu dou jeito neles. Duvida?"

Rafael encara Viviane: "Tá falando sério, patricinha do demônio?".

"Conheço uma galera. Profissa. É só me dar as coordenadas. Desenhar aqui pra mamãe."

"E quanto eles cobram?"

"A pergunta é outra, picão: quanto você cobra pela informação?"

Rafael pensa por alguns instantes. Pega o canudo para raciocinar melhor: "Cinquenta por cento?".

"Muita grana. Pagando todo mundo que tem de pagar, não sobra nada pra galera."

"Trinta?"

"Vinte."

Rafael cheira mais uma: "Vinte e cinco".

"Agora eu topo."

"O quê?"

"Cheirar uma na tua rola. Estica aí, quero ver se essa pica sobe mesmo, igual àquele bagulho."

"Que bagulho?"

"O periscópio."

Ele encontra dificuldades para se locomover na mata fechada: troncos, cipós, brejos, aranhas, lagartos, cobras e mosquitos cruzam seu caminho a todo momento. As cobras se confundem com os cipós, os mosquitos se transmutam em balas de revólver zunindo luminosas pelos ares. Ele chega ao alto de uma colina e se esconde atrás de arbustos. Os arbustos se confundem com fios de uma engrenagem gigantesca, um sistema eletrônico que abarca a floresta inteira. Faz frio, ele espera o dia nascer, mas percebe que a noite será eterna. Victor sonha com explosões na selva boliviana, imagens desconexas da refinaria de cocaína voando pelos ares, lembranças difusas da época em que ele era Dan, um agente secreto tão eficiente e inverossímil quanto James Bond. Ele desperta aliviado, o dia nasceu e a noite não será eterna.

Antes de trocar de roupa, abre a gaveta da cômoda em que guardara os dois mil dólares que havia encontrado na calça de Pedro no dia anterior. Não encontra o dinheiro, mas um bilhete: *Pai, desculpa, minha vida mudou. Eu não tenho mais casa. Volto um dia pra te avisar que parei com tudo. Te amo, te amo, te amo, Pedro.*

P.S.: Obrigado por me salvar mais uma vez.

26. RIO, AGOSTO DE 2002

Ele está prestes a completar vinte e um anos.

Sente-se estranho. Minha vida está perturbada, pensa. Ou melhor, *continua* perturbada, ele se corrige. A temporada de cinco meses no manicômio só piorou as coisas. O que deveria ter sido um tratamento lhe acentuou a sensação de que tudo estava desmoronando em sua cabeça.

Ou em volta dela.

Ele anda por Copacabana à noite. O lugar não é mais o mesmo de sua adolescência: cadê os travestis da avenida Atlântica, as mulheres com olhar de homem? E as freiras lascivas que caminhavam entre velhos aposentados claudicantes? Os marinheiros de pau duro, os surfistas com pinta de veados? Onde eles foram parar?

Cadê aquele anão que esculpia mulheres desproporcionais na areia, em cujos seios cinzentos fincava placas em inglês pedindo dinheiro aos turistas? E os hippies? Os malucos que vendiam artesanato, risonhos e desdentados homens da caverna fumando maconha em cachimbos coloridos?

E as mulheres, o que foi feito delas? Todas lindas, centenas, corpos que se transmutavam à medida que caminhavam em busca de sol?

À noite não há sol.

Na portaria do prédio de Lúcia o porteiro lê um jornal cuja manchete estampa: "Timor-Leste é admitido como Estado-membro da ONU."

Aquilo não lhe diz respeito.

"A dona Lúcia não está."

Ele sente que o porteiro está assustado. O medo é algo que se fareja.

"Aonde ela foi?"

"Acho que viajou com o namorado. Eles viajam bastante."

"Minha mãe está namorando?"

Pedro fecha os olhos e caminha a esmo, orientando-se como um cego. Esbarra num poste, tropeça num bueiro.

Definitivamente aquele não é o seu dia. Muito menos a sua noite.

O antiquário já está fechado, claro. E as floriculturas que sua mãe gosta de visitar, fechadas também. Até as igrejas estão fechadas. A noite é propícia ao descanso, menos para um assaltante de residências.

Ele vive uma crise existencial. Que porra de profissão é essa que eu fui escolher?

Ladrão.

Três anos de trabalho não o transformaram em Robin Hood. Ele não sente vontade de encontrar a galera de Sherwood. Nem mesmo Lady Marian ele gostaria de ver.

Qual das duas?

Lady Fura Olho ou Lady Macumbeira?

Minha vida está perturbada, pensa.

Pedro Dom caminha pela Duvivier até a Barata Ribeiro e vira à esquerda, rumo à Princesa Isabel. Andar por Copacabana agora não lhe proporciona mais euforia, e sim um tédio desesperado como se vagasse num labirinto sem encontrar a saída. Ele vê a porta com a placa: *Angélica, leio o tarô.*

Entra sem bater, a patricinha com o piercing no nariz está sentada na mesa, olhando cartas de baralho.

27. RIO, SETEMBRO DE 2002

Victor desperta com um ruído que o intriga. Vai até a janela e vê Pedro na calçada. O filho tinha acabado de atirar uma castanha na janela do quarto do pai. Victor destrava a porta de entrada do edifício e abre a porta da sala. Depois de alguns minutos ouve:

"Oi, pai."

"Tomou juízo?", pergunta Victor sem muita esperança de uma resposta afirmativa.

"Vou comprar dois táxis pra gente trabalhar. Vamos montar uma frota. Que tal?"

Victor se encaminha para a cozinha seguido por Pedro.

"Não tomou juízo." Victor bota água para esquentar numa cafeteira. "Com que grana você vai comprar esses táxis?"

"Pintou uma parada grande. Setecentos mil dólares. Vou ficar com cento e cinquenta. Daí paro com esta vida, como você me pede sempre."

Os dois sentam-se à mesa. Pedro tira o celular do bolso traseiro da calça e o larga na mesa. Victor apoia a testa numa das mãos.

"Desiste, filho. Por que eu iria abrir um negócio com dinheiro roubado?"

"Porque é dinheiro sujo. Caixa dois de um empresário aí. O filho é viciado e deu o serviço pra gente. Ladrão que rouba ladrão tem cem anos de perdão."

"Papo-furado."

Victor sai da mesa e vai preparar um café.

"É a última vez, juro. Fui numa cartomante outro dia, ela disse que meu futuro é numa praia, pegando onda."

"Sei. E onde vai ser?"

"A praia?"

"O assalto."

"Num condomínio na Barra. Os seguranças estão envolvidos."

"Envolvidos como?" Victor serve o café quente em duas xícaras.

"Comprados. É grana pra cacete."

Victor volta a se sentar. Os dois bebem o café.

"Grana, grana. Quando?"

"Amanhã."

Victor se levanta de repente, vai para o quarto. Pedro segue o pai.

"Você não vai", diz Victor.

"Como assim, não vou? Você não manda em mim."

"Vou te mostrar uma coisa", diz Victor. Ele pega uma algema numa gaveta do armário: "Me dá a mão aqui".

"Tá de zoação, velho?"

"Mão esquerda."

Pedro oferece a mão esquerda ao pai, rindo. Victor empurra

o filho até o quarto de hóspedes e algema a mão dele à cabeceira de ferro da cama.

"Aquela vez que a mamãe me prendeu com uma corrente você disse que era cárcere privado."

"A tua mãe estava certa. Eu é que não percebi antes."

"Cárcere privado, pai. Que mico."

"Vai me denunciar pra polícia? Vai ficar preso aqui até depois de amanhã."

"Qual é, pai? Tenho compromisso!"

"Escuta aqui, Pedro, presta atenção: se você assaltar essa casa, quem vai te prender sou eu. Você sabe que eu cumpro o que digo."

Mais tarde Pedro pega no sono.

Victor se aproxima com cuidado, verifica a respiração do filho. Fazia isso quando Pedro era bebê, temia que o menino parasse de respirar de repente. Victor volta a seu quarto e adormece.

Pedro abre os olhos. Com a mão direita alcança um palito de fósforo numa gaveta do criado-mudo, destrava a algema e livra a mão.

Em 1994 Pedro Dom era um grafiteiro dedicado, grafitava muros pela cidade de Niterói. O menino tinha um modus operandi próprio: saía bem cedo de casa, antes de o sol raiar, e ia de bicicleta até o muro, levando sprays numa mochila. Os muros eram sempre escolhidos com dias de antecedência. Ele tinha método.

Gostava de criar desenhos incandescentes que pareciam brilhar como fogo. O fogo sempre estava presente em seus grafites, de um jeito ou de outro. Dragões, incêndios, tochas, labaredas.

Antes de ir embora, o menino passava por outros muros e

paredes anteriormente grafitados por ele e os contemplava ao nascer do sol. Depois voltava para casa a tempo de tomar o café da manhã com as irmãs. Às vezes ia se deitar na cama da mãe. Quando ela acordava, dizia que ele não fizesse mais aquilo, não era certo um menino crescido se deitar na cama com a mãe.

28. RIO, SETEMBRO DE 2002

"Ele não vem mais", conclui Tritura Pedra ao nascer do sol.

Ele e Viviane aguardam dentro do Gol azul na avenida das Américas quase em frente ao Barra Shopping.

Viviane dá um suspiro indefinido.

"Será que deu merda e ele foi preso?", divaga Trita.

"Nada. É o pai dele, não te falei? Eu liguei pro celular do Dom, o cana atendeu e conversei com ele."

"O pai do Dom é cana?"

"Já foi."

"Uma vez cana... Ele disse o quê?"

"Ele disse: 'Viviane, aqui quem fala é o Victor, pai do Pedro. Presta atenção: se vocês fizerem esse assalto, eu mesmo prendo o meu filho. E depois corro atrás de vocês todos, um por um. Eu não fui expulso da polícia à toâ. Foi isso que o maluco disse."

"E daí?"

"Daí ele desligou."

"E cadê o Dom?"

"Sei lá, ele não apareceu, apareceu?"

"Você não ligou de novo?"

"Cai na caixa. O velho deve ter desligado o bagulho."

"E o Pedro Dom não consegue se desvencilhar de um pai

maluco, porra? Logo ele? O herói da galera? São setecentos mil, neném."

"Dólares."

"Dólares, eu sei. Deve ter acontecido alguma merda."

"Aconteceu nada. O Dom anda esquisito, tipo em crise, tá ligado?"

"Crise do quê? Boa-pinta, talentoso, chefe de quadrilha, bicho homem. Crise do quê?"

"E eu sei? Disse que foi numa cigana outro dia. Cigana não, uma pirada aí que lê o futuro nas cartas de baralho. Cartomante, taróloga, uma porra dessas. Ela disse que o futuro dele é o surfe. Maior um sete um."

"Ele deve estar comendo a piranha."

"Melhor que não. Pro bem dele."

"Tá com ciúme?"

"O Dom não é louco de querer me ver com ciúme. O negócio com a cigana não tem cu no meio. Ele tá encasquetado com essa parada de futuro. E depois ainda vem o pai falando um monte."

"E o que isso tem a ver com o nosso assalto?"

"Sei lá. Acho que ele bota o galho dentro sempre que o velho diz alguma coisa."

"Mané."

"Ei, olha como fala do líder! Tá tenso? Relaxa, cara."

"São setecentos mil."

"Eu sei, eu sei."

"Dólares."

"Para de falar isso!"

"Me faz um boquete."

"Tá maluco, Trita? Sou mulher do Dom. Que boquete o caralho."

"Ele comendo a cigana e tu aí fazendo a fiel."

"Nem vem."

"Tô tenso. Uma punhetinha."

"E se ele chega e me pega com o teu pau na mão? Viajou?"

Tritura Pedra olha para fora, o sol iluminando a Barra da Tijuca.

"Que tédio. Acho que vou largar esta vida também. Vou pro Afeganistão me alistar no exército do Bin Laden. A existência deve ter algum sentido."

"Deve."

"Em algum outro lugar. Não aqui."

"Não. Aqui não."

Ficam em silêncio por um tempo.

"Tá bom", diz Viviane, compassiva. "Só uma punhetinha."

De manhã, antes que o pai apareça, Pedro algema-se de novo à cama.

Victor traz o café da manhã. Libera o filho para ir ao banheiro, mas o acompanha até lá. Pedro passa o dia algemado, livrando-se da algema quando o pai não está por perto. Às vezes escuta o toque do seu celular, mas não se incomoda.

No dia seguinte Victor decide libertá-lo.

"Passou o tempo da operação, você está livre", diz, enquanto tira do bolso a chave da algema. "Mas presta atenção: se esse assalto acontecer, eu te prendo."

"O.k.", concorda Pedro.

"Vou te soltar", diz Victor.

Antes que Victor destrave a algema, Pedro tira o palito do bolso e a destrava ele mesmo.

"Se eu quisesse, podia ter fugido. Mas te respeito."

Victor fita Pedro. Não há espaço para palavras; só para espanto.

"Eu vou sair desta vida, pai."

29. RIO, NOVEMBRO DE 2002

Ele muda.

Pedro Dom é um homem de metas: agora ele vai se regenerar.

"Eu vou sair dessa vida, pai."

A frase proferida dois meses antes tem o poder de um vaticínio, Pedro abre uma barraca de bebidas e água de coco na praia da Macumba. Victor o ajuda, assim como Lúcia, as irmãs, os cunhados, os sobrinhos, os cachorros.

Mas ele não aceita interferência, quer fazer as coisas do seu jeito, sozinho. Provar a todos que é capaz de levar uma vida normal, honesta, longe da magnética combinação cocaína e crime.

As coisas parecem clarear finalmente.

O garoto Santiago ajuda na barraca, ele olha para Pedro com admiração. Santiago é banguela e, quando sorri, quase dá para ver sua garganta pelo vão entre os dentes.

Kelly é o vira-lata surfista cujo rabo foi cortado pela metade. Um cachorrinho que gosta de dormir na prancha e pega carona na maresia dos baseados consumidos por Pedro.

Monika e Verena aparecem de vez em quando com as crianças pequenas, os cunhados jogam altinha, futevôlei. Os sobrinhos tocam o terror, Kelly late adoidado. Lúcia está feliz. Victor passa pela praia todo dia, no fim da tarde, para ver como as coisas estão indo.

O velho tira não perde o hábito de fazer a ronda. Às vezes é preciso mandá-lo embora: "Estou bem, pai. Tranquilo. Vai nessa, eu dou jeito em tudo por aqui".

Agora Pedro Dom está regenerado, saudável, pronto para encarar uma vida honesta, longe de Sherwood.

Numa manhã nublada Victor chega à barraca carregando

caixas de refrigerantes, mas não encontra o filho. Larga as caixas no chão e pergunta a Santiago onde Pedro está.

"Ali", diz o garoto, e aponta o mar.

Pedro surfa sob a guarda de Kelly, que balança o cotoco de rabo no ritmo das ondas e do grande fluxo do universo. Pedro intui que o fluxo do universo soa como a guitarra de Dick Dale. Às vezes pensa em voltar ao consultório de Angélica para ver se as cartas do tarô revelam se ele está agindo mesmo certo, conforme os desígnios do destino. A garota disse muitas coisas naquela noite. Na verdade fez mais que dizer. Eles transaram, e foi uma foda louca, diferente.

Tesuda ela com aquele piercing no nariz.

Em 1981 Victor acendeu um cigarro e olhou para o relógio redondo na parede, enquanto era observado pelo pai.

"O relógio parou?", perguntou Victor.

O pai fez que não com a cabeça: "O ponteiro está mexendo".

"O dos segundos sim", afirmou Victor, "mas os outros não se mexem. Faz uma hora que eles estão marcando nove e dez. Nove e dez, nove e dez. O tempo parou. A eternidade começou às nove horas e dez minutos da noite de vinte e seis de setembro de mil novecentos e oitenta e um. Anota aí."

"Relaxa. Você está vendo coisas."

"Pior é que eu *não* estou vendo coisas. Os ponteiros deviam estar se mexendo."

"Ninguém vê ponteiro de hora nem de minuto andar, Victor. Não aprendeu isso?"

Victor arregalou os olhos, observando atentamente o relógio.

"Não se movem, pai."

"O tempo *está* passando", assegurou o pai. "Te garanto."

Victor desviou o olhar para o chão e começou a balançar mecanicamente um molho de chaves que trazia na mão.

"Para com esse barulho, Victor. Puta que o pariu. Está me deixando nervoso."

"Nervoso, você? E eu?"

Victor continuou agitando o molho de chaves, o pai olhou para o lado.

Agora ele sempre surfa na Macumba.

Quem sabe não se torna um surfista profissional?

A vida é sonho.

O dia está quente, a manhã irradia calor, um sutil coro de havaianas dançantes pode ser percebido por ouvidos mais sensíveis: aloha...

Pedro surfa como tem feito todos os dias antes de começar a ralação. Quando volta das ondas fecha os olhos e se orienta pelas setas luminosas que se formam em suas retinas. A areia quente queima a sola do pé, ele abre os olhos: Viviane está bebendo uma coca-cola.

"E aí, Boneco Doido?"

Os dois não se veem há algum tempo.

"Não apareceu no assalto do século, melou a parada..."

"Foi mal. Resolvi mudar tudo. Minha cabeça estava zoada."

"Tudo certo. Sei como é. A vida é alto e baixo."

"Vocês desistiram?"

"Claro. Sem tu não tem jogo, a quadrilha vira comédia. Tu é o líder, Dom."

"Era."

"Não dá pra lutar contra o destino."

Ficam em silêncio por alguns instantes, olhando uma onda.

"O meu destino é aqui." Pedro olha as ondas.

"O teu destino é aqui!", diz Viviane, tocando o dedo no peito dele, à altura do coração.

"Estou perdoado?"

"Quem sou eu pra te perdoar? Tá me achando com cara de Nossa Senhora do Sashimi?"

"Não. Nem do sushi. Nossa Senhora é um título que não te cai bem."

"Vou tomar isso com um elogio."

Eles se encaram por alguns segundos: "Tudo certo, Boneco Doido. A vida é montanha-russa".

Viviane olha em torno, Kelly aninha a cabeça aos pés das imensuráveis pernas morenas que despontam do shortinho jeans.

"Bom o negócio aqui?"

"Melhorando."

Santiago boquiaberto: Viviane é um monumento exalando suor dos minúsculos pelinhos louros nas coxas depiladas.

"Vai ficar rico?"

"A ideia não é essa. Quero ficar limpo."

Viviane encara Pedro: "Eu não estou entendendo. E a adrenalina? O frio na barriga? O coração batendo forte?".

"Tem o surfe."

"Surfe? Tá na hora de crescer, Pedro Dom. Virar gente grande."

"Todo mundo vive repetindo isso pra mim. Virar gente grande. Pra quê?"

Viviane despe o shortinho, se desvencilha da camiseta com a foto de Anthony Kiedis. O biquíni é surreal. E minúsculo.

A resposta é um beijo. Que beijo. Kelly rosnando, Santiago percebendo palpitações inusitadas sob a bermuda.

"Não entra nessa, Boneco Doido. Todo mundo é ladrão neste país. Políticos, polícia, todo mundo. Sai dessa, cara. Se livra da culpa, tu é o Pedro Dom. Não nasceu pra ficar vendendo água de coco na praia. Assalto é uma atividade como outra qualquer." Nada como um recado direto sob um olhar corrosivo. Mais um beijo, agora com o sabor amargo da despedida. Nem tão amargo.

"Outra hora eu volto", ela diz, catando as roupas na areia.

"Peraí", diz Pedro, mal disfarçando a ereção. "Não vai dar um mergulho?"

"Eu volto", diz Viviane, se afastando como uma miragem.

30. RIO, DEZEMBRO DE 2002

Mesmo sabendo que Pedro está se recuperando, ela não consegue dormir à noite. Já tentou de tudo: remédios alopáticos, homeopáticos e de manipulação, bebeu chá de erva-cidreira, camomila, erva-doce, tília e hortelã, rezou, fez simpatia, tomou banho de cheiro.

Aparentemente Pedro está se recuperando, ela pensa. Acorda cedo, administra sua barraca na praia, parece longe das drogas e do crime. Mas até quando? Ela tinha feito uma promessa. Mas era melhor esperar um pouco mais para pagar o prometido.

Então se lembra do dia em que ele nasceu.

Por que com Pedro tudo sempre era diferente?

A pequena Philco tinha sido instalada de improviso num canto do centro cirúrgico. Ela lembra das imagens tremidas de um jogo entre Flamengo e Botafogo no Maracanã, a voz do locutor: "Ziza avança pela lateral, dribla Mozer, dá um toque de calcanhar e coloca a bola na área do Flamengo. Marcelo gira o corpo e se atira ao ar numa bicicleta com o pé direito, Raul estica os braços, goooooool!".

A torcida do Botafogo explode em fogos, fumaça e gritos de comemoração. Marcelo corre como um descontrolado pelo campo, em transe. Uma grande bandeira alvinegra se desenrola, cobrindo uma das arquibancadas.

Com os olhos fixos na TV, o obstetra Aloan fecha os punhos e grita: "Goooooool!".

Lúcia vira de lado na cama e acende o abajur.

Como uma profecia que se cumpre, duas semanas depois ela volta.

"Tem do bom?", pergunta Viviane.

O toco do rabinho amputado de Kelly balança descontroladamente.

"Demorou", disse Pedro, solícito. "Aperto um agora."

Santiago se posiciona estrategicamente sobre um engradado. Dali os glúteos de Viviane adquirem a forma de um portal incandescente para o paraíso.

"Apertar o quê, neném? Quer apertar a mamãezinha aqui, é? Depois. Agora eu estou falando de pó. Lembra?"

"Viviane, eu estou limpo."

"Então vai ter que se sujar com o meu mesmo."

Ela pega na bolsa o vidrinho para consumo de cocaína, retira a tampinha que se desdobra numa colher, dá uma cafungada e oferece a pequena cápsula cósmica para Pedro.

Kelly rosnando, Santiago percebendo palpitações inusitadas sob a bermuda.

Viviane sai andando seguida por Pedro, que não olha para trás.

Em 1981 o grande relógio redondo na parede indicava 23h55 quando a porta do centro cirúrgico foi aberta. A enfermeira chamava Victor com um gesto. Ao entrar na sala, se deparou com o dr. Aloan vestido com uma camisa do Botafogo e pronto para sair.

"Foi parto natural?"

"Cesariana", respondeu o médico. "E o Botafogo ganhou de dois a um."

Victor não tinha cabeça para refletir se o resultado do jogo era um mau presságio: correu até a cama em que Lúcia segurava o bebê e beijava o menino. O recém-nascido não distinguia o que via, o mundo se resumia à mancha disforme e luminosa que emanava dos refletores no teto, as silhuetas de Lúcia e Victor unidas num borrão escuro.

III
Pedro Dom

1. RIO, FEVEREIRO DE 2003

No dia 1º de fevereiro estrondos são ouvidos nos céus do Texas, nos Estados Unidos. Soando como trovões, o retumbar das entranhas de um vulcão flutuante prenuncia uma chuva de fogo, destroços incandescentes prestes a desabar sobre uma faixa de mais de mil e duzentos quilômetros do Texas até a Louisiana. Antes que se pense no apocalipse, agências de notícias transmitem ao vivo a explosão do ônibus espacial *Columbia* ao reentrar na atmosfera terrestre a apenas dezesseis minutos do horário previsto para a aterrisagem na Flórida.

No Rio, na redação do jornal *O Dia*, os jornalistas se alvoroçam com a notícia. Mais que espanto, nota-se em muitos deles uma satisfação secreta por uma falha nas engrenagens aparentemente perfeitas do imperialismo norte-americano.

Jurandir Perrone, alheio à agitação generalizada, decide sair para um café e cigarro no Bar da Cachaça.

Jota Perrone, como é conhecido, é um repórter da velha

guarda. Todo aquele frisson soa para ele como um filme antigo. Aliás, tudo anda parecendo um filme antigo.

Ele se encosta ao balcão e pede um café sem açúcar. Acende um Hollywood. Santa nicotina.

"Tudo certo?", pergunta o atendente.

"Tudo."

Mas qualquer jornalista com mais de dois anos de carreira saberia que não está tudo certo com Jota Perrone.

A fumaça desliza lentamente por suas narinas.

Nos próximos dias só vai se falar da porra da explosão do *Columbia*.

Para Pedro Dom o ano da cabra se inicia com os melhores augúrios. Refeito do período de reflexão que o tinha afastado temporariamente do crime e da cocaína, ele retoma os trabalhos em grande estilo.

Segundo o horóscopo chinês, o ano da cabra será mais tranquilo depois do ano energético do cavalo. Será o ano do pé de cabra?

A quadrilha se reúne agora com mais eficiência e objetividade e conta com o auxílio luxuoso da experiência. Pedro reduz o efetivo a Jasmim, Viviane e a si mesmo, que se alternam nas operações, já que o convívio pacífico das duas é tão improvável quanto o fim da corrupção no Brasil.

Para logísticas mais complexas, Pedro Dom eventualmente recorre aos serviços do fiel Boca Mole e de Quinado, garotão de praia como ele, surfista nas horas vagas. E assim sucedem-se os assaltos, numa sequência tranquila como a correnteza de um rio. Apês no Leblon, Ipanema, Botafogo, casas de praia em Maricá, Cabo Frio e Mangaratiba, chalés em Teresópolis e Nova Friburgo. Está de volta o gosto por invasões sorrateiras, quartos escuros, frio na barriga diante de fechaduras travadas, sensores digitais e alarmes ruidosos.

E o gosto pelas boates, claro.

Mulheres, camarão, uísque e champanhe.

E o pó.

As luzes piscando, o volume surreal: tunts tunts tunts tunts tunts tunts...

Às vezes ele passa pela Macumba, mas nunca consegue encontrar Santiago e Kelly. Só as miragens de sempre e os hieróglifos do sol nas retinas cerradas. Sua reabilitação soa agora como uma lembrança, um grafite desbotado num muro distante. É como diz Jasmim: "Na vida a gente tem que tomar decisões, gatinho".

Nada como a maturidade.

2. RIO, FEVEREIRO DE 2003

Pedro, Boca Mole e Quinado não precisam introduzir nenhuma chave mestra ou pé de cabra: a porta da cobertura na Gávea está destrancada. Porém todo cuidado é pouco, a informação é de que os moradores se encontram em casa.

Corrigindo, o morador.

Nem tanto cuidado, no entanto. É uma moradora, o que já deixa o trio de Dom mais tranquilo (assaltantes de residências costumam ser machistas por princípio). Em tese, mulheres vítimas de assalto têm menos probabilidade de reagir com violência aos assaltantes.

Em tese.

A cobertura é pequena mas aconchegante, e bem equipada. Cartazes pela parede, Linkin Park, Jennifer Lopez, sala desarrumada, garrafa de vinho vazia e CDs espalhados sobre a mesa. Pontas de beques queimados. Luzes apagadas, a claridade da rua entrando pelas janelas amplas sem cortinas. Dali dá para ver o Jóquei Clube.

A ficha da proprietária foi passada e repassada: filha de fazendeiro mineiro, mora sozinha e estuda comunicação na PUC. Apesar de baladeira, tem horários relativamente regrados e acorda cedo para ir à faculdade.

Às três da madrugada, no apartamento silencioso, a moradora parece estar dormindo. O objetivo é claro: no quarto de estudos, uma espécie de escritório, na primeira gaveta, trancada, há uma caixinha com algo em torno de trinta mil reais. Os gastos mensais da patricinha são altos, como se vê.

Os três se encaminham para o corredor.

A porta do quarto da proprietária está entreaberta. Olhares furtivos são inevitáveis. A janela do quarto proporciona uma luz tênue, quase poética.

Uau.

O que se vê ali?

Duas gatas abraçadas, nuas, ressonando tranquilamente.

"Me deu ideia", sussurra Boca Mole.

O olhar de Pedro Dom dispensa palavras: "Tá maluco?", ele pronuncia sem emitir som, caprichando na linguagem labial.

"Olha a bundinha dela, Boneco Doido", sussurra Boca e faz menção de entrar no quarto, "só quero dar uma olhadinha mais de perto..."

Pedro desfere um tapa na nuca dele.

O som é intenso o suficiente para despertar uma das garotas: "Tem alguém aí?".

Jota Perrone caminha ao amanhecer pelo aterro.

Que nostalgia desgraçada do tempo da bossa nova. Da época em que João Gilberto, João Donato e sei lá mais quantos joões caminhavam por ali boquiabertos com a beleza aguda daquela baía sem risco de ser assaltados.

Perrone olha em torno: só faltava essa, alguém me assaltar agora. Essa porra ainda vai me matar, conclui.

Nostalgia? Paranoia?

Álcool.

Um casal de joggers passa correndo, Jota Perrone acende um Hollywood: *Agora eu já sei...*, cantarola, *... da onda que se ergueu no mar, e das estrelas que esquecemos de contar...*

Seu celular toca, ele demora para perceber. Que merda este telefone móvel, pensa. Invenção do demônio.

O toque é insistente, ele atende.

"Jota?"

"Depende."

"É o Betinho, da Civil. Você pediu pra eu ligar a qualquer hora..."

"Qual a ocorrência, Betinho?" Perrone mantém o cigarro preso nos lábios enquanto fala e pega o caderno de anotações no bolso interno do paletó. A força do hábito.

"O playboy."

3. RIO, MARÇO DE 2003

O que mais chama a atenção na matéria é a declaração da vítima, a moradora do apartamento assaltado, Juliana Graziani: "Ele é um gato".

A reportagem de Jota Perrone é publicada logo depois do Carnaval. O assalto ao apartamento de Juliana precipitou a publicação da reportagem. Não chega a ofuscar as notícias sobre a vitória da Beija-Flor, mas consegue causar bastante furor entre moradores da Zona Sul.

Está tudo ali no jornal, o texto emoldurado por fotografias dos personagens: o belo bandido de olhos claros e extremamente vaidoso, filho de uma família de classe média, o rapaz bem articulado, ousado e ambíguo, o assaltante ao mesmo tempo gentil e agressivo; as duas damas do crime que disputam o amor do galante bandoleiro, Jasmim Corrêa, oriunda da Rocinha, e Viviane Roma Cerqueira, moradora de Copacabana, filha de um coronel da Aeronáutica. As duas rivalizam nas atenções de Pedro Dom e já dividiram também o coração de Mauricinho Botafogo, famoso assaltante de residências, hoje preso em Bangu 1, e de cuja quadrilha elas tinham feito parte.

Como as Marias Chuteiras, Jasmim e Viviane inauguram a classe das Marias Pé de Cabra.

As orgias em motéis, as drogas, as farras regadas a champanhe em boates, está tudo ali. Os rolés de moto pela beira-mar, as escaladas noturnas nas fachadas de prédios sob a luz da lua, a fuga frustrada do Manicômio Judiciário, a tentativa malsucedida de se regenerar como dono de barraca de coco na praia. As ações do bando, descritas como espetaculares e bem planejadas, o terror dos habitantes da Cidade Maravilhosa, culminando, a alguns dias do Carnaval, com o assalto ao apartamento de Juliana Graziani, na Gávea, que, ao acordar de madrugada, deu de cara com o Apolo de cicatriz na sobrancelha a lhe apontar uma pistola reluzente.

"Ele é um gato", afirma Juliana no fim da matéria, aparentemente não tão abalada com o roubo dos trinta mil reais guardados em sua caixinha de Pandora. "Estava dormindo com uma amiga, ouvi um barulho e, quando abri os olhos, lá estava aquele gato apontando uma arma pra mim."

O chefe de polícia Carlos Serafim declara que a prisão de

Pedro Dom e das duas damas do crime é a prioridade dos policiais cariocas no momento.

Em Copacabana, Victor toma café na confeitaria Cantagalo e ouve a conversa de dois aposentados a seu lado no balcão. Um deles segura um exemplar de *O Dia*: "A que ponto chegamos".

Lá está a manchete estampada em letras incômodas: *O assaltante playboy e as duas damas do crime.*

O homem lê a matéria em voz alta.

"O crime está banalizado. É uma pouca-vergonha", diz o outro.

"A imprensa contribui. Fala desses merdas como se eles fossem artistas. O bandido fica se achando."

"Daqui a pouco está na novela."

"E as vagabundas posando pra *Playboy*."

"Deixa eu ver a cara das piranhas."

Os dois contemplam as fotos das damas do crime: "Gostosas".

4. RIO, MARÇO DE 2003

Pedro Dom, Quinado e Boca Mole se encontram numa birosca na ladeira dos Tabajaras.

"Aí, formou", diz Boca Mole com *O Dia* na mão.

"Tá feliz, Boca?"

"Orgulhosão. Dá até vontade de fazer um quadrinho."

"Quadrinho, Boca?"

"É, pra pendurar na parede."

Pedro desfere um tapa na nuca de Boca Mole.

"Qual é? Virei saco de pancada agora? Qualquer parada tu já vem me descendo a porrada, Boneco Doido?"

O líder agarra Boca Mole pela garganta: "Pedro Dom. Repete".

"Pedro Dom." Boca Mole articula as palavras com dificuldade, a traqueia estrangulada pela mão do líder.

"Tá fora do esquema, meu irmão", diz Pedro, e solta a garganta de Boca Mole. "Vaza. Não trabalha mais comigo. Enfia o quadrinho com a reportagem no teu cu."

"Por que, Dom? Tá achando que fui eu que dedurei a parada pro jornal?"

"Se eu estivesse achando, tu já era defunto. Estou dizendo que essa porra de matéria só saiu porque tu deu mole aquele dia, quis entrar no quarto da patricinha, tive que te segurar e ela acordou."

"Porra, Dom, eu só queria chegar perto, sentir o cheiro da bocetinha..."

"Otário. Comédia. Agora tá aí, foto no jornal e o escambau. Como é que a gente vai operar assim, mané? Com todo mundo sabendo como é a minha cara? Bocetinha é o caralho."

"A gente podia ter vazado quando ela acordou, mas tu quis tirar o berro e prosseguir com a operação."

"Eu não ia perder a noite. Nem a grana, mané. Isso é trabalho, meu irmão. Papo sério. Agora chegou a hora do *wazari*. Vaza. Enchi o saco da tua cara, Boca Mole."

"Tu não vai dizer nada?", Boca Mole pergunta para Quinado.

Quinado arregala os olhos para Boca Mole, tira a Taurus PT92 da bermuda e encosta o cano na testa do companheiro: "X9 do cacete, tu vai morrer, filho da puta!".

Pedro Dom desvia o braço de Quinado com um safanão: "Tá maluco?".

A Taurus cai no chão, Pedro pega a arma.

"Ninguém vai matar ninguém aqui não, porra."

Quinado esfrega o braço dolorido pelo golpe de Dom.

"Eu não dei o serviço pro jornal", Boca Mole diz para Quinado. "Por que eu ia entregar as paradas do Dom, da Jasmim e da Viviane, caralho?"

Pedro se lembra de quando ele e Boca Mole escalavam um prédio num assalto. Boca Mole teve uma vertigem e ficou paralisado de medo no meio de uma parede, a cinquenta metros do chão. Pedro teve que voltar, abraçar Boca Mole e praticamente carregá-lo para a cobertura do prédio.

"Vaza!", diz Pedro Dom.

"Ainda não entendo por que tu quis continuar o assalto depois que as mulherzinhas acordaram, Dom."

"Tu não tem que entender nada. Vaza daqui, Boca Mole."

Boca Mole sai andando. Pedro devolve a Taurus para Quinado. "Eu levo esta porra a sério", diz. "Foi assim que meu pai me criou."

"Tô bolado. Quem entregou a história pro jornal?", pergunta Quinado, arregalando os olhos.

"Isso você deixa comigo", diz o líder.

Victor liga para o celular de Pedro, o filho não atende.

Ele grava uma mensagem: "Pedro, saiu uma matéria no jornal, vocês estão visados. É melhor dar um tempo, se afastar do Rio por alguns meses. Provavelmente foi a própria polícia que plantou a notícia, assim aumenta o valor da extorsão. Numa hora dessas seu passe está valendo o triplo do que valia ontem. Melhor se mandar. Se ficar, dança logo. Vai acabar a farra. Mulherada, grana, bajulação, vai tudo pro saco. Sei como funciona o negócio. Se manda. Se manda logo".

5. RIO, MARÇO DE 2003

A vida de um chefe de quadrilha não é fácil.

Ele caminha por Copacabana. Fecha os olhos de vez em quando, só de onda. O sol de Copacabana tem um estilo próprio de desenhar figuras nas retinas de Pedro Dom. Mesmo de óculos escuros, ele sempre vê o mesmo bando de vaga-lumes quando fecha os olhos e vira o rosto para o sol.

Aquela visão o deixa eufórico.

Ainda mais com a própria foto estampada num jornal de grande circulação. Tudo bem, não é uma foto posada nem recente. Mas dá para perceber as feições de Pedro Dom naquele retrato na formatura da escola. Os olhos claros, o sorriso do menino que gostava de grafitar muros. Hoje ele tem uma cicatriz na sobrancelha e quase não sorri, mas é possível reconhecê-lo na foto, se observada com atenção.

Os óculos escuros resolvem o problema por enquanto. O bom disso é poder fechar os olhos e ninguém achar que ele ficou louco. Ou cego.

Jasmim e Viviane também aparecem em fotos antigas, Viviane cantando no coral da igreja, comédia. Logo ela. Jasmim aparece na praia, de biquíni, cheia de colares de contas, sorrindo numa foto ao lado de Mauricinho Botafogo.

Embora não admita, Pedro Dom sente uma pontada de orgulho por aquela matéria. Como é mesmo o nome do autor? Filho da puta. O cara é bom, levantou muita coisa que deveria estar escondida, camuflada debaixo da fumaça do dia a dia. É ruim para os negócios, claro, mas ser descrito como o sucessor de Mauricinho Botafogo é uma honra para qualquer assaltante de residências. Como uma comenda, uma menção honrosa, uma parada assim.

Mas é preciso ser objetivo. Ele gostaria de passar no consultório de tarô, está tão próximo, e perguntar para a gostosinha do piercing o que o destino recomenda que ele faça agora. Dar uma rapidinha talvez? Não há tempo para isso, a vida de um chefe de quadrilha não é fácil.

A igreja de São Paulo Apóstolo, em Copacabana, fica na rua Barão de Ipanema, número 85. Ele não se sente muito à vontade de fazer uma reunião numa igreja, mas ela insistiu que era um lugar seguro. A igreja está quase vazia e mesmo assim ele demora a encontrar quem procura. Ela também está de óculos escuros, rezando num canto. Uma velha varre o altar.

"Dois malucos de óculos escuros na igreja. Não sei se foi uma boa ideia a gente se encontrar aqui", diz Pedro, sentando ao lado de Viviane. Ela não diz nada, continua rezando. Ou assim parece. Pedro levanta os óculos dela: "Chorando?".

"O Trita morreu", diz Viviane.

"Eu soube. Dívida de pó. Neguinho é cruel, mata por dois contos. Não tem perdão."

"Eu sei, quem perdoa é Deus", ela diz. "Mas o Trita estava doidão, descontrolado. Muito pó, perdeu a noção. Querendo ir pro Afeganistão, virar jihadista. Parece que começou a gritar 'Alá é grande!' antes de tomar a peneirada."

"Às vezes é preciso perdoar."

Viviane encara Pedro Dom por alguns instantes.

"Que bom que você pensa assim."

Breve silêncio incômodo.

"Então foi você que entregou nossas intimidades pro jornalista? Eu já desconfiava. Achou o quê, que tava dando entrevista pra *Caras*?"

"Eu e a macumbeira, pelo jeito."

"Calma. Da macumbeira cuido eu. Qual foi?"

"Qual foi o quê?"

"Por que você abriu o bico?"

"Eu não abri o bico porra nenhuma. Tu acha que sabe tudo, né, Dom? Tá sempre no comando, se achando..."

A velha que varre o chão, sem parar de movimentar a vassoura, vira o rosto na direção dos dois. Pedro repara que ela manca um pouco.

"Vai querer brigar aqui na igreja? Chamar a atenção? Fala baixo. Você entregou ou não o serviço?"

"Eu entreguei, mas não sabia que ele era jornalista."

"Achou que era o quê?"

"Padre."

"Padre?"

"Um dia eu fui à missa... ai, que vergonha."

"Vergonha de quê? A missa foi aqui? Explica direito, Viviane."

"Na paróquia de Santa Cruz, que é mais perto de casa, ali na Siqueira Campos. Quando acabou a missa, chegou um sujeito de batina, maior tiozão, tá ligado? Cara de padre mesmo. Ele puxou assunto, tinha até um sotaque meio italiano. Disse que notou que eu não tinha comungado. Eu respondi que era porque eu tinha muitos pecados. Daí ele mandou uma conversa que Deus perdoa qualquer pecado, coisa e tal, e quando eu vi eu tava contando tudo pro cara."

"No confessionário?"

"Não, ele disse que isso de confessionário era só formalidade, que Deus não liga pra essas coisas."

"Onde?"

Viviane hesita. Pedro Dom nota que a velha que varria o altar não está mais ali.

"Confessa, Vivi. Deus perdoa."

"Você é que tem que perdoar."

"Onde?"

"No motel."

Silêncio. Viviane respira e retoma:

"Caralho, como eu fui otária!"

"No motel com o padre?"

"Jornalista."

"Ainda bem que esse cara não é cana."

"Ainda bem."

"Não sei se Deus vai perdoar."

"Eu ou ele?", pergunta Viviane.

"Os dois."

"E você, me perdoa?"

"Não te devo nada, Vivi. Nem perdão."

"Ai, Boneco Doido. Acho que vou largar tudo e me trancar num convento."

"Melhor ir logo. Se ficar por aqui vai acabar trancada é em Bangu."

Pedro entrega um maço de notas para Viviane.

"Pra que isso?"

"Pra parar de falar merda."

Ela apoia os óculos na testa e olha para ele com olhos marejados.

"Pra parar de fazer merda", ele conclui.

6. RIO, MARÇO DE 2003

Angélica chega ao consultório e liga o computador, como de hábito. Antes do tarô — ou até *mais* que ele —, a internet sempre tem muito a revelar. Leva um susto. A matéria do bandido galã desvenda o enigma com o qual ela se debate há mais de um ano: então o Louco era ele!

Ela convive há tempos com essa expectativa, desde julho de 2001, quando os arcanos maiores revelaram em sequência dois arquétipos muito perturbadores. O Julgamento sugeria uma catástrofe premente de consequências globais, que de fato se confirmou em 11 de setembro daquele ano, com o ataque terrorista às Torres Gêmeas em Nova York. Em seguida o Louco prometia uma reviravolta intensa na vida dela.

Angélica confere os arquivos de suas consultas, tenta descobrir em que dia aquele rapaz lindo e muito perturbado entrou em seu consultório.

Tinha sido no ano anterior, fazia pouco mais de seis meses. Como esquecer aquele rosto? Os olhos claros, a cicatriz na sobrancelha, o porte atlético. E seu jeito ambíguo, um garoto sedutor, ao mesmo tempo doce e ameaçador, a angústia ácida dele exalando pelos poros como suor.

E a transa louca, inesquecível.

Só não sabia que ele era um assaltante.

Angélica relê a matéria e decide dar uma volta para espairecer. Vai até a praça do Lido. O lugar lhe transmite uma paz inquietante. Independentemente da atração e da transa inevitável, a consulta com o playboy perturbado tinha sido estranha, ele nem sequer disse como se chamava. Ela viu coisas terríveis nas cartas. Sequências inusitadas, violência, morte prematura. Não conseguiu dizer ao rapaz o que via ali. Mentiu, disse que o futuro dele era o surfe. Falou sobre alguns contratempos sinistros que ele provavelmente teria que enfrentar, mas não foi a fundo.

Não se lembra mais do que falou, entre gritos incontroláveis, enquanto transavam.

Talvez ele tenha pensado que ela se referia a volume de ondas e direção de vento.

Ele pagou a consulta com dinheiro vivo, ela pediu que ele preenchesse uma ficha, ele se recusou.

"Eu não sou assim", Angélica disse, se desculpando, antes de ele ir embora.

"Assim como?"

"Eu não costumo transar com meus clientes."

Ele sorriu e foi embora. Dias depois Angélica despertou intranquila, arrependida por não ter dito a verdade e não ter sido sincera com o cliente sobre as mórbidas previsões que as cartas revelaram. Arrependida também de ter cedido tão fácil a seus desejos. Incomodada com sua impulsividade. Que imagem o rapaz teria feito dela? Torceu para ele aparecer de novo, para que ela pudesse se desculpar, confessar a verdade e reiterar que aquele tipo de coisa não costumava acontecer em seu consultório.

Desejou ardentemente que ele voltasse para constatar como ela era uma moça séria.

Ou para que pudessem repetir a trepada.

Mas ele não apareceu. E agora essa matéria.

A grande revelação, ela sente, é que Pedro Dom é o Louco que causará uma reviravolta intensa na vida *dela*. Isso é algo que não está escrito nas cartas, nos arquétipos ou nos arcanos. Nas estrelas, no I-Ching, na cabala.

É algo que ela simplesmente *sabe*.

Será que ela também está apaixonada por ele, como as duas damas do crime?

Desde que a avó morreu, Angélica experimenta uma solidão que se manifesta por uma espécie de falta de ar. Gostaria de falar com a avó agora. Ter alguém com quem desabafar. Com os pais, nunca contou. Cogita mandar um e-mail para sua melhor amiga, Rita, que vive há anos em Melbourne, mas sente preguiça.

Resolve tomar um suco de cupuaçu no Big Polis.

* * *

Os dois combinam um encontro no Vilar, na Rocinha.

Às vezes ele estranha que na Rocinha exista lugares com o mesmo nome de seus restaurantes favoritos de Copacabana. Mas não há tempo para desvendar coincidências significativas. Ele entra na maior favela do país como quem desliza por uma colmeia. O traficante Colibri é o comandante do território. As conexões de Jasmim são dignas de uma abelha-rainha: Xandão e um pequeno batalhão de soldados do tráfico escoltam Pedro Dom morro acima.

"Aqui ninguém te encosta", diz Xandão.

Os homens do tráfico simpatizam com o assaltante, sacolés com a mais pura cocaína que se pode encontrar fora de Medellín são oferecidos como boas-vindas, as tribos do crime se congratulam.

Jasmim está sentada numa mesa no fundo da sala do restaurante. Uma garrafa de coca-cola brilha no meio da mesa. Ela está de óculos escuros e com uma espécie de turbante na cabeça. Cumprimentam-se com um selinho, Pedro senta, pede uma cerveja. Xandão e os soldados do tráfico montam guarda na porta do Vilar.

"Foi mal", ela diz.

"Mudou o cabelo?"

"Raspei."

"Pra não ser reconhecida?"

"Pra fazer santo, pra me purificar, ser perdoada pelos orixás."

"Já sei. O Picão apareceu no centro, disse que era pai de santo, veio com uma conversa sobre pecados e você se abriu com o cara na boa-fé."

"Tá falando do quê, Dom? Tá doidão?"

"Você sabe. Não tenta me enrolar, Jasmim."

Alguma coisa no tom de voz dele faz Jasmim sentir um calafrio.

"Como você descobriu?"

Ele toma um gole da cerveja.

"Também te levou pro motel?"

Jasmim abre um sorriso: "Não acredito! A piranha da Viviane deu pro pai de santo?".

"Não, pro padre."

"É uma rampeira mesmo."

"E você?"

"O que tem eu?"

"Deu?"

Jasmim dissimula, olha para o lado.

"Fala, Jajá. Oxalá perdoa."

"Pai de santo não é a mesma coisa que padre."

"Não."

"Não precisa respeitar aquela parada... como é o nome mesmo?"

"Não me enrola."

"Tenta entender, o cara me enganou. Falava como baiano, achei que era um pai de santo do Gantois."

Pedro fica olhando em silêncio para ela.

"Tenta entender."

"Não tento entender porra nenhuma! É o mesmo cara, passou a perna e a vara nas duas. Nas duas! E ainda levou todo o serviço de graça. Não é pai de santo nem padre. Jornalista. Otárias. Paguei de corno manso. Me cornearam com o jornalista enquanto me deduravam."

Jasmim olha para o chão.

"Olha pra mim. Otária!"

Jasmim tenta travar o choro. E consegue.

"Tira o pano, deixa eu ver."

"O quê?"

"A carequinha."

"Vai me zoar, Boneco Doido? Tá se achando? Só porque o Colibri mandou uns perebinhas pra te escoltar? Te deu moral? Tu é o Fodão, é isso? Tu também me corneou com a Viviane. E com um monte de vagabundas por aí, eu sei."

"Tira."

Ela desfaz o turbante, ele observa, dá mais um gole de cerveja.

"Tá bonita."

"Eu nunca ia imaginar que o cara era jornalista, ele chegou com a maior conversa…"

"Tá bonita carequinha."

"Tu acha mesmo?"

Ele abre o sacolé, cheira um punhado do pó no dedo mindinho e oferece para Jasmim.

Ela nega: "Tô fazendo santo. Tu acha mesmo que eu fico bem careca?".

"Acho, mas tu foi muito otária, Jasmim. Vai ter que dar um tempo. Vazar, sumir, desaparecer. E ficar de boquinha fechada, só pra variar um pouco. Fica lá no terreiro, pensando na vida."

"Perdoa, Boneco Doido."

"Pedro Dom. Quem sou eu pra perdoar? A gente se fala."

Ele se levanta, deixa um maço de dinheiro na mesa.

"O que é isso?", pergunta Jasmim, colocando o turbante de novo. "Pra pagar a cervejinha? Ou o meu silêncio?"

"Os dois. Compra um dicionário com o troco."

"Não entendi."

"Procura a palavra celibato."

Despedem-se com um beijo. Pedro Dom desce o morro escoltado por Xandão e pelos homens de Colibri.

"O chefe mandou um abraço. Precisando de alguma coisa,

avisa", diz Xandão, demonstrando admiração e respeito no olhar, construindo pontes, abrindo frentes. "Vai fazer o que agora?"

"Dar linha, esperar baixar a poeira."

Alguns garotos seguem a comitiva.

"Pedro Dom!", diz um deles, sorrindo como se Pedro fosse um jogador do Flamengo. Ele tira dinheiro da mochila, distribui entre os garotos. Que outro destino poderia ter a bufunfa do pai da patricinha da Gávea?

Robin Hood acaba de encontrar a floresta de Sherwood.

7. VITÓRIA, JULHO DE 2003

O amanhecer na praia de Camburi é deslumbrante.

O sol brota entre morros de pedra e estende seus raios pela névoa úmida que paira na orla do mar.

Ele fecha os olhos, como sempre faz quando vira o rosto para o sol, e reverencia intimamente o astro rei num ritual ancestral. Um enxame de abelhas e taturanas luminosas passeia por suas retinas.

Quinado acende o baseado: "Que noite, brother".

Ele passa a bagana para Pedro.

"Vamos fumar este aqui e dar linha logo", profere o líder, segurando a fumaça nos pulmões. "Quanto mais cedo, melhor."

Os dois se deitam na areia fria, olham o céu.

O problema com assaltos fora do Rio é a falta de familiaridade, mas é preciso ficar longe da Cidade Maravilhosa por um tempo.

No dia anterior haviam rodado oito horas no Gol de Quinado. Saíram às cinco da manhã do Rio e chegaram a Vitória à uma da tarde, com apenas duas paradas rápidas para abastecer e ir ao banheiro. Em Vitória estacionaram numa rua não muito distante do bairro de Maruípe, comeram sanduíches, bateram papo, aguardaram dentro do carro a noite chegar, cochilaram. Depois da meia-noite, munidos das indefectíveis mochilas, caminharam até o edifício Vila Velha, de frente para o Parque Maruípe.

A letra tinha sido dada por Cafuzinho, um noia chegado de Quinado.

Cafuzinho é primo de Diogo Santo (que de santo não tem nada), filho de Almir Santo, empreiteiro responsável por grandes obras nos portos de Vitória e Tubarão. Aproveitando a viagem do velho Almir e esposa para um fim de semana na casa de veraneio em Meaípe, a dupla dinâmica se dispôs a conferir se todas aquelas histórias de Dioguinho sobre os tesouros fantásticos de Almir Babá eram verdadeiras.

O Vila Velha é um prédio pequeno, de quatro andares apenas.

Pedro Dom e Quinado, seguindo as indicações de Cafuzinho, saltaram um muro e entraram no prédio por trás. Escalaram sem problemas a parede de tijolos aparentes até as dependências de serviço no primeiro andar. Nada de alarmes ou cães de guarda. A velha tranquilidade capixaba: algumas joias, dinheiro vivo, artefatos indígenas para presentear Lúcia. O suficiente para manter a roleta girando.

Eles saíram do apartamento, esconderam o butim no porta-malas e sob os assentos do Gol e decidiram esperar o dia nascer antes de partir. As possibilidades de uma blitz na rua diminuem consideravelmente depois que a noite chega ao fim. Estacionaram à beira-mar, foram até a praia fumar o beque saideiro e dar uma verificada nas ondas, porque ninguém é de ferro.

Os dois se deitaram na areia fria, olharam o céu.

"Documentos!"

A voz emana de algum lugar distante.

"Documentos!"

Pedro Dom e Quinado devem ter pegado no sono, não perceberam a dupla de PMs se aproximando pela areia da praia.

"Oi?"

"Documentos", repete um dos PMs, a mão apoiada ao revólver no coldre.

"O que é isso? Um baseado?"

Agora ela evita passar pelos lugares de sempre, e de manhã, a caminho do antiquário, varia de rota.

Além do medo persistente de um incêndio sorrateiro, outras inquietações a perturbam. Sai bem cedo de casa, antes que as ruas fiquem muito movimentadas. Em vez de pegar a Barata Ribeiro, onde as floriculturas lhe indicam o trajeto como numa via-crúcis ao contrário, escolhe ir pela Nossa Senhora de Copacabana, mais impessoal e propícia a seu ostracismo autoinduzido. Agora ela anda de óculos escuros e com um lenço na cabeça. A ideia é sumir no meio dos pedestres, dissolver-se na multidão.

Desde que saiu aquela maldita matéria no jornal, Lúcia não teve mais sossego. Telefonemas de parentes, amigos, sobrinhos, visitas de vizinhos, telefonemas do gerente do banco e do síndico do prédio. Todos muito solícitos e solenes, embora uma volúpia silenciosa se manifestasse no fundo de suas vozes.

As amigas transmutadas em carpideiras.

As harpias falsamente sensibilizadas, no fundo vibrando com sua desgraça.

Não foi mais ao cabeleireiro nem à manicure. Parou de se encontrar com Celso.

Durante o dia atende aos clientes de óculos escuros e com

o lenço na cabeça. Não é só para que não a reconheçam; o lenço esconde os fios de cabelos brancos e os óculos disfarçam as olheiras e os olhos vermelhos de tanto chorar.

Por que todos decidiram olhar para ela de repente?

Quando dá por si trilhando itinerários inéditos, percebe que se perdeu. Por alguns momentos tem a sensação de uma vertigem. Depara-se com uma igreja branca que nunca tinha visto.

Ela se dá conta de que está na rua General Ribeiro da Costa, no Leme. Aquela é a Igreja de Nossa Senhora do Rosário. Não, não é possível que aquilo seja um chamado.

Um sinal?

Ele estará em perigo? Precisando dela?

Onde ele está?

Lúcia entra na igreja. Uma missa será rezada em breve. Ela permanece de óculos escuros. Ninguém parece se importar com isso.

Ela se ajoelha. Gostaria de rezar, mas não consegue. Só pensa no filho.

"É só um baseadinho", diz Quinado.

"Vamos pra delegacia", ordena um dos policiais, pegando o resto do baseado largado na areia.

"Não precisa", diz Pedro. "É só um baseadinho. Já estamos indo pra casa. Na boa."

"Carioca?", pergunta o policial, curioso.

"Isso. Estamos de férias."

"Bacana. Vamos pra delegacia. Em pé, os dois." O policial aponta a arma para Pedro e Quinado.

"Só por causa de um baseadinho?", diz Pedro se levantando.

"É crime, sabia?"

O outro policial os revista.

"Sem documentos?"

"Viemos só dar um rolezinho", diz Quinado, o inocente.

"Tudo *inho*? *Baseadinho, rolezinho*? Agora vão dar *rolezinho* é na delegacia."

"Não tem jogo?", sugere Pedro.

"*Joguinho*?", diz o policial. "Só encontrei dez reais no bolso do outro ali. No teu não tinha nada. Quer fazer jogo com dez reais, carioca?"

No Gol estacionado a poucos metros dali, há dinheiro suficiente para um jogão. Mas pistolas, cocaína, cordas, chaves mestras, pés de cabra e maconha poderiam comprometer a imagem da dupla de inocentes playboys doidões contemplando a alvorada na praia de Camburi. Isso sem contar as joias e o dinheiro roubados do apartamento de Almir Santo.

"Pra delegacia, os dois."

8. VITÓRIA, JULHO DE 2003

Na delegacia são indiciados por porte de drogas.

Há um problema, entretanto. O delegado e o escrivão não sabem como se chamam os dois playboys cariocas. Em seus bolsos só foram encontrados dez reais, uma chave do carro e um isqueiro vermelho.

"Vocês não andam com documentos, não?"

"A gente só estava dando um rolezinho na…"

"Já sei, já sei", diz o delegado. Ele olha para Quinado: "Nome?".

"Carlos Guilherme Malta Filho."

"E o seu?"

"Arnaldo Santos Silva. Um sete cinco dois dois…"

"Um sete cinco dois dois é nome?"

"RG."

"Não preciso do RG por enquanto, obrigado."

"E agora?", pergunta Pedro Dom, ansioso para ir embora.

"E agora o quê?"

"Não tem jogo?"

"Tem. Tem jogo, sim. Pode jogar o jogo da velha com teu companheiro na cela. Ou palitinho. Sabe como presidiários jogam palitinho? Com fios de cabelo."

"Jura?", diz Pedro, o inocente. "Quero falar com meu advogado."

"Já, já. Meu plantão está no fim. Quando o Miramar chegar, vocês podem ligar pro advogado, pro papai, pra mamãe... Agora vocês vão curtir o barato do fumo na cela."

São levados a uma cela pequena. Estão sozinhos ali.

"Sei que tu já tem passagem", diz Quinado, "mas inventar um nome só vai piorar a situação."

"Eu não inventei nome nenhum."

"Eu não sabia que tu chamava Arnaldo Santos Silva."

"Eu não. O Trita. Que Deus o tenha."

"O Tritura Pedra chamava Arnaldo Santos Silva?"

"Ainda chama. Duvido que alguém tenha registrado o óbito. E ele nunca tinha puxado cana."

"E tu sabe o RG do Trita?"

"Isso eu inventei. Pra dar mais consistência pro personagem. Tem que usar a cabeça, brother."

"Tu é maluco, Boneco Doido."

"Pedro Dom! Pra você. Arnaldo pro resto da galera. Daqui a pouco a gente sai daqui. Um baseadinho não pega nada."

"Vou tirar um cochilo. Maior lombra."

"Também."

188

Pedro Dom e Quinado cochilam na cela quando Almir Santo adentra a delegacia com as faces rubras e a pressão arterial batendo recordes olímpicos.

"Tudo certo, seu Almir?", pergunta o dr. Miramar, o delegado que tinha acabado de assumir o posto, rendendo o delegado do plantão noturno.

"Como assim, tudo certo? Alguém vem na delegacia se está tudo certo?"

9. RIO/ VITÓRIA, JULHO DE 2003

Ela sai da igreja no Leme e caminha até o antiquário. Gostaria de ter rezado e acompanhado a missa como os outros fiéis, tão concentrados. Queria — depois de o padre ter afirmado: "Cordeiro de Deus, que tirais os pecados do mundo" — juntar sua voz ao coro suplicante: "Tende piedade de nós!".

Cordeiro de Deus, que tirais os pecados do mundo, dai-nos a paz.

Ela queria fazer parte do rebanho, caminhar sem questionar a direção, ser conduzida em segurança até algum lugar.

Onde está a paz?

Ela vira na rua Gustavo Sampaio, caminha em direção à Princesa Isabel. Por trás das lentes dos óculos escuros tudo adquire uma cor diferente, irreal.

Gostaria de se concentrar no caminho, olhar as pessoas no rosto. Ela olha para o chão.

Ele estará em perigo? Precisando dela?

Onde ele está?

"Cordeiro de Deus, que tirais os pecados do mundo", ela diz, e interrompe a caminhada abruptamente.

"Os pecados do mundo?", repete para si mesma, intrigada.

Ela chora, mas ninguém perceberá suas lágrimas por trás dos óculos escuros.

"Ei!"

A voz soa distante como se brotasse do âmago da terra.

"Ei, acordem!"

A voz se torna mais alta e nítida, embora ainda não se saiba de onde vem.

Pedro Dom abre os olhos.

O carcereiro diz, com a porta da cela destrancada: "Não querem ir embora? Gostaram da suíte? Preferem o café na cama?".

Pedro cutuca Quinado, que ainda ronca a seu lado, estendido no chão da cela.

"Oi?"

São conduzidos à sala do delegado.

"Estão livres. Podem ir embora."

"Assim? Na boa?", pergunta Pedro, desconfiado.

"Querem ficar, podem ficar." Ele se dirige ao carcereiro: "De volta pra cela".

"Não!", exclama Quinado, se precipitando. "Tudo bem, estamos saindo. Não precisa assinar nada?"

"Vou ser sincero", diz o dr. Miramar em tom paternal, "chequei os arquivos, vocês estão limpos, não faz sentido eu prender os dois aqui e iniciar um processo só por causa de um baseadinho. Pode atrapalhar a vida de vocês no futuro, vão perder a primariedade por uma coisa à toa. Não faz sentido. Vou liberar os dois."

Aquilo parece muito bom para ser verdade, mas, vá lá, é preciso admitir que os tempos estão mudando e que realmente um baseado não é motivo para abrir um inquérito policial.

Ponto para a polícia capixaba.

Pedro Dom e Quinado são liberados depois que lhes devolvem os dez reais, a chave do carro e o isqueiro vermelho com o símbolo do Flamengo. Eles caminham, olham para trás, dobram a esquina e pegam um táxi até a praia de Camburi.

Saltam do táxi quando o taxímetro marca dez reais, a uma distância segura do Gol de Quinado, que, para alívio geral, continua estacionado solitário sob uma amendoeira.

Ainda não há muito movimento por ali àquela hora da manhã de um dia de semana. Os dois se certificam de que não são observados e caminham até o carro. Destravam as portas, vão olhar o porta-malas, entram no carro e verificam o chão sob os assentos. Ufa, está tudo lá intocado, as drogas, as cordas, os pés de cabra e, o mais importante, as joias, o dinheiro e os objetos roubados do apartamento de Almir Santo. Doideira. Apesar do contratempo, as coisas parecem realmente estar indo muito bem em Vitória. Que alívio.

Os dois ainda estão com a cabeça abaixada, olhando o piso do Gol, quando escutam pancadinhas no vidro da janela: tec tec tec...

10. RIO, AGOSTO DE 2003

"Sai dessa, pai. Qualquer hora ele aparece. A gente sabe como é o Pedro."

Monika e Verena encontram Victor no apartamento dele em Copacabana. Elas notam o aspecto desolado do pai, barba por fazer, a casa desarrumada. Estão há alguns dias preocupadas com o estado de Victor, abalado pela falta de notícias do filho.

"Ele também não entrou em contato com a Lúcia?"

Verena faz que não com a cabeça: "Mas ela está tranquila", mente. "Sabe que daqui a pouco ele aparece".

"Ele nunca ficou mais de um mês sem me procurar."

"Ficou, sim, pai", diz Monika. "Já ficou até mais que isso. Lembra do aniversário dele de dezoito anos lá na casa do Rocha? Você e a Verê cantando parabéns e apagando a vela do bolo? Então, fazia um tempão que a gente não sabia onde ele estava. E foi um mico."

"Mico por quê, Monika?", rebate Verena. "Você é muito insensível."

"Eu?"

"Não vão brigar, por favor", disse Victor, saindo da prostração. "Só me faltava essa."

"Agora sim", diz Monika sorrindo, "gostei de ver. O velho Victor de volta. Desencana, pai. Se tivesse acontecido alguma coisa com ele, a gente ficaria sabendo. Agora ele está famoso, depois daquela reportagem."

"A polícia seria a primeira interessada em dar uma satisfação", diz Verena, corroborando o argumento da irmã.

"Não é bem assim. O mundo do crime é muito mais surpreendente e complexo do que vocês imaginam. E naquela vez que o Pedro sumiu ele era muito novo. Agora já é um cara maduro, endurecido pela vida."

"Ah, maduro que é uma beleza", diz Monika, irônica. "Caindo de maduro."

As duas riem. Victor sorri também. Uma paz quase imperceptível parece tomar conta do espírito de Victor por alguns instantes.

Angélica anda pela calçada da praia. Para num quiosque e pede um coco. Senta num banco, olha algumas pessoas jogando vôlei.

A cabeça dela está em outro lugar. Há situações em que as cartas do tarô não conseguem ajudar. Às vezes é preciso ouvir o que o vento diz, ela pensa. Nossa, estou falando igual ao meu pai. Ouvir o vento? Que coisa mais hippie e fora de moda!

O pai, um vulto vagamente barbudo. Que grande liberdade nunca ter tido um pai! O que é um pai senão um limite?

Uma sirene de ambulância soa em algum lugar, despertando Angélica das recordações. Difícil ouvir o vento ali. Basta que ouça seu próprio coração.

Tuc tuc tuc tuc tuc...

Não há nada de especial nas batidas de seu coração. Nenhuma grande revelação se insinuando no movimento incansável daquele órgão agitado. Sístole, diástole, sístole, diástole. Um coração batendo, nada mais. Uma moça respirando. Olhando o mar. Bebendo água de coco e lembrando de seu pai antes de tomar uma decisão importante. Só um indivíduo em pleno processo de existir.

No fundo ela sabe o que deve ser feito.

É uma aventura: nada do conforto da internet e das cartas ancestrais. Hora de descobrir o *meu* destino, pensa. Ou de inventá-lo.

Mas se nem a polícia sabe onde o bandido foragido está!

A carta dos Enamorados no tarô, o sexto Arcano Maior, é uma carta dupla. Pode representar um homem dividido entre dois amores, mas também simplesmente um casal.

Um homem dividido entre dois amores: as duas damas do crime que disputam o amor do galante bandoleiro. Jasmim Corrêa, oriunda da Rocinha, e Viviane Roma Cerqueira, moradora de Copacabana, filha de um coronel da Aeronáutica, dizia a reportagem de Jota Perrone.

Rocinha e Copacabana.

Rocinha ou Copacabana?

Angélica larga o coco, atravessa a rua, caminha determinada até a Barata Ribeiro. Na Flora Santa Clara, procura margaridas.

"Um buquê?"

"Não, só uma."

"Uma margarida só?"

"Isso. Quanto é?"

"Nada não, pode levar."

Ela volta ao calçadão da praia, senta no mesmo banco, a margarida na mão esquerda como a espada de Joana d'Arc. É um momento importante, imponente.

Angélica respira fundo.

Rocinha ou Copacabana?

Bem me quer, mal me quer, bem me quer, mal me quer...

11. RIO, AGOSTO DE 2003

Victor está há alguns dias sem conseguir dormir direito. Tem caminhado pela praia de manhã numa tentativa de exaurir o corpo e visto televisão até tarde na esperança de que o excesso de imagens o nocauteie. Mas assim que consegue fechar os olhos desperta em seguida, aflito.

Qualquer som da madrugada, por mais sutil, é capaz de alarmá-lo. Uma sirene, um latido. Fogos, tiros, o barulho da chuva, um grito distante, o ruído das ondas, o choro de uma criança, o arrulho de um pombo.

De madrugada ele acende um cigarro e se debruça na janela. O cheiro da maresia não o acalma. Os sons difusos da cidade às escuras consolidam a certeza de que alguma coisa terrível está para acontecer.

Quando o telefone toca, ele se assusta, embora, de certa

forma, já espere por aquele toque. Telefonemas, os guinchos horripilantes da madrugada. O som que ele não gostaria de escutar: agudo, objetivo, insistente, determinado. Existe, claro, a esperança de que seja Pedro. Existe também, a lhe causar um arrepio na nuca, a possibilidade de que o telefonema anuncie alguma desgraça relacionada ao filho.

Ele se lança ao aparelho com a mesma determinação com que se jogava ao mar no tempo em que mergulhava: "Alô?".

"Victor? Desculpe ligar a esta hora. É o Guilhón."

O telefonema de um advogado na madrugada não é exatamente um bom augúrio.

"Notícias do Pedro?"

"Sim."

"Aconteceu alguma coisa? Ele está bem?"

"Calma."

"Calma por quê?"

"Aconteceu uma coisa, sim."

A Rocinha é a maior favela do país.

Apesar de considerada oficialmente um bairro desde 1993, seu crescimento desordenado, a falta de infraestrutura e a proximidade com regiões nobres da cidade transformaram a comunidade num símbolo da desigualdade social brasileira. Mas não é nisso que Angélica pensa enquanto caminha pelo acesso principal da Rocinha em busca de Mãe Augusta. O que mais a impressiona é a simpatia com que é recebida por todos a quem pede informações. É cedo ainda, as pessoas se movimentam sonolentas, mas parecem despertar ao ouvir a voz de Angélica.

"Você sabe onde eu posso encontrar a Mãe Augusta?", ela pergunta, e o nome da ialorixá funciona como um salvo-conduto por escadarias e vielas. Angélica continua subindo, subindo. A paisagem é deslumbrante, os moradores não ligam para ela. Caminha como se fosse invisível. Quando alguém repara na garota de piercing no nariz, óculos escuros e minissaia jeans, ela simplesmente pergunta: "Você sabe onde eu posso encontrar a Mãe Augusta?".

E as pessoas, como que hipnotizadas, permitem que ela continue subindo, subindo.

Victor chega cedo ao escritório do dr. Guilhón, na avenida Rio Branco. No décimo segundo andar do edifício Almirante Barroso, por uma das janelas da sala de espera ele observa a paisagem com a curiosidade desatenta de um insone. A secretária já lhe ofereceu água e café, mas ele não quis. Só deseja saber a que horas o dr. Guilhón vai chegar.

"Já era para ele estar aqui", garante a secretária mais uma vez.

"Marcou comigo às oito e meia. São quinze pras nove."

"Pois é, sr. Victor, ele nunca atrasa. Deve ser o trânsito."

Dez minutos depois — que pareceram eras a Victor — o dr. Guilhón chega, espargindo o perfume de eucalipto de sua loção pós-barba: "Trânsito infernal!".

Os dois entram na sala do advogado sem se cumprimentar. Guilhón mal tem tempo de tirar o paletó.

"Desembucha!"

"Calma, Victor. Senta aí."

No telefonema da madrugada, Guilhón tinha dito a Victor que eles precisavam falar pessoalmente, já que telefones corriam o risco de ser grampeados.

Victor senta-se em frente à mesa do advogado, acende um cigarro.

"Puta que o pariu, Guilhón, tu é um sádico do caralho."

"Não sou sádico, sou precavido. Meu pai sempre dizia que um ho..."

"Sem lenga-lenga de 'meu pai sempre dizia', Guilhón. Vou ter um infarto. Deixa de ser filho da puta."

12. RIO, AGOSTO DE 2003

Lúcia caminha pela Joaquim Nabuco. Ela está de óculos escuros, mas já não usa o lenço na cabeça e voltou a pintar o cabelo. Está mais tranquila. Victor convocou a ela e às filhas para uma reunião urgente no apartamento dele. Para conversar sobre Pedro, disse. Não poderia falar por telefone, eles podem estar grampeados, explicou, antes de desligar.

Tudo muito confuso e obscuro. Lúcia teve vontade de arrancar o fio do telefone e jogar o aparelho no lixo. Grampeado? Estranhos ouvindo as conversas dela dia e noite? Telefones grampeados, reuniões secretas, meias palavras, sussurros.

Ela sente-se desconfortável sempre que vai à casa de Victor. Seu casamento foi um equívoco, ela tem certeza disso. O quanto desse equívoco explica os descaminhos de Pedro?

Qual é a sua parcela de culpa no fato de o filho ser um assaltante? E a parcela de Victor? É possível medir essas coisas? Voltar o tempo, fazer tudo diferente, recomeçar do zero?

Não, não é possível.

Os carros passam, uma mulher traz um cachorro preso à coleira, amêndoas apodrecem no chão.

Mãe Augusta se move com graça e agilidade pela Tenda de Umbanda Amor e Compaixão. O terreiro é uma pequena sala de azulejos brancos incrustada no alto do morro. Apesar da idade avançada, Mãe Augusta desliza pelo cômodo com a desenvoltura de uma bailarina. As pessoas estão todas de branco e cantam e dançam em homenagem à Iemanjá.

Angélica também veste branco. Gira o corpo, bate palmas e entoa os cantos como as outras moças. Em uma cortina azul, Iemanjá abre os braços e abençoa a todos. Mãe Augusta puxa Angélica pelas mãos, elas dançam no centro de uma roda. Homens tocam atabaque.

Dias antes, quando conheceu Mãe Augusta, Angélica revelou à velha ialorixá que era uma taróloga em busca de orientação. Disse, e não estava mentindo, que a ialorixá lhe fora recomendada por uma cliente, uma estudante de direito adepta do tarô, da umbanda, do budismo e de qualquer outra forma de misticismo à disposição.

"Mãe Augusta é a maior autoridade em umbanda na Rocinha", garantira-lhe a cliente. "É no terreiro dela que as mães de santo ficam confinadas e escondidas, como num convento."

A palavra-chave foi *escondidas*.

Mãe Augusta foi receptiva, jogou os búzios e viu o destino de Angélica nas conchas.

"Você vai encontrar o rapaz que está procurando", adivinhou a velha feiticeira banguela.

"Como a senhora sabe que eu estou procurando alguém?"

"Eu sei. Continue procurando. Você tem muita proteção lá de cima."

Era possível que ela precisasse de alguma proteção lá de baixo também. Mentiras e subterfúgios, Angélica sabe, fazem parte do reino das trevas.

"Agora leia as suas cartas para mim", pediu Mãe Augusta.

A carta que o destino reservou à ialorixá da Rocinha, a do Diabo, aconselhava a velha senhora a tomar cuidado com a pequena escorpiã de piercing no nariz à sua frente, mas Angélica soube contornar a situação: "O Diabo simboliza os desejos e as tentações. Estou achando que a senhora está a fim de alguma sacanagem...".

A afirmação foi suficiente para conquistar, além de um sorriso banguela, a simpatia de Mãe Augusta. E a confiança.

Assim se iniciou a amizade ecumênica entre a octogenária ialorixá e a jovem taróloga. A sessão terminou com o convite para que Angélica regressasse dias depois para a homenagem à Iemanjá.

É onde ela está agora, cantando: *Mãe-d'água, rainha das ondas, sereia do mar...*

Enquanto canta e dança, Angélica olha para os lados, dissimulada. Estuda o rosto de cada menina no terreiro. Observa uma porta entreaberta, bate palmas, estica os olhos, tenta decifrar o que se esconde depois do quintal.

Mãe-d'água, seu canto é bonito, quando tem luar...

O diabo mora nos detalhes.

"A história é complicada, como sempre são as coisas com o Pedro", diz Victor.

Ele está em pé na sala. Lúcia, Monika e Verena, sentadas no sofá, acompanham suas palavras.

"Mas, também como sempre acontece com o Pedro", Victor prossegue, "ele arrumou um jeito de se dar bem."

"Nosso filho é um ladrão procurado pela polícia", observa Lúcia. "Isso é se dar bem, Victor?"

"Depois vocês discutem", sugere Monika.

"O Pedro e um comparsa assaltaram um apartamento em Vitória e depois foram fumar maconha na praia. Aí a polícia chegou e prendeu os dois por porte de droga, um crime menor. O problema foi que o proprietário voltou de viagem antes do esperado, viu que seu apartamento tinha sido roubado e correu para a polícia. Detalhe: além de empreiteiro e presidente do Rotary Club, o cara é o bicheiro mais poderoso do Espírito Santo. Não sei se o Pedro tinha essa informação, acho que não. A polícia botou todo o efetivo na rua atrás dos assaltantes. Encontraram um Gol com placa do Rio estacionado numa praia, a mesma em que o Pedro tinha sido flagrado com o baseado. A polícia abriu o carro e viu que as joias e o dinheiro do bicheiro estavam lá dentro. O delegado ligou as coisas e armou um esquema pra prender o Pedro e o comparsa em flagrante. Se ele simplesmente interrogasse os dois, eles sempre poderiam negar que eram os responsáveis pelo roubo. O que o delegado fez? Soltou os dois, dizendo que um baseadinho não era motivo pra prender garotões na flor da idade, e deixou eles saírem livres da delegacia. Quando entraram no Gol, foram rendidos por um efetivo de mais de quinze policiais com fuzis, metralhadoras e pistolas, um verdadeiro batalhão armado e pronto para atirar."

"E você está rindo por quê, Victor?"

"Mãe!", diz Monika, franzindo a testa em reprovação.

"Eu não estou rindo, Lúcia."

"Está, sim. Eu sei quando você ri por dentro."

"Eu estou tranquilo, Lúcia, porque o Pedro será julgado como réu primário. Quando ele foi preso na praia, se identificou com o nome de um bandido que já morreu. Pensa só. Estou orgulhoso da inteligência do Pedro, só isso."

"Ele poderia usar essa inteligência pra coisas melhores."

"Lúcia, mesmo que ele seja condenado, terá atenuantes e não vão relacionar esse assalto com os crimes cometidos aqui no Rio. Isso, sim, iria complicar muito a situação do Pedro. Do jeito que está, ele não deve ficar na cadeia mais que dois anos."

"Dois anos?", diz Lúcia com a voz embargada. "Victor…"

13. VITÓRIA, SETEMBRO DE 2003

Ele gosta de fechar os olhos e de se lembrar das cavalgadas no Ventania pelo cerrado. É possível perceber de onde vem a luz mesmo de olhos fechados. A monotonia daquele lugar evoca salas de aula, celas de prisão, buracos escuros, missas de sétimo dia e ruas sem saída. A voz do homem é monocórdia como a de um padre. Ele poderia estar rezando.

Não está, entretanto.

A sensação de déjà-vu é inevitável. Ele já viveu aquilo tudo. Abre os olhos antes que o recriminem pelo descaso. Não é por descaso, gostaria de explicar. É que uma fauna se cria em suas retinas sempre que fecha os olhos. Taturanas incandescentes, abelhas luminosas, vaga-lumes em chamas, cavalos alados, dragões sem cabeça...

Há um mundo aqui dentro, meritíssimo.

Melhor não perder tempo com esse tipo de argumentação.

Já bastam as tediosas e previsíveis argumentações de Guilhón: "... a infindável via-crúcis a que esse pobre rapaz foi sujeito a vida inteira, meritíssimo, pelo vício da cocaína e pelo jugo tenaz da dependência química, agravados pela separação dos pais e pelas inúmeras internações que lhe roubaram os melhores anos da adolescência...".

Agora seria o momento exato da entrada de Lúcia em cena, pensa Pedro. O momento em que ela se lançaria em prantos à frente do juiz num espacate inesperado no chão, implorando pela clemência do magistrado. O momento em que Pedro experimentaria sentimentos ambíguos, como humilhação, raiva de si mesmo, pena e vergonha dos pais. É preciso ser prático e objetivo: o lado bom de estar sob a identidade de Arnaldo Santos Silva é que isso impede que Victor e Lúcia estejam ali, na primeira fila, a mirá-lo como um pelotão de fuzilamento.

Por via das dúvidas Pedro volta a fechar os olhos.

A Tenda de Umbanda Amor e Compaixão esconde mais que meninas fazendo o santo, que é como se designa um dos principais rituais de iniciação da umbanda. Fazer o santo, ou iniciar o iaô, significa, na linguagem dessa religião, isolar-se da vida profana para permitir, através dos ritos de passagem, que o sagrado se manifeste no interior da pessoa. Não foi exatamente a busca do sagrado que motivou Angélica a se fechar ali, naquela sala escura, depois de raspar o cabelo e se submeter a rituais estranhos com animais mortos, comidas horríveis, silêncios insuportáveis e incensos que dão vontade de vomitar. Da vida profana, na verdade, ela pouco sabe. O suco de cupuaçu do Big Polis talvez seja sua extravagância mais mundana. E o piercing no nariz, claro, essa frívola bijuteria nasal (sem contar a inesperada trepada com Pedro Dom durante a consulta, a ardilosa armadilha do destino...). O que a conduziu até aquela sala escura com cheiro de sangue e folha de eucalipto queimada foi seu desejo obstinado de encontrar o Louco. Não que esperasse vê-lo ali, careca, comendo com a mão e dormindo no chão frio.

Não.

Quem Angélica esperava encontrar dorme agora no chão a seu lado, na meia-luz que recende a suor defumado. É uma moça já iniciada no iaô, uma espécie de consultora das novatas. Mas Angélica ainda não sabe disso, embora desconfie. Difícil reconhecer alguém naquele lugar mantido sempre na penumbra.

Quando a moça abre os olhos, Angélica pergunta: "Como é o teu nome?".

"Por que você quer saber?", responde Jasmim.

* * *

Depois de horas de falação ininterrupta, o juiz Clécius Bernardes pede silêncio aos presentes na sala do Fórum de Vitória. É um momento solene, o apogeu de toda aquela aporrinhação. O silêncio é palpável como o ar abafado.

Clécius ajeita os óculos e lê um papel à sua frente: "Condeno o réu Arnaldo Santos Silva a sete anos de reclusão em regime fechado por formação de quadrilha, roubo e ocultação de mercadoria roubada".

O juiz, Pedro não tinha notado antes, tem a língua presa.

14. PENITENCIÁRIA ESTADUAL DO ESPÍRITO SANTO/ RIO, NOVEMBRO DE 2003

Penitenciárias, no fundo, são todas iguais.

Um amontoado de homens confinados cujo objetivo é um só: sair dali o mais rápido possível. A espera, muitas vezes, é imensa. Em alguns casos, eterna. Não importa, enquanto houver a esperança de liberdade homens se adaptarão a regras rígidas de convivência e suportarão as mais atrozes condições de sobrevivência.

E em penitenciárias onde existam pedaços de terra, cavarão buracos, como animais subterrâneos. Onde a liberdade for apartada por muros, escalarão a pedra fria contando apenas com a força das próprias unhas, como falcões no cume da montanha. Se enfiarão em cavernas, sonharão com asas de pano, mergulharão em precipícios, baterão a cabeça contra a parede, enlouquecerão nus gritando em meio a colchões incendiados, aspirarão fumaça e surfarão por vagalhões de delírio até que a fuga, de um jeito ou de outro, se concretize.

Ele já sabe disso tudo. Os tempos passados em uma instituição para recuperação de menores, clínicas de desintoxicação e um manicômio judiciário serviram como cursos preparatórios. Já pode se considerar um ph.D., um doutor em filosofia de presídios.

A filosofia de presídios: manter-se vivo e não vacilar no momento em que a oportunidade de fuga aparece. A oportunidade de fuga quase sempre é só um balão que passa voando muuuuuito longe.

Os poucos espaços de chão batido da Penitenciária Estadual do Espírito Santo são lugares movimentados e permanentemente vigiados por agentes tão atentos quanto sádicos. O sadismo capixaba é bastante específico.

Cavar buracos de tatu ou procurar por obras inacabadas de artífices da estatura de Robson Traíra não parecem opções promissoras naquele formigueiro de desvalidos. Tampouco se apresenta como uma saída viável escalar muralhas eletrificadas com a destreza de um Tarzã urbanoide e doidão de pó, o Boneco Doido agarrado a fios como cipós cibernéticos numa trama de ficção científica.

Teresas? Esqueçam, elas estão em desuso, não há lençóis no presídio.

O sadismo capixaba, além de específico, é muito eficiente.

Entretanto nada disso será um entrave para alguém que, ao fechar os olhos, sempre consegue vislumbrar a fauna secreta dos crepúsculos de Copacabana: taturanas incandescentes, abelhas luminosas, vaga-lumes em chamas, cavalos alados, dragões sem cabeça...

Há algum tempo ela vive oscilando como um pêndulo. Sim, essa é exatamente a imagem que faz de si mesma agora, um pêndulo. Balançando pra lá e pra cá só por balançar, sem nenhum objetivo ou finalidade.

Angélica deixa de lado as cartas do baralho. O dia não está bom para os negócios, nenhum cliente marcado, nenhum telefonema pedindo uma consulta, nenhuma revelação brotando das cartas. Quisera ela ter alguém com quem se consultar agora.

Vai até a escrivaninha e tenta se distrair na internet. Inútil. Ela desliga o computador. Anda pela sala. Cogita estar enlouquecendo.

A passagem pela Tenda de Umbanda Amor e Compaixão não serviu para muita coisa. Ou melhor, serviu para ela aprender que se deve ter cuidado ao se meter com criminosos.

Jasmim não era um arcano do tarô. Era uma pessoa — carne, osso, suor — que, quando questionada, havia se fechado em copas (expressão perfeita também para descrever as dificuldades de Angélica, que acredita em decifrar o destino por meio de cartas de baralho). Quando Angélica perguntou qual era o nome dela, a moça — que Angélica tinha certeza *era* Jasmim — defendeu-se com outra pergunta: "Por que você quer saber?".

Angélica tentou uma desculpa qualquer, "Apenas curiosidade, o meu é Angélica", mas não convenceu. Devia ter se preparado melhor para enfrentar a criminosa. Depois desse dia, Jasmim se afastou dela, até sumir de vez da tenda. Diante do fracasso de sua tentativa de se aproximar de Jasmim, Angélica também abandonou a tenda. Restou-lhe tentar encontrar Viviane.

A taróloga, então, perambulou por Copacabana, frequentou missas em igrejas diferentes, observou entradas de prédios, lojas de suco, praças e butiques, mas não achou pistas da outra dama do crime.

Ela começa a perder as esperanças de descobrir onde está o Louco. Bem, quem deve estar louca é ela mesma. Solidão demais dá nisso. Tudo o que queria era reunir informações com Jasmim ou Viviane que pudessem conduzi-la até Pedro Dom.

Mas o que exatamente ela quer com Pedro Dom? Que maluquice é essa?

Vai até o banheiro, coça o piercing no nariz olhando-se no espelho, volta à mesa, recolhe as cartas. Uma batida de leve na porta chama a sua atenção. Ninguém tinha marcado horário.

"Um momento."

Vai até o computador, confere novamente a agenda, será que tinha se esquecido de alguma consulta?

Outra batida na porta, agora um pouco mais ansiosa.

Não, nenhuma consulta marcada.

Ela abre a porta.

15. PENITENCIÁRIA ESTADUAL DO ESPÍRITO SANTO, NOVEMBRO DE 2003

Como o bandido que o impressionara anos antes dentro de uma cela na delegacia de Copacabana, agora Pedro é que é o preso respeitado e merecedor de regalias. Apesar do nome falso fornecido às autoridades — Arnaldo Santos Silva —, alguns detentos sabem que ele é Pedro Dom, o assaltante de classe média que começa a ficar famoso no Rio de Janeiro. Mesmo os que não sabem percebem a aura especial emaranhada no cabelo claro daquele garotão com pinta de surfista.

Ele se sente bem com o status de celebridade. E sua muito, sempre. Calor insuportável.

Na cela, prepara galinha ensopada com a ajuda de um "jacaré", fio ligado na tomada e colocado na panela com a finalidade de aquecer a água. O presidiário gourmet, o malandro dos malandros, o mito sem camisa, só de chinelo e bermudão.

Calor demais.

Quinado se aproxima: "Tô cheio de fome".

Com um pedaço de arame, Pedro fatia cenouras e batatas e junta tudo à galinha na panela. O uso de facas não é permitido no presídio, nem mesmo a um detento respeitado e merecedor de regalias.

"Calma."

Ele separa algumas roupas num caixote de papelão e mostra a Quinado.

"Chegaram. Meu pai mandou."

Calça e camiseta pretas.

"Maneiro."

Pedro tira um maço de notas de dentro da bermuda.

"E grana também. Cadê ele?", diz Pedro.

"Calma."

"Calma o caralho."

"Tu não acabou de me pedir calma? Fica calmo também", diz Quinado. "Vamos bater o rango, o encontro só vai rolar de manhã, já te falei. Tô cheio de fome."

"Calma pra comer é uma coisa. Pra vazar daqui é outra."

"Não. A calma é uma só. Está dentro de você. Nunca leu o Dalai Lama?"

Os dois se olham por instantes.

"Se seus sonhos estiverem nas nuvens, não se preocupe, pois eles estão no lugar certo", recita Quinado. "Agora construa os alicerces."

"Sei."

Mais tarde comem a galinha.

Quinado: "Tu é bom nisto, Dom. Nem minha mãe cozinha melhor. Quer casar comigo?".

Pedro envolve o pescoço do amigo com o braço, aplica uma gravata: "Só se você for a Gisele Bündchen".

Limpam os pratos com papel higiênico, jogam na latrina o resto da comida da panela, se deitam nos colchões.

"Você é a Gisele Bündchen?"

"O que você acha?"

Pedro olha atentamente.

"Não."

Quinado acende um baseado: "Gigi".

"Oi?"

"Nas minhas punhetas eu chamo ela de Gigi."

Ele dá uma tragada e passa o baseado para Pedro.

"Gigi o caralho", diz Pedro, segurando a fumaça no peito. "Não tem Gigi nenhuma aqui dentro. Melhor continuar lendo o Dalai Lama."

"As melhores coisas da vida não podem ser vistas nem tocadas, mas sentidas pelo coração."

Pedro solta a fumaça da maconha, sibilando: "Foda-se. Que horas são?".

Quinado olha o relógio: "Calma".

Angélica abre a porta e demora a compreender o que vê.

Ou *quem* vê.

Algo parece fora do lugar.

Como ver um garçom ou um porteiro que você conhece andando na rua sem uniforme. Você reconhece a pessoa, mas não sabe de onde.

Quem está à porta não deveria estar ali. Aquela pessoa não pertence àquele lugar, um consultório de tarô em Copacabana.

A sirene de uma ambulância soa e Angélica finalmente se dá conta de quem está à sua frente. Mesmo de calça jeans e cabelo preso num coque, como uma senhora qualquer que transita pelas calçadas do bairro, Mãe Augusta nunca deixa de ser uma poderosa ialorixá.

"Assustada?"

"Entra, entra. Desculpe, fiquei meio atordoada…"

"Não esperava me ver aqui."

"Não."

Na sala, Angélica faz um sinal para que Mãe Augusta se sente na cadeira reservada a seus clientes em frente à mesa em que repousam as cartas.

"Quer uma água, um café?"

"Nada não, obrigada. Não quero nada. Fica tranquila, menina. Você está um pouco agitada."

"É estranho ver a senhora longe do terreiro, com roupas comuns."

"Se eu ficar dando mole por aí com as roupas do culto, corro o risco de ser apedrejada. Ou de alguém pensar que o Carnaval chegou antes da hora."

"Senta, senta."

A ialorixá senta e olha em torno: "Então é aqui que você faz as suas consultas… Bonito lugar. Energia boa".

"Obrigada. Está precisando de uma pintura." Angélica senta do outro lado da mesa, de frente para a visitante.

"Você vive sozinha?", pergunta Mãe Augusta.

"Num apartamento aqui perto, desde que minha avó morreu, faz dois anos. Fui praticamente criada por ela. Morei com a minha mãe em Belo Horizonte e em outros lugares, mas ainda menina vim morar com a minha avó."

Olham-se em silêncio.

"A senhora não veio fazer uma consulta."

"Não."

Angélica desvia o olhar. Difícil encarar uma ialorixá. Quem já tentou sabe.

"Você sumiu da tenda, não apareceu mais."

"Tive alguns problemas. Muito trabalho…"

Mãe Augusta leva o dedo aos lábios: "Sshh".

Ela estende o braço sobre o feltro verde e pega na mão de Angélica.

"Não precisa explicar nada, eu sei de tudo."

"Tudo o quê?"

"Tudo."

"Tudo?"

"Das coisas que você não sabe, mas quer saber. E das coisas que você não sabe, mas precisa saber."

Angélica repara nas pulseiras de contas no pulso da ialorixá. Nota pelinhos pequenos e simétricos sobre a pele enrugada e preta.

"Que coisas?"

"Primeiro as coisas que você sabe e que eu não deveria saber: você foi até o meu terreiro porque estava procurando a Jasmim. Quando ela percebeu que você estava de olho nela, fugiu. Mas fugiu porque pensou que você podia ser da imprensa ou da polícia. A Jasmim não sabe que quem você procura é o Pedro Dom, e por motivos que não têm nada a ver com os da imprensa nem com os da polícia."

Angélica sente a garganta apertada, como se engasgasse.

"Como a senhora sabe?"

"Tua mão está fria."

"Como a senhora sabe dessas coisas?"

"Eu sei."

"E sabe onde *ele* está?"

Mãe Augusta aquiesce.

"E isso é o que eu *quero* saber ou o que eu *preciso* saber?", pergunta Angélica, pálida.

"Agora, filha, você precisa é de um copo d'água."

16. PENITENCIÁRIA ESTADUAL DO ESPÍRITO SANTO, NOVEMBRO DE 2003

Quinado e Pedro Dom caminham por corredores até o pátio. É a hora do recreio: alguns presos tomam sol e outros batem bola num campinho improvisado. O momento da socialização é a hora menos penosa do dia. Aproximam-se de um canto em que cinco homens praticam jiu-jítsu. Cícero para de lutar ao vê-los chegar.

"E aí?" Cumprimentam-se.

"Beleza?"

Os outros homens continuam lutando.

Cícero tem mais ou menos a mesma compleição física de Pedro, os dois se parecem. Cumpre cinco anos por tráfico, costumava guarnecer de pó, anfetaminas e ecstasy os embalos das altas-rodas do circuito Vitória-Guarapari. Veste uma camiseta sem manga que deixa à mostra o círculo preto e branco tatuado no ombro suado e musculoso, o símbolo do yin e yang.

"Maneira a tatu", diz Quinado. Ele levanta a camiseta e mostra a sua, a face de um lobo com dentes afiados estampada no peito.

"O lobo-da-tasmânia", explica Quinado.

"Sinistro", diz Cícero, olhando atentamente a tatuagem de Quinado.

"Na verdade é um tigre com cara de cachorro."

"Show."

"Era", completa Quinado. "Está extinto."

"A minha é o princípio gerador de todas as coisas do universo", diz Cícero. "Yin e yang, energias opostas que se complementam, luz e sombra, dia e noite."

"Foda."

"O lance é encontrar o equilíbrio entre essas forças", divaga Cícero.

Ele veste camiseta e calça de jogging pretas. Sua profusamente.

"Sei", diz Pedro Dom, impaciente, alongando os braços.

Os três permanecem observando as tatuagens em silêncio. Cícero e Quinado parecem compará-las como se disputassem alguma coisa.

Pedro boceja, Cícero aponta uma grade a alguns metros e os três se afastam até lá. Eles não estão ali só para admirar tatuagens.

Pedro tira discretamente o dinheiro da bermuda e entrega a Cícero. Um avião sobrevoa o presídio, Pedro olha para o céu e fecha os olhos.

"Na confiança", diz, e uma enguia incandescente desliza por suas retinas. O ruído distante das turbinas soa como um canto nostálgico, o som de lavadeiras batendo roupa na beira de um rio, galos cantando ao amanhecer numa fazenda.

"Na moral", Cícero guarda o dinheiro no bolso da calça Adidas.

"Hoje à noite?", certifica-se Quinado.

"Antes das nove", responde Cícero. Olha para Pedro: "Não vai dar mole no horário".

"Eu não entendo por que você prefere ficar aqui."

"Aqui é seguro", diz Cícero. "Tenho proteção. Lá fora não duro três dias."

Os três se despedem, Cícero volta à roda de jiu-jítsu. Pedro dá um tapinha na nuca de Quinado.

"Qual foi?"

"Bobo da tasmânia."

Tudo que ela sente agora é uma grande confusão. Nessas horas gostaria de ter alguém com quem conversar. Mãe, pai, uma amiga. O espectro da avó.

A mãe vive na Vila Céu do Mapiá, no Amazonas, um vilarejo situado nas cabeceiras do igarapé Mapiá, a trinta quilômetros do rio Purus, aonde só se chega de barco. Foi ali que Sebastião Mota Melo, o Padrinho Sebastião, encontrou em 1980 a terra prometida que vislumbrava nos delírios provocados pela ingestão de ayahuasca e criou a comunidade dos adeptos da doutrina do santo-daime. Ali se ingere a bebericagem alucinógena e se entoam cânticos e hinos em louvor das divindades da floresta em busca do autoconhecimento. A origem do nome da bebida, daime, vem das rogativas e invocações do velho profeta Raimundo Irineu aos espíritos da floresta: "Dai-me amor, dai-me firmeza!".

Se a mãe encontrou amor e firmeza lá, Angélica não sabe. O sinal de celular em Mapiá é inexistente e as duas não se comunicam há meses. Na última vez em que se falaram, Angélica ficou de tentar passar as festas de fim de ano com ela na comunidade.

Será?

Agora Angélica só sente desânimo e uma enorme preguiça de encarar a longa viagem de avião, ônibus e barco. E os olhos vazios da mãe.

O pai ela não sabe onde pode estar. Ou mesmo se está vivo.

Primos, tios? A família é só uma lembrança nebulosa de playgrounds em Belo Horizonte. E uma piscina muito fria em algum lugar. Não, ela não tem família. Teve uma avó companheira e muito carinhosa. Alguns namorados compreensivos, mas nada marcantes.

Rita, a única amiga de verdade, companheira das baladas adolescentes em Santa Teresa, vive agora em Melbourne, dando aulas de alongamento. Falam-se eventualmente por e-mail, mas será que Rita entenderia essa paixão inexplicável por um assaltante que Angélica viu só uma vez?

17. PENITENCIÁRIA ESTADUAL DO ESPÍRITO SANTO, NOVEMBRO DE 2003

Pedro não consegue dormir. Não só por estar numa cela diferente, mas pela ansiedade. O colchão tem um cheiro repulsivo de suor azedo. Suor alheio.

Às dez da manhã veste as roupas negras que Victor lhe enviou. Prepara uma carreira de cocaína num espelho pequeno e aspira com a sensação de que a droga cava um buraco entre o nariz e o crânio. O tatuzão químico abrindo seus rombos, criando túneis e inusitadas conexões interiores. Joga o espelho num canto. Lembra de tirar o cordão que traz no pescoço — com a pedra da sorte com que o pai o presenteou um dia — e guardá-lo no bolso. *Every breathe you take, every move you make*, cantarola.

O coração, claro, batendo mais rápido.

O carcereiro se aproxima: "Cícero dos Santos".

"Presente!", responde Pedro, tentando aparentar descontração.

O carcereiro não acha graça, destrava a tranca e acompanha Pedro pelo corredor. Na passagem por sua antiga cela, Pedro imagina Quinado sussurrando boa sorte. E calma.

O bom de Quinado não poder externar suas recomendações em voz alta, pensa Pedro, é que ele não precisa mais escutar as frases idiotas do Dalai Lama.

"Se seus sonhos estiverem nas nuvens, não se preocupe, pois eles estão no lugar certo."

Sei.

Passam por uma porta gradeada, aberta.

A liberdade começa a piscar diante de seus olhos: não é preciso chegar às nuvens; a maior parte dos sonhos de Pedro Dom está na rua mesmo.

Pedro junta-se a outros presos numa fila em que serão averiguados diante de uma escrivaninha instalada no fim do corredor.

Dá para sentir a ansiedade pelo cheiro.

Cheiro de urina.

Um agente meio vesgo tem uma ficha nas mãos. "Cícero dos Santos?"

"Presente!", diz Pedro tentando aparentar descontração (cada vez mais nervoso).

O agente não acha graça. Ele olha a ficha (embora cada olho pareça mirar um lado diferente), se certificando.

"Liberado." Indica um lugar no documento: "Assina aqui".

Pedro assina. Se encaminha para a porta que o separa da rua, retribuindo as piscadelas da liberdade. Parece fácil demais para ser verdade, o coração dispara de vez.

Tuns tunts tunts tunts tunts...

O agente confere a assinatura: "Cícero?".

"Oi?" Pedro se vira para trás.

"Espera um pouco."

O agente olha para a ficha e depois para Pedro, embora nunca se tenha a certeza de para onde ele olha exatamente.

"Algum problema com o autógrafo?", pergunta Pedro, o fôlego morrendo rápido.

O agente não acha graça.

"Tira a camiseta", diz.

"A foto é velha."

"Tira."

"O quê? Não entendi."

"Tira a camiseta. Por favor."

"Pra quê?"

"Pra conferir um detalhe. Se não for incômodo."

"É."

"O quê?"

"Incômodo."

"Tá me zoando?"

Pedro Dom tira a camiseta.

"Cadê a tatuagem?"

No encontro inesperado com Mãe Augusta no consultório no dia anterior, a ialorixá tinha mostrado uma sinceridade surpreendente para uma mãe de santo. Confessou a Angélica que muitos de seus poderes se resumiam a uma simples capacidade de observar as coisas. "A intuição", ela disse, "é uma forma muito eficiente de magia. Búzios, cartas de baralho, proteção do outro mundo, tudo isso está aí", explicou, apontando para o coração de Angélica.

"Quer dizer que não existe o outro mundo?"

"Não foi isso que eu disse. Se ele existe, se manifesta para nós por meio das tripas, do sangue e do suor."

"Quer dizer que eu nunca enganei a senhora? A senhora já sabia de tudo desde que eu apareci na tenda?"

A ialorixá sorriu.

"Desde o primeiro dia que te vi, percebi que você buscava alguma coisa na tenda. Uma coisa concreta, diferente de purificação e aprimoramento espiritual. Pela sua idade e pelo jeito que você respirava rápido, quase perdendo o fôlego, entendi que você buscava um homem, um amor idealizado. Depois foi só te observar. Quando notei que você queria desesperadamente entrar em contato com a Jasmim, entendi que você desejava descobrir onde está o Pedro Dom. Isso é o que você *quer* saber, certo? Onde está o Pedro Dom."

Angélica aquiesceu. Seus braços estavam dormentes.

"Ele está na Penitenciária Estadual do Espírito Santo, com o nome falso de Arnaldo Santos Silva, condenado a sete anos de prisão por assalto. Agora, o que você *precisa* saber", e a ialorixá apertou a mão de Angélica, "é que esse menino, o Pedro, vive no inferno. A Terra, para ele, é como o Inferno. Você, de uma forma misteriosa, como são os desígnios do destino, tem o seu caminho cruzado com o do Pedro. Você deve ter uma missão para realizar com ele que eu não sei qual é. Mas você vai ter que descobrir."

"Eu vou ter que descobrir."

A ialorixá soltou a mão de Angélica e tomou um gole da água do copo onde Angélica havia bebido não fazia muito tempo.

"A senhora não sabe mesmo que missão é essa?"

"Não. Você vai ter que descobrir."

Depois da conversa, Angélica demorou a se acalmar completamente, sua respiração e seus batimentos cardíacos foram normalizando aos poucos.

Tudo que sente desde então é uma grande confusão. E a solidão de sempre.

A cabeça não para de remoer a conversa com Mãe Augusta. Agora ela sabe que Pedro Dom está na Penitenciária Estadual do Espírito Santo, com o nome falso de Arnaldo Santos Silva. E daí? O que fazer com a informação que tanto buscou?

Ela decide tomar um suco de cupuaçu no Big Polis.

Depois de flagrado tentando fugir passando-se por outro detento, Pedro é conduzido a uma solitária. Um cubículo de alvenaria coberto por um teto de zinco chamado pelos presos de A Pedra. Um pequeno e claustrofóbico templo dedicado ao sofrimento e à punição, as pedras cumprindo sua função ancestral de palco de sacrifícios humanos.

Um forno.

Pedro e a Pedra.

O herói no oráculo da dor.

Ele passa dias ali a pão e água e na escuridão.

A escuridão o confunde e desorienta, faz com que perca a noção do tempo. Ele sofre com a solidão e o calor.

No escuro não existem taturanas incandescentes, abelhas luminosas, vaga-lumes em chamas, cavalos alados, dragões sem cabeça....

A sensação de estar fechado aflige Pedro e ele se desespera pela primeira vez na vida.

Cosme e Damião evaporaram com o calor.

Ele se sente como uma pizza. Sua muito, se desidrata, começa a enfraquecer.

Tem visões confusas da infância, do pai, da mãe, das irmãs, do cavalo, da zebra, do boneco marinheiro, do domingo quente no Maraca. O som da multidão zumbindo nos ouvidos. Das visões só permanece o zumbido.

18. 2004

2004 é ano bissexto. É preciso adequar o calendário ao tempo.

As festas de fim de ano passaram rápido, o Carnaval chegou e a Beija-Flor é bicampeã. Nos Estados Unidos um grupo de roteiristas começa a escrever a série *Lost*, que narra a vida de sobreviventes de um acidente aéreo numa ilha misteriosa no oceano Pacífico. É como se Pedro Dom fosse um personagem de *Lost*: ele está desaparecido.

Tem o lado bom: desaparecido só para quem não pode saber de seu paradeiro. Victor e Lúcia sabem onde ele está. O advogado Guilhón leva e traz notícias. A tentativa de fuga se fazendo passar por Cícero dos Santos, um detento que lhe vendera a própria liberdade, não tinha dado certo.

Tem o lado bom: Victor, Lúcia, Monika, Verena, Jasmim e

Viviane sabem onde ele está. Até Angélica, a cartomante com piercing no nariz, sabe.

Pedro sofreu uma punição desumana, foram dias trancado numa solitária, mas agora já se recupera.

Melhor preso do que solto, assaltando. O presídio é mais seguro, por incrível que pareça. São palavras de Guilhón. São notícias de Guilhón. Guilhón oculta alguns fatos. Não se pode chamar de recuperação o processo pelo qual passa Pedro Dom. Na visita mensal, Guilhón é recebido com um "Aqui é o inferno".

Isso é uma coisa que Guilhón já sabe. Ele entrega as cartas da família para Pedro.

"Calma. Daqui a pouco você vai pro semiaberto. É só se comportar, segurar a onda. Dei meu jeito, conversei com as pessoas certas."

"Pagou as pessoas certas?", diz Pedro. "Daqui a pouco quanto? Um ano?"

"Seis meses no máximo."

"Eu não aguento mais seis meses."

"Tem que aguentar, Pedro. Tem que aguentar."

"Seis meses?"

"No máximo. Pra tentar o semiaberto."

"Eu não quero semiaberto", diz Pedro. "Quero aberto inteiro. Escancarado. Não aguento ficar fechado."

"A tentativa de fuga complicou a situação. Mas pelo menos não descobriram a tua verdadeira identidade. Ainda temos esse trunfo. Calma."

"Todo mundo me pede calma. Trunfo de merda. Calma, calma, calma. Eu não acredito em filho da puta."

"Que filho da puta?"

"Polícia. Carcereiros, juiz. Todos."

"Espero que ainda acredite em mim", diz Guilhón.

Pedro não diz nada.

"Não tem jeito, temos que confiar em filhos da puta para sobreviver no inferno", insiste Guilhón.

"Eu não confio. Eles só querem saber da grana."

"Mas em mim você tem que confiar. Eu não quero saber só da grana."

Pedro permanece em silêncio. Conforta pensar que mais tarde, depois que Guilhón sair, voltará à cela, pegará uma pedra de crack, um cachimbo do autêntico bambu capixaba e uma colher escurecida. Acenderá o isqueiro e esquentará a colher lentamente até que a pedra se liquidifique. A pedra fundamental.

"Claro que você liga pra grana", diz Pedro depois de uma pausa. "Pode não querer saber só dela, mas está aqui por causa da grana."

"Você também, Pedro."

"Eu também o quê?"

"Você está aqui por causa da grana."

"Vai se foder."

"Você devia parar de fumar essa merda", diz Guilhón. "Assim fica difícil conversar."

"Como você sabe que eu estou fumando?"

"Tá escrito na tua cara."

"Dá na mesma. Fumar ou não fumar", divaga Pedro.

"Virou o Hamlet da Cracolândia, é? Se toca, moleque. Tirando onda de doidão pra cima de mim? Esse bagulho compromete teu juízo. Na próxima vez que você mandar eu me foder, eu levanto, saio por aquela porta e não volto mais."

Pedro não diz nada. Pensa que mais tarde dará uma tragada profunda no cachimbo. Pedro e a Pedra. O ritual do fogo e da prata escurecida. O bambu quente, o bálsamo inalado: a alquimia.

"Se eu não fumar", diz, olhando a porta, "aí é que perco o juízo de vez."

19. RIO, ABRIL DE 2004

Na quinta-feira, depois de lavarem os pés, os apóstolos sentaram-se à mesa com Jesus no evento conhecido como a Santa Ceia. Na sexta ele foi crucificado. No domingo ressuscitou. Agora Lúcia pensa em possíveis esconderijos para os ovos de Páscoa dos netos. Tenta se concentrar na missa, mas está difícil.

"Hoje é o dia mais importante para a fé cristã", diz o padre, "pois Jesus vence a morte, ressuscita e mostra o valor da vida."

Apesar do entusiasmo do sacerdote, com sua fala mansa de mascate, aquelas palavras não convencem Lúcia. Ninguém pode vencer a morte. Pensa na imagem da *Pietà*, de Michelangelo, que viu de perto numa visita ao Vaticano. Se Jesus venceu a morte, por que o semblante de Maria é tão carregado e dolorido? Se Jesus venceu a morte, por que seu corpo largado no colo da mãe é tão esquálido e desprovido de vida?

Por que ela sofre tanto?

Por que o filho não diz nada?

Por que ambos são tão frágeis?

"Hoje, depois de quarenta dias de jejum, orações e penitências", segue o padre, "vivemos o ápice da Paixão de Cristo, o dia em que ele renasce!"

Por que o filho não abre os olhos e tranquiliza a Virgem Maria? Por que não diz simplesmente: "Calma, mãe, estou vivo, não está vendo? Vamos comer alguma coisa, estou com fome".

Depois da missa ela irá para casa esconder os ovos de chocolate para os netos procurarem antes do almoço. Ninhos serão criados embaixo de escrivaninhas, sobre armários e entre travesseiros. As filhas e os genros brindarão com vinho e cerveja, mas ela não conseguirá se alegrar. Seu semblante tem permanecido carregado e dolorido como o da Virgem.

Pedro está se recuperando na prisão, como mostram as cartas trazidas por Guilhón.

"Alegremos nossos corações", diz o padre, "hoje é domingo de Páscoa!"

20. RIO, ABRIL DE 2004

Depois de caminhar pelo calçadão, Victor para num quiosque e acende um cigarro. As manhãs de domingo costumam ser deprimentes, mas a manhã do domingo de Páscoa consegue ser pior.

Feriados cristãos são tristes por natureza. O da Páscoa, mais.

Celebra-se a volta de um morto que não voltou à vida. Um morto que simplesmente apareceu e depois desapareceu. E agora, pensa Victor, esperamos há dois mil anos que ele regresse e nos diga algo surpreendente e revelador.

O que seria surpreendente hoje em dia? Nada daquele papo de "Amai-vos uns aos outros".

Seria este mundo tão inóspito a ponto de afugentar até mesmo quem tem o poder de regressar a ele?

Victor decide voltar para casa.

Pensamentos negativos não vão ajudar a atravessar o domingo de Páscoa. Monika e Verena o convidaram para almoçar ou jantar, ou pelo menos para ir comer alguns ovinhos de chocolate com os netos, mas ele ainda se sente despreparado para voltar ao convívio familiar e social. A fuga frustrada de Pedro foi uma decepção grande. Victor acompanhou por meses o plano, sempre com Guilhón como intermediário, se envolveu emocionalmente e de maneira prática na tentativa de tirar o filho da prisão. Por mais que o advogado insista que Pedro está a salvo na penitenciária, protegido pela reputação construída em anos de assaltos no Rio, o pai sabe como o confinamento é capaz de minar as forças do filho. Victor se esmerou, providenciou a roupas de ginástica preta como Pedro havia pedido, enviou dinheiro e torceu para tudo dar certo.

Mas não deu.

Devia ter se tocado de que aquela era mais uma das histórias delirantes do filho: um traficante de drogas que lutava jiu-jítsu e se parecia muito com Pedro ganhara direito ao semiaberto, mas, por estar jurado de morte fora da cadeia, topara vender sua liberdade.

Mais uma das histórias desajuizadas de Pedro Dom. E Victor sempre ali, apoiando o filho mesmo a contragosto.

Agora será preciso esperar a oportunidade de Pedro conseguir uma mudança de regime que o transfira para o semiaberto ou para a prisão domiciliar. Embora Victor não tenha muita esperança de que Pedro se regenere ou abandone o crime, continua acreditando que em algum momento conseguirá tocar o coração do filho.

Como tocar o coração oculto? Com carinho paterno, como fazia quando Pedro era pequeno e olhava o pai com admiração?

O menino tem chance de se recuperar. Tem que ter. De certa forma até que a Páscoa faz algum sentido. É preciso acreditar no renascimento. Na ressurreição.

Quando chega em casa, Victor senta ao computador e tenta escrever alguma coisa. Não está inspirado. Busca no dicionário digital o significado da palavra "ressurreição": *ato ou efeito de ressurgir*. Em algum momento Pedro há de ressurgir. Não pode ser tão difícil. Não será preciso esperar dois mil anos.

A inspiração chega, mas não a inspiração literária. Victor se lembra de um lugar onde esteve há muito tempo. Navega por um site imobiliário: *Vende-se um terreno de esquina no bairro Green*

Golf (antigo Vaca Morta), em Ressurreição, Mato Grosso do Sul. Rua asfaltada e iluminada...

21. PENITENCIÁRIA ESTADUAL DO ESPÍRITO SANTO, ABRIL DE 2004

"A prisão é o hospital espiritual!" A voz soa longínqua, abafada.

Ele está tentando entender de que lado vem a luz. Deveria vir de cima, certo?

"É isso mesmo que vocês ouviram: a prisão é o hospital espiritual!"

Hospital espiritual? Ele se pergunta se foi isso mesmo o que a voz abafada proferiu. As palavras ecoando: "Hospital espiritual, tual...".

A prisão é o hospital espiritual? Que bobagem.

"Vocês todos, um por um, deveriam agradecer o privilégio de estar aqui."

Puta que o pariu, ele pensa.

"Um por um."

Ele precisa entender de que lado vem a luz.

"Visto que a morte veio por meio de um só homem..."

Se o sol fica lá em cima, no céu, por que suas retinas registram uma escuridão absoluta? Cadê os vaga-lumes luminosos de Copacabana, as abelhas incandescentes voando pra lá e pra cá? Terá ficado cego?

Um zumbido ainda ressoa em seus ouvidos, mas não é o zumbido das abelhas: ual, ual, ual, ual, ual, ual, ual, ual, ual, ual, ual, ual, ual, ual, ual...

"… também a ressurreição dos mortos veio por meio de um só homem."

A voz prossegue e parece subir de volume.

O que esse cara tá falando? Me deixa dormir, pensa Pedro Dom. Sente a pele da nuca arder como se estivesse queimada de sol. Abre os olhos e entende agora por que não vê a luz. Está deitado de bruços num canto do pátio da penitenciária. Tenta se levantar, a cabeça pesa. Uma baba fina e amarga escorre de sua boca.

Eu não estou em Copacabana, conclui.

"Pois da mesma forma como em Adão todos morrem…", continua a voz cada vez mais nítida e intensa.

Adão? Que Adão? O marido da Eva?

Ele tenta virar o rosto para o sol, precisa das taturanas luminosas para acordar em paz. O pescoço dói. Senta-se devagar. Abre os olhos, espera que as coisas parem de girar e entrem em foco. A porra do crack está acabando comigo, pensa.

"… em Cristo todos serão vivificados!"

Ele vê um grupo de presos evangélicos reunidos no pátio num culto de celebração da Páscoa. E ele ali, de olhos como que vazados, babando, despertando de uma viagem de crack, nauseado, imerso numa ressaca escura e cheia de reverberações irritantes. O pastor com uma enorme cicatriz no rosto ergue os braços: "Se vocês todos vieram parar aqui, neste hospital espiritual, é porque Jesus escolheu cada um de vocês para renascer dentro do coração dele!".

Por um instante os olhos do pastor cruzam com os de Pedro, ele sente um arrepio e vomita.

"Um por um!"

22. RIO/ VITÓRIA, MAIO DE 2004

A cidade brilha no amanhecer claro de uma quarta-feira de maio. O céu azul e o mar contrastando lá embaixo com um azul ainda mais intenso. E a faixa branca, muito branca, da areia entre os dois azuis.

O mês do azul e do branco, ela pensa, as cores de Iemanjá. Maio não é o mês das noivas?

Uma brisa fria balança seu cabelo, que já cresceu de novo. Jasmim desce a escadaria, hoje ela está madrugando. Mês das noivas, pensa, saudades do Boneco Doido. Como ele andará? As notícias são de que está se segurando, aguentando firme as privações da cana. Que vacilo ter ido fumar aquele baseado na praia, em Vitória, depois do assalto. Mas esse é o Pedro Dom. Se não vacilasse de vez em quando, qual a graça?

O que mais instiga na figura dele são os contrastes: cara de anjo e alma de exu. Doce e agressivo, carinhoso e violento. Tinha tudo na vida, o destino de playboy traçado certinho com açúcar cristalino, mas preferiu escrever com as linhas grossas de cocaína empedrada sua história de bandido. História torta.

O playboy viciado em adrenalina, tudo no jeito para se transformar no maior chefe de quadrilha da cidade, e foi dar um mole desses, assaltar e voltar para a praia, fumar e desabar no sono com o beque ao lado?

Vacilo monstro.

Depois a ideia de dar o nome do Tritura Pedra pro delegado, uma sacada brilhante, o inverso do vacilo monstro. O garoto é bom, tem cabeça. Cabeça é importante neste ramo. Ela respira fundo: bom é voltar à vida.

Mais de um ano depois daquela reportagem escrota, e as coisas começam a se encaixar de novo. A rotina dos esconderijos e da paranoia ficou para trás. A temporada na tenda, o auxílio de Mãe Augusta. A desconfiança, os agentes do diabo, aquela patricinha esquisita de piercing no nariz. Fazendo santo? Quer enganar quem, branquela azeda? Pra cima de mim?

Fala sério.

Deixa pra lá. Já passou, hora de voltar pro agito.

A grana curta, a adrenalina fazendo falta na corrente sanguínea. Hora de voltar pros trampos, pegar no batente.

Ela sente uma vertigem, a brisa fria balança o cabelo que nunca para de crescer.

Desde a chegada a Vitória, tudo parece parte de um sonho. Nos sonhos há algo a ser feito, sempre protelado por imprevistos. Logo que desce do ônibus, no terminal rodoviário, Angélica vê um hotel chamado Andorinha. Andorinha é uma ave migratória que voa muito rápido.

Angélica demorou bastante para decidir se ia ou não a Vitória. Uma derrota é sempre uma possibilidade para quem se lança num jogo, mas que jogo é esse mesmo?

Uma busca. Uma busca que precisa chegar ao fim. A finalidade de toda busca é o alcance da meta, certo? Qual é mesmo a meta dela? Confessar a Pedro Dom as verdadeiras revelações das cartas que leu para ele, as que Angélica não teve coragem de dizer, as profecias tenebrosas que ela transformou em um mero futuro ligado ao surfe.

Mais que uma meta é uma obrigação profissional, ética. Ou sua meta é mais que isso, é declarar que está perdidamente apaixonada por ele? Que morre de tesão por ele?

Que coisa ridícula.

E qual poderia ser a derrota? Não conseguir se encontrar com Pedro Dom? Ele ignorá-la? Ela perder a coragem de dizer as coisas que precisa dizer, sejam as revelações do tarô, seja a declaração de amor?

Ou seja, a visita dar em nada? Era bem possível que desse em nada, afinal o que esperar de uma visita a um preso além de uma conversa tensa, truncada e emocionada?

Vai dar em nada, claro. Já deu.

Ele não ia ser solto logo, provavelmente nenhuma revelação se concretizaria, mas ela precisa tirar isso a limpo. É um impulso que está em movimento há meses, talvez anos.

Que inútil ter por conselheiros uma avó morta, uma mãe delirante de ayahuasca, um pai inexistente e uma amiga em Melbourne. Angélica tinha confessado a Rita seus dilemas profundos num e-mail gigantesco. "Vai fundo, amiga!", a outra respondeu sucintamente, talvez sem calcular a extensão da profundidade desse *fundo* onde aconselhara a amiga a se lançar. "Ouça o seu coração!"

Hum...

Angélica entra no táxi e pede que o motorista a conduza até a penitenciária estadual. É quarta-feira, dia de visitas, ela se informou. Está razoavelmente preparada para o encontro, verificou horários, ia chegar cedo para encarar a fila, se inscrever no guichê de visitações e enfrentar a revista.

Se é que é possível se preparar para um encontro desses.

23. RIO/ VITÓRIA, MAIO DE 2004

Às vezes ela lembra do Tritura Pedra. Gosta de pensar que ele morreu heroicamente, gritando "Alá é grande!", antes de ser fuzilado por traficantes a quem devia dinheiro.

Que maluquice foi aquela de dizer "Alá é grande" na hora de morrer? Trita era descompensado. Delirou.

Não acreditava em nada, não era muçulmano, nem sabia o que significava ser muçulmano, tirava onda, se identificava com o Bin Laden e com aqueles malucos barbudos da Al-Qaeda só pela transgressão e pela afronta.

E pela coragem.

Talvez faltasse coragem ao Trita. E capacidade de acreditar em alguma coisa.

Neguinho se mata por Alá, é mole?

Bota o avião na rota do prédio, acelera e... Urrú! Todo mundo morrendo felizão, louco para chegar logo ao paraíso, onde não sei quantas virgens esperam molhadinhas pelos barbudões incinerados.

Bando de idiotas.

Viviane se lembra da vez em que bateu uma punheta para o Tritura Pedra dentro do Gol enquanto aguardavam Pedro Dom antes de irem para um assalto. O rosto do Trita, na hora de gozar, pareceu muito frágil. Em vez de sentir tesão, ela sentiu pena.

Ela se lembra de Pedro Dom. E do medo que ele descobrisse que ela tinha batido uma punheta pro Trita.

Pedro Dom não aparenta fragilidade nem gozando. Pelo contrário. Ali não falta coragem. Mas ele também parece não acreditar em nada.

O que há para acreditar?

E agora o Pedro usa o nome do Trita pra pegar uma pena mais branda. Bom, pelo menos a morte do Trita serviu pra alguma coisa.

Mas por que Pedro continua a seduzi-la mesmo de tão longe, em uma penitenciária no Espírito Santo? Ela sente saudades. Como estará o Dom, a cabeça dele? As notícias são de que está bem, segurando a onda, que logo, logo sai de lá.

Agora é hora de ela cuidar da própria vida, chega de reclusão, pensa Viviane. Caraca, preciso me concentrar! O dia já nasceu, ela caminha por um corredor penumbroso em busca do quarto onde um cofre a aguarda com joias e dinheiro. A adrenalina. Acabou a quarentena, *back in business*, como diz a Madonna.

A matéria no jornal é coisa do passado, a roda tem que girar, não dava pra ficar parada a vida toda esperando a volta do líder. Se não tem tu, vai sem tu mesmo. Fazer um frila, ocupar espaço, matar o tempo.

Viviane se concentra no corredor escuro, segue em frente, mira a porta lá no fundo. Então ouve um estrondo atrás dela, como o de uma janela que fecha com violência por obra de uma ventania.

Pedro Dom demora alguns segundos para entender quem é a garota que se apresenta como sua visitante naquela manhã de quarta-feira. Tinha estranhado quando o agente avisou que havia visita. Pedro não esperava ninguém, Guilhón já estivera ali na semana anterior. A cabeça dele não andava boa, mas com certeza se lembraria de uma visita programada. Ninguém vai vê-lo ali. Ele é Arnaldo Santos Silva, um homem literalmente morto! Está cheio de saudades da mãe, do pai, das irmãs, das namoradas, dos amigos. Da liberdade.

A garota não se encaixa na memória. Bonita. Mais que isso: há alguma coisa especial pairando em torno dela. Tá certo que ele está num atraso dos diabos, chamando urubu de meu louro, mas ela tem um clima forte, excitante.

Tem, sim. E aquele piercing no nariz…

Opa.

Então ele lembra: o piercing no nariz, mesmo para uma memória entupida de crack, é um sinal contundente da identidade daquela garota. Alguma coisa por trás dos olhos dela — ou dentro deles — parece em ebulição, como se as pupilas dela fossem se encolher de repente que nem plástico queimado.

"Angélica", ela diz. "Lembra de mim?"

"Claro. A menina do tarô."

Ela tem a sensação de que seu coração vai arrebentar.

Ele está acabado, muito mais magro e pálido do que quando o conhecera. Olheiras, cabelo seboso, o olhar vazio dos drogados e suicidas. Tipo um esqueletão.

Mas continua lindo. Talvez, de uma forma estranha, até *mais* lindo.

Eles sorriem por falta de algo para dizer.

"Não virei surfista."

"Ainda."

"Ainda", ele ri. "Fazendo o que aqui?"

"Eu? E você?"

E a partir de então as coisas adquirem outro status. Uma mudança sutil, mas muito determinante na atmosfera, apenas perceptível aos dois. Pode-se atribuir o fenômeno aos efeitos do crack, que embota a visão de Pedro, ou à alta ansiedade que Angélica experimenta nos últimos tempos, intrigada por enigmas obscuros e determinada a cumprir a estranha "missão" que Mãe Augusta tinha dito que lhe cabia e que ela não faz a menor ideia do que seja. Ou então tudo pode se resumir a um desses instantes mágicos que às vezes acontecem entre um homem e uma mulher, pois agora fica claro que se trata de um homem e uma mulher ali, milhares de reações bioquímicas acontecendo em níveis inestimáveis e impossíveis de ser avaliados em suas múltiplas consequências, gametas como mariposas voando em torno de uma lâmpada, baratas tontas correndo para lá e para cá.

Objetivamente, os dois conversam.

"Eu não tinha reparado que você era tão bonita."

"Eu não sabia que você era um assaltante."

Sentam e conversam, só isso.

"Nunca mais vi meu pai nem minha mãe, eles não podem vir me visitar porque estou aqui com um nome falso."

"Praticamente não conheci meu pai e convivi pouco com minha mãe, fui criada pela minha avó."

"Eu tinha um cavalo chamado Ventania."

"Aquela transa no consultório, que loucura."

"Rolou uma química."

"Eu não costumo fazer isso…"

Frases se espalhando, os significados embotados pela emoção: sons.

Há muito a ser dito, embora pareça aos dois que o que se revela é exatamente o que não é dito. Há confusão, claro. E uma excitação que não se contém. Ela consegue explicar a Pedro tudo o que não conseguiu dizer no dia em que ele se consultou com ela.

O diagnóstico da magia, dos arcanos, dos oráculos ancestrais.

"Você corre muitos riscos", ela diz.

Explica as coisas terríveis que viu nas cartas: sequências inusitadas, violência, morte prematura. Isso não o surpreende. Por que as palavras dela parecem se gravar em fogo em seu coração, se ele já sabe de tudo aquilo e, no fundo, não está entendendo porra nenhuma do que está sendo dito?

Não, não, alguma coisa bem louca está acontecendo aqui e agora.

Pedro não quer mais ouvir ecos de bad trips de crack, está concentrado naquela garota, não é preciso ser um linguista para saber que Angélica — uma variante feminina de Ângelo, derivado do latim *Angelus*, "anjo", de origem grega *Ággelos* — é uma mensageira.

Que mensagem ela traz?

Viver no inferno, dançar de olhos vendados na beira do abismo e supor uma morte violenta não são novidades para ele, não há necessidade de nenhum mensageiro para alertá-lo desses perigos. A mensagem dela está em outro lugar, atrás da fala, dentro da boca, descendo pelo buraco dos olhos por trás dos globos oculares, roçando a base do piercing no fosso nasal até o túnel descendente do esôfago, no precipício dos vasos sanguíneos onde se espalham as agregações esféricas dos folículos, e além…

O primeiro beijo é sutil e inevitável. O segundo também.

O toque de mestre do Destino nem nos mais tresloucados sonhos molhados Angélica poderia antever. Olha a coincidência: hoje é dia de visita íntima.

O ninho, a ostra, só a parte de baixo de um beliche coberto por um pano estampado com flores esmaecidas e um lençol manchado e com furos, formando uma cabaninha escura e abafada — reminiscências de brincadeiras infantis — com cheiro de sujeira, suor e sexo. A força é irreversível e incontrolável e evoca a formação de um plasma de quarks e glúons, movimentos aleatórios, o deus Vishnu flutuando no oceano primordial com seus quatro braços estendidos, segurando uma concha, um disco, uma flor e um cajado: Ahhhh!

IV

Ressurreição

1. RIO, JUNHO DE 2004

Incrível como a gente acaba se acostumando com tudo. É nisso que Victor pensa enquanto aguarda, no carro, que Lia desça de seu apartamento. Ele está em Botafogo, na rua Guilhermina Guinle. É sábado e o movimento no bairro não está tão intenso quanto nos dias de semana. Ele se sente um pouco ridículo por estar esperando a namorada para comemorarem o Dia dos Namorados. Como pode estar comemorando alguma coisa?

Incrível como a gente acaba se acostumando com tudo.

Victor conheceu Lia quando ainda era um dos donos da academia de dança na Tijuca. Lia frequentava as aulas com um grupo de amigas. Na faixa dos quarenta anos, é divorciada como ele e mãe de um casal de adolescentes. É uma mulher bonita, de boas formas e que soube entender o drama de Victor com espírito acolhedor. Primeiro como amiga, depois os seguidos encontros e as confidências acabaram, inevitavelmente, em namoro.

Ele se sente mais tranquilo agora. Começa a aceitar a opção

de Pedro pelo crime não como uma falha dele como pai, ou de Lúcia, mas como algo inerente ao destino do filho, às suas escolhas e impulsos interiores. Ainda assim, embora tente se livrar da culpa, nem sempre consegue.

Hoje ele está num bom espírito. Convidou a namorada para uma viagem. Vão se divertir, espairecer um pouco. Victor tenta relaxar da tensão acumulada nos últimos meses. Irão de carro até o aeroporto do Galeão e de lá pegarão um avião para Campo Grande.

"Por que exatamente Mato Grosso do Sul?", perguntou Lia quando Victor propôs a viagem.

"Pra você conhecer um pouco do meu passado", disse. "E, se Deus quiser, bastante do meu futuro."

"Que mistério", disse Lia.

Que merda, ela pensa.

"Que merda", diz.

"Tá falando de que merda?", pergunta uma interna cujo nome Viviane não sabe.

Presa na Penitenciária Talavera Bruce há mais de um mês, quando foi flagrada assaltando uma residência por um vigia noturno, mais que irritada Viviane está indignada.

"Outro dia uma interna pariu sozinha dentro da solitária, visita íntima só de quinze em quinze dias, a comida aqui é uma merda, é só mulher querendo arrancar o fígado da outra aqui dentro, e vocês fazendo concurso de miss?"

As detentas estavam realizando a escolha da Miss Talavera Bruce 2004.

"A perseguida tá na carência? Não aguenta duas semanas sem uma pica?", retruca a interna. "Tá falando sozinha."

"Faz mais de ano que não dou nem beijo na boca", diz Viviane. "Só estou reclamando da nossa condição. Se querem fazer concurso de miss, tudo certo."

"Tá nervosa, criança", diz a detenta.

"Que mané pica o cacete."

"Então tá precisando frequentar as fanchas."

"Não é a minha."

"Aqui a gente tem que mudar os conceitos. Dançou por quê?"

"Flagrada num assalto, dei mole."

"Que assalto?"

"Uma casa na Barra."

"Tu é patricinha. Se metendo a assaltar residência? Isso é pra profissional."

"Se eu fosse patricinha não estaria aqui, meu amor; tava em Angra, tomando sol no meu iate. Sou parceira do Pedro Dom."

"E por que ele não tava junto no assalto?"

"Ele tá dando um tempo."

"Tempo de quê? Onde? Assaltou a casa de um juiz mês passado, todo mundo comentou."

"Não era ele."

"Tu é o quê? Namorada do Pedro Dom agora?"

"Não sou namorada de ninguém. Você precisa abrir essa cabeça, não acabou de dizer que aqui a gente tem que mudar os conceitos? O corpo pode estar preso, mas a cabeça continua livre."

"Meu amor", diz a detenta, "calminha. Sei que tu tá nervosa, é normal. Mas a verdade é que se não tem um homenzinho pra conduzir as paradas, a gente se fode."

São interrompidas pela voz da apresentadora do concurso: "E a Miss Talavera Bruce 2004 é Solange Ferreira, da cela 23, ala 2. Parabéns, Solange! Que bumbum!".

As presas aplaudem, um funk da Gaiola das Popozudas soa pelas caixas de som: *Tu quer beijar a minha boca/ Pode vir tô preparada/ Vai danada/ Tu quer beijar minha barriguinha/ Demorô essa parada / Vai danada...*

Solange, a miss recém-eleita, dança e rebola, as moças estão alegres.

"Ninguém precisa de homem, não", diz Viviane. "Se a gente se une, domina o mundo."

A interna olha para ela com curiosidade.

"Mas tem que pensar com a cabeça, não com a bunda", alerta Viviane enquanto se afasta ao som das Popozudas: *Eu vou dar uma rebolada bem devagarinho/ Mas o que eu quero mesmo/ É ficar no sapatinho...*

Não vai ser difícil mudar a cabeça dessas idiotas, Viviane pensa. Difícil vai ser convencer todo mundo lá fora que, se não fosse por Viviane Roma Cerqueira, o perigoso bandido Pedro Dom estaria agora inofensivo, vendendo coco na praia da Macumba.

2. RIO, JUNHO DE 2004

Junho é um mês muito agradável na cidade: as temperaturas são amenas e os dias claros e secos. É possível vestir um tailleur sem suar, mas também dá para ir à praia. A água do oceano é mais quente no inverno do que no verão. Lúcia acaba de aceitar o convite das filhas para passar o sábado na praia do Recreio com elas e com os netos.

Há quanto tempo não pega uma praia? Olha-se no espelho, experimenta maiôs quase mofados resgatados de gavetas com naftalina.

Não tenho mais idade para usar biquíni, pensa. Nem cabeça. Ah... bem que ainda dou um caldo, conclui, torcendo o pescoço para observar as coxas grossas e os glúteos ainda rijos.

Ela sorri. Surpreende-se por ter passado alguns minutos sem pensar em Pedro. Surpreende-se por ter sorrido. Nos últimos tempos não tinha havido um segundo só em que a imagem do filho não tivesse assumido o primeiro plano em seus pensamentos. Agora é como se a neblina se dissipasse aos poucos. A ausência dele ainda dói, e muito, mas saber que o filho está se recuperando na penitenciária, resguardado de atividades criminosas que pudessem conduzi-lo a um confronto armado com a polícia, tranquiliza um pouco o espírito angustiado da mãe.

Ela escolhe um maiô preto, discreto. Em seguida escuta o som da buzina insistente vindo da janela. Incrível como a gente acaba se acostumando com tudo, pensa.

Lúcia vai até a janela e grita: "Calma, Verê. Um minuto!".

Jasmim bebe água de coco num quiosque na praia do Pepino. Observa uma asa-delta pousar na areia branquinha. Seus olhos se arrastam em direção ao Hotel Intercontinental. O coco é consumido muito lentamente. Ela confere o biquíni micro: será que algum gringo vai se animar? Tá difícil.

Cheio de menininha nova, patricinha profissional, putinha universitária bilíngue, trilíngue, tetralíngue, polilíngue. Difícil concorrer com tanto língue. E, convenhamos, Jasmim não é uma garota de programa. É uma assaltante profissional com vasto currículo reconhecido em folha corrida e matérias de jornal. Na boa.

Mas está difícil.

As tentativas de se enturmar com a antiga galera não deram certo, a publicidade gerada pela matéria do Jota Perrone ainda cria entraves para a primeira-dama do crime.

Quem dera ela ainda fosse a primeira-dama do crime...

O pessoal do Colibri, na Rocinha, pode querer muito bem ao Pedro Dom, mas para ela andava sobrando no máximo fazer avião, e olhe lá. Logo ela, imagine, *jet setter* do crime, a cocota da favela, virar entregadora do Colibri?

Foi o Xandão quem deu a ideia, rindo, sacaneando: "Por que tu não desce até o hotel e faz programa com os gringo? Eles se amarram numa crioula...".

Neguinho cheira tanto que nem sabe mais a diferença entre mulata e crioula.

Ela vê um gringo solitário se sentar numa mesinha próxima. Branco que dói. Tristinho, melancólico. Não é que deu uma risadinha pra ela? Está com uma câmera de vídeo pendurada no ombro. Vacilou e aquela pochete está cheia de dólares. Ou euros.

Jasmim capricha no olhar e retribui o sorriso ao gringo. E dá uma sugada supersexy no canudo enfiado no coco. E outra, em seguida, ainda mais sugestiva.

Nessa de arrumar um troco, ela cogitou até procurar emprego de novo na academia de ginástica como secretária. Mas a fama é uma corta-onda. Todo mundo lá já sabia que Jasmim tinha virado a primeira-dama do crime como ex de Mauricinho Botafogo e de Pedro Dom. Quase chamaram a polícia. Se bem que alguns ficaram loucos para pedir autógrafo.

Ah, como é dura a vida de uma celebridade.

Primeira-dama de merda, dura que nem um pau.

O gringo se levanta, vai até o quiosque pedir uma bebida, as perninhas dois gambitos brancos.

Deixou a câmera em cima da mesa. Jasmim não acredita que o otário deu esse mole. Tadinho. Aquele bagulho deve valer alguma coisa no prego. Ela se levanta discretamente, pega a câmera de vídeo, guarda na bolsa e sai andando. Não sou puta, não, pensa. Tenho meus princípios. Tão de sacanagem?

3. RIO/ VITÓRIA, AGOSTO DE 2004

Tudo começou com um estranhamento, a menstruação que não veio no primeiro mês nem no segundo. No terceiro a dúvida: será possível?

Não.

O lance foi louco, como um transe, uma coisa que se faz sem saber direito como nem por quê. Ou sabendo muito bem, daquele jeito que se sabe das coisas sem precisar pensar nelas.

Que seja.

Mas ele tinha usado camisinha, ela se lembra bem. Lembra mesmo? Lembra de uma camisinha, mas também de pulsões incontroláveis e baratos loucos como vagalhões daqueles que te pegam na praia e te fazem perder a respiração e a noção de tempo e espaço por alguns segundos.

Longos segundos.

Lembra também de fluidos gelatinosos espalhados por sua pele. Ainda pode senti-los repuxando os pelinhos. Um arrepio percorre sua barriga. Agora já percebe a barriga de um jeito diferente, sem fluidos gelatinosos espalhados na pele ou nos pelinhos repuxados, mas com certa reverência e gravidade: o repositório sagrado.

Angélica vai até a farmácia, compra um teste de gravidez com o nome sugestivo de Confirme e decide aguardar até o dia seguinte para colher a urina fresca da manhã.

De noite o sono não é dos mais tranquilos. Ela imagina a deusa Sarasvati tocando uma cítara com seus quatro braços. E prevê que, se o teste se confirmar, terá uma bela confusão pela frente. Melhor não pensar nisso agora. Amanhã vai fazer o teste e, independentemente do resultado, marcar uma consulta com sua ginecologista.

Deve ser o estresse, pensa.

Lembra da avó. E lembra também de Mãe Augusta.

Há meses ela tenta entender qual seria a missão que o destino lhe confiou, alertada pela ialorixá. Encontrar Pedro na cadeia tinha sido bom. Percebe arrepios e o aperto no coração sempre que pensa nele. O que aconteceu naquele presídio foi especial, o encontro de duas pessoas e o nascimento de uma paixão, o.k. Mas também tinha sido ruim.

Pedro é um assaltante violento, preso e condenado, um usuário de crack deprimido e desencantado. O que aconteceu ali, apesar de prazeroso e intenso, foi muito estranho. Mesmo apaixonada, não teve vontade de voltar à penitenciária ou mesmo de escrever uma carta a ele. Nem Pedro pelo jeito. Ela se lembrou de deixar seu endereço e telefone com Pedro, mas aquele pedaço de papel deve ter sido jogado no lixo logo que ela virou as costas.

Não quer reabilitar Pedro Dom, fazê-lo mudar de vida, nada disso. Angélica não é assistente social, tampouco uma enfermeira de espíritos angustiados. Muito menos tiete de bandido.

A experiência foi estranha. Ela já não sabe que sentimentos nutre por Pedro Dom. Estava se esquecendo dele, tocando a vida, começando a acreditar que a missão de que lhe falara Mãe Augusta talvez fosse só mesmo ter um orgasmo louco numa cela de prisão, para entender que certas coisas não passam de ilusão — mais uma das armadilhas que a deusa Maya espalha pelo caminho para testar o grau de alerta de cada um.

A madrugada rompe em gritos, sons metálicos e um enorme clarão.

"Se Deus é por nós, quem será contra nós?"

As vozes se unem num grito de guerra.

"Um por todos, todos por um!"

Os presos se rebelam por melhores condições de vida dentro do presídio: reivindicam uma alimentação mais substancial, assistência médica decente, mais espaço nas celas e aumento das horas de visitação.

Juntam colchões e panos nas celas e os incendeiam. Batem nas grades, alertam os guardas, uma fumaça preta e tóxica se espalha pelos corredores. Brandem facas improvisadas, estiletes e lanças feitas de pedaços de pau pontudos.

"Paz! Justiça e união para todos!"

Fazia dias que se ouvia o zum-zum-zum, a rebelião se anunciava como o tremor quase imperceptível que antecede um tsunâmi devastador.

Pedro abre os olhos e sente a onda se formando atrás de si.

O surfista adormecido na caverna escura do cracudo desmiolado: uau! vou dropar essa onda, brother.

"Se Deus é por nós", gritam os mascarados, ateando fogo aos colchões, "quem será contra nós?"

"Um por todos", vociferam, estiletes em punho, "todos por um!"

"Unidos", tec tec tec tec, os facões golpeando as grades, "venceremos! Unidos, venceremos!"

Tec tec tec tec.

"Se Deus é por nós, quem será contra nós?"

Tec tec tec tec.

"Paz! Justiça e união para todos!"

Fumaça pelo corredor, chamas nas celas, olhos vertendo lágrimas ácidas, gargantas ardendo, pulmões sufocados.

"Paz!", grita Pedro Dom. Ele busca alguma coisa na cela para bater nas grades. Um punhal rola pelo chão do corredor, ele estica o braço entre as barras de ferro e consegue pegá-lo.

"Pirou?", Quinado o repreende. "Deixa quieto, daqui a pouco a gente vai pro semiaberto…"

Pedro brande o punhal, arranca a camiseta, faz dela uma máscara.

"Paz! Justiça e união para todos!"

Ele força a lâmina contra o ferro da grade como se fosse possível serrá-la.

"Paz!"

A fumaça entrando pelo nariz, a garganta queimando. Os olhos vermelhos, molhados, brilhando de fúria.

"Justiça e união para todos!"

Não dá pra perceber a alvorada por trás da fumaça escura. O som do batalhão de choque irrompe como um terremoto, as botas marcando o beat, os cassetetes golpeando os escudos como bumbos de uma escola de samba: tun tuc, tun tuc, tun tuc.

O sol acaba de nascer, ela simplesmente não consegue mais dormir. Melhor tirar logo a dúvida. Angélica se levanta, vai até o banheiro e urina no coletor. Um latido de cachorro, um grito distante, ela mergulha o palito do teste no líquido dourado e morno. Segue as instruções, mantém o dispositivo inclinado. Um, dois, três minutos. O veredicto científico, objetivo, instantâneo: duas listras vermelhas. Positivo.

4. VITÓRIA/ RIO, OUTUBRO DE 2004

Mesmo desperto ele não se desvencilha do pesadelo. Como se passasse o dia no pesadelo, para a ele retornar na hora de dormir.

Em volta tudo é escuro e muito quente, ele habita um forno, está de volta à Pedra como punição à sua participação na rebelião.

O cubículo de alvenaria, o teto de zinco, o calor insuportável, tudo é familiar, como se nunca tivesse saído de lá. Sente a pele derreter como plástico queimado. Um cheiro de churrasco emanando das próprias entranhas.

Fome e sede.

As lembranças da rebelião são fugidias, imagens emolduradas por labaredas, colchões em chamas, estiletes zunindo e lanças numa dança incerta, apontando o teto intransponível, numa tentativa de rasgar o cimento em busca de uma fenda para o céu de estrelas tranquilas e brisas suaves. Os cassetetes do batalhão de choque cortando a onda, ressonando no crânio, as porradas secas e ritmadas. As botas castigando o chão, o soar de ossos quebrando.

Ele mal se lembra do que passou, as conexões cerebrais comprometidas pelo crack. Aderiu à rebelião como alguém que decide acompanhar um bloco que passa animado pela rua numa tarde de Carnaval. De nada adiantaram os conselhos de Quinado para que não embarcasse naquela procissão de zumbis desesperados, vultos em chamas gritando PAZ com sangue escorrendo pela boca entre dentes trincados.

"Sem ódio, agimos de modo mais eficaz", dissera Quinado, citando o Dalai Lama.

Os últimos acontecimentos se precipitam vagos na memória de Pedro Dom, obscurecida pela combinação devastadora do cloridrato de cocaína com bicarbonato de sódio: a saudade dos pais e das irmãs, o boneco marinheiro sorrindo, a lembrança de Jasmim e Viviane nuas, Ventania galopando pelo cerrado, a presença incandescente e perfumada de Angélica, os átimos de paixão como fragmentos de uma grande alucinação.

Terá tudo aquilo acontecido de verdade?

A taquicardia, a sede.

Do fundo da escuridão, no abismo claustrofóbico do templo dedicado ao sofrimento e à punição em que pedras cumprem sua função ancestral de palco de sacrifícios humanos, ele vê reluzir nas retinas o brilho do piercing no nariz da taróloga.

Desmaia.

Ela acaba de enviar um e-mail padrão — em inglês e português —, avisando que se ausentará por algum tempo por motivo de força maior. "Força maior" é um lugar-comum dos mais comuns, mas o que poderia explicar melhor os motivos que levam Angélica a se afastar temporariamente de suas atividades profissionais?

Basta um olhar atento à sua barriga, que começa a se avolumar. Uma força cada vez maior, sem dúvida.

O dinheiro ganho nos últimos anos mais a herança que lhe deixou a avó serão suficientes para sustentá-la pelos meses seguintes. Ela fecha as cortinas, certifica-se de que o computador está desligado da tomada. Olha em torno, hora de seguir adiante. É preciso adequar o calendário ao tempo. Tirar as dúvidas, limpar os arquivos e os porões empoeirados.

Antes de fechar a porta, lembra de retirar a plaqueta em que se lê: *Angélica, leio o tarô.*

Pedro desperta na enfermaria do presídio.

Antes de abrir os olhos ouve a voz: "... remova todas as barreiras que o inimigo colocou para impedir que possamos seguir em frente rumo à vida abundante...".

Pedro abre os olhos: o homem moreno e atarracado, com uma grande cicatriz no rosto, olha para ele sem nenhuma compaixão. Pelo contrário, há reprovação e contrariedade naquele olhar.

"Quem é você?", pergunta Pedro.

"Jesus."

Um cabelo ralo e seco pintado de acaju emoldura o rosto largo de onde pendem bochechas flácidas com marcas de varíola. Nem o mais alucinado dos usuários de crack moldaria Jesus com aquelas feições.

"Não sabia que Jesus tinha uma cicatriz no rosto."

"Não? E todos aqueles pregos e lancetadas desferidas por soldados romanos? Você acha que me causaram o quê?"

"Você não tem um olhar benevolente", diz Pedro.

"Que benevolência eu posso ter com um cego que se recusa a enxergar?"

"Eu estou enxergando."

"Mas não está vendo."

"Estou sentindo um cheiro azedo de suor."

"E que cheiro você queria que eu exalasse? De sabonete Lux? Depois de horas pregado na cruz, agonizando?"

"Você não me engana, eu sei quem você é."

"Quem?"

"O pastor."

"Também eu te digo que tu és Pedro, e sobre esta pedra edificarei a minha igreja; e as portas do Hades não prevalecerão contra ela!", diz o homem, esticando o braço e apontando um lugar indefinido à frente. Por um instante os olhares se firmam um no outro, Pedro sente um arrepio e vomita.

5. VILA CÉU DO MAPIÁ/ VITÓRIA, NOVEMBRO DE 2004

Na igreja da matriz em Céu do Mapiá, centenas de pessoas vestidas de branco se aglomeram, cantando.

Eu tomo esta bebida

Que tem poder inacreditável...

Angélica imagina que o chá já esteja batendo, pois se vê por um momento mergulhada na multidão de peregrinos na Grande Mesquita de Meca na peregrinação do Haje, o evento máximo da fé muçulmana.

Ela mostra a todos nós
Aqui dentro dessa verdade...

Ela percebe que está perdendo o controle, e isso não lhe agrada nem um pouco. Angélica tinha relutado em aderir ao ritual e beber a ayahuasca, pois imaginava que a beberagem poderia prejudicar o bebê. Sua mãe, claro, garantiu que não haveria o menor problema; pelo contrário, o chá a ajudaria a ter o melhor dos partos. Assim também asseveraram os médicos presentes, todos adeptos do santo-daime: alopatas, homeopatas, naturalistas.

Todos eles, diga-se, candidatos a realizar o parto (além de inúmeras parteiras), que deve ocorrer em dois ou três meses.

Subi, subi, subi
Subi foi com alegria...

E agora, exatamente agora, quando o bagulho está batendo forte, alucinante, é que Angélica começa a se questionar sobre o que exatamente está fazendo ali.

Quando eu cheguei nas alturas
Encontrei com a Virgem Maria...

Suas razões, porém, são mais do que compreensíveis: ao saber que estava grávida, depois de muito pensar, decidiu ter o filho. Não quis avisar o pai da criança, preso na Penitenciária Estadual do Espírito Santo e passando por um doloroso processo depressivo. Ela mesma nunca teve um pai e sempre achou o fato, ao contrário do que preza o senso comum, muito libertador.

Procurar a própria mãe foi a opção natural, ancestral.

Subi, subi, subi
Subi foi com alegria...

O problema é que sua mãe está vivendo no meio da floresta, imersa na loucura religiosa, emaranhada em cipós e espíritos do mato. Mas ela é a única mãe que Angélica tem.

Nos primeiros dias a vida na comunidade foi boa e calorosa: pessoas simpáticas e acolhedoras, puras, simples. Comida farta, saborosa. Com o passar do tempo, Mapiá se tornou entediante para uma jovem acostumada ao barulho de Copacabana. Mas ela estava a ponto de se resignar aos desígnios do destino, tão disposta a se resignar que topou beber o bagulho louco. E eis que o tiro sai pela culatra.

Quando eu cheguei nas alturas
Encontrei com a Virgem Maria...

Sente pontadas estranhas na barriga, tudo começa a girar. Pessoas de branco, os peregrinos na Grande Mesquita, os seres estranhos como numa locação interplanetária de *Star Wars*, coisas se desfazendo na sua frente, árvores de... rre... ten... do.

Eu tomo esta bebida
Que tem poder inacreditável...

Angélica sente um calafrio e vomita.

No espaço reservado às visitações Pedro conversa com Guilhón.

"Um mês no máximo", diz o advogado.

"Não acredito."

"Você já cumpriu um sexto da pena. É a lei. Daqui a um mês você ganha o direito ao regime semiaberto. Pode passar o dia fora da cadeia, trabalhando, e voltar à noite para dormir."

"Mesmo depois da rebelião?"

"No Brasil tem jeito pra tudo."

"E como eu vou conseguir trabalho?"

"Já estou vendo isso. Você está com o aspecto bom, não vai ser difícil arrumar alguma coisa. Sabe pilotar moto?"

"Adoro moto. Depois do surfe, é a coisa que eu mais gosto. Andar de moto."

"Parou de fumar aquele veneno, parabéns."

"Como você sabe?"

"Tá escrito na tua cara."

"Foi o pastor. Estou frequentando o culto, as palavras dele me ajudam."

"Bom."

"Ele fala as palavras de Jesus como se fossem dele", diz Pedro.

"Uma boa estratégia."

"Não é estratégia. O cara é maluco. Ele acredita mesmo que *é* Jesus Cristo."

"A palavra de Deus se manifesta das maneiras mais estranhas", observa Guilhón.

"Bota estranho nisso. Assassino regenerado. Matou mais de trinta. Foi esfaqueado no rosto por uma mulher ciumenta. O maluco pinta o cabelo. Diz que sobreviveu por milagre."

"Milagres acontecem, Pedro."

"Jesus de cabelo pintado?"

"Uma pessoa sobreviver mesmo que pareça desenganada."

"Espero que você não tenha contado pro meu pai que eu fumei crack aqui."

"Claro que não, ele já tem muita merda com que se preocupar. Vou contar que você está frequentando a igreja, ele vai gostar."

"Saudades do maluco."

"Te mandou cartas da família toda. E fotos." Guilhón entrega um envelope a Pedro: cartas e fotos de um terreno.

"Que porra é isto?", pergunta Pedro, olhando as fotos.

"O Victor está pensando em comprar essa terra. Fica em Ressurreição, no Mato Grosso do Sul. Pra vocês irem morar lá depois que você for solto. Disse que é um lugar que ele conhece, parece que fez algum trabalho por lá no passado."

Pedro olha com mais atenção as fotos de um terreno vazio numa encruzilhada de ruas asfaltadas e desertas. Sorri: "O velho vive sonhando. Eu não sonho mais, nem dormindo nem acordado. Mas eu queria montar num cavalo e sair galopando por essas ruas aqui". Ele joga as fotos em cima da mesa.

"Então você ainda sonha", diz Guilhón.

Angélica desperta de madrugada ao som de grilos e galos distantes. Na pequena casa de madeira a mãe dorme. A luz da lua entra pela janela aberta com os sons e cheiros da floresta.

A cabeça pesa, ressaca de daime não é bolinho não. Mas não é que o negócio funciona mesmo? De maneira torta, invertida, mas ainda assim eficiente. Se o que Angélica buscava era uma revelação, nada poderia ter lhe revelado mais do que a terrível bad trip que tinha vivenciado poucas horas antes na igreja da matriz. Ela observa a mãe dormindo enquanto junta suas coisas em silêncio. O ressonar da mãe é tranquilizador, hipnótico.

Ela ainda encontrará tempo para escrever uma carta de despedida. No entanto, não se dará ao luxo de beijar a mãe, com medo de acordá-la. Há um longo caminho pela frente.

"Dai-me amor, dai-me firmeza", ela sussurrará, enquanto caminhar pela estrada de terra batida em direção ao sol gigante e vermelho.

6. VITÓRIA/ RIO, JANEIRO DE 2005

O ano começa com um galo cantando em algum lugar. Pelo menos é o que Pedro Dom ouve nitidamente antes de deixar o presídio nos primeiros dias de janeiro. O último som, a lembrança derradeira do inferno onde passou mais de um ano, é o canto distante de um galo.

É seu primeiro dia do regime semiaberto. O agente penitenciário carimba uma ficha antes de liberá-lo.

"Guarde este passe e apresente quando voltar às seis da tarde. Às seis horas, sem atraso", alerta.

"Na moral", diz Pedro, e enfia o passe no bolso de trás da calça jeans. Sente a calça um pouco larga na cintura, ele emagreceu alguns quilos na prisão.

Pensa num cheeseburger, e a boca saliva.

"Seis horas, sem atraso", concorda.

Pedro sai do presídio.

Guilhón lhe conseguiu um emprego de motoboy numa empresa de mudanças, mas os funcionários da Transportadora Giramundo, em Cariacica, não verão por um momento sequer seu mais recente — e belo — contratado.

Jasmim espera por Pedro ao volante de um Fiat Uno branco. Os dois se cumprimentam com um beijo que Jasmim gostaria que fosse um pouco mais demorado.

"E aí, Dom, onde é o trampo?"

"Em qualquer praia do Recreio, a que tiver as ondas maiores. São quinhentos quilômetros até lá, se você correr dá pra fazer em sete horas. Posso dirigir?"

"Só se a gente parar antes num motel pra matar a saudade."

"Vamos matar a saudade no Rio. Peguei trauma do Espírito Santo."

Aquela não é exatamente a recepção com que Jasmim havia sonhado na viagem do Rio até Vitória. A sua expectativa tinha sido beijos de tirar o fôlego, corações descompassados e a urgência de fazer amor.

Pedro assume o volante, eles pegam a estrada rumo ao Rio de Janeiro.

"Me faz um boquete", pede (ou ordena?) Pedro.

Definitivamente não é a recepção com que Jasmim havia sonhado na viagem do Rio até Vitória. Ela tenta se esmerar na chupada, mas sua atuação é mecânica, desapaixonada, comprometida pela decepção. Nada que arrefeça o gozo caudaloso e aliviador de Pedro Dom.

Depois param num posto para comer cheeseburger. Voltam para a estrada, cheiram pó.

"Tem umas paradinhas rolando", diz Jasmim.

"Não estou pensando em trabalho agora."

"Tá pensando em quê?"

"Surfe."

"Não dá pra viver de brisa, Boneco."

"Eu sei. Vou me virar. Mas primeiro quero chegar e curtir a liberdade. Lembrar como era."

"Cuidado. Tu tá foragido agora."

"Só depois das seis."

Ficam em silêncio.

"Tô te achando um pouco esquisito."

"Passa um ano na cadeia e você vai ficar esquisita também. Obrigado pelo boquete."

"De nada. Tá certo, desculpa a pressão. É a ansiedade."

"Já é. Cadeia, nunca mais, Jasmim. Prefiro morrer."

"Vira essa boca pra lá!" Ela estende o braço sobre Pedro e recita: "Ogum yê, meu pai!".

"Amém."

"Não é amém que fala."

"O que eu falo?"

"Epa babá oxalá."

"Epa babá oxalá. Mas pra cadeia eu não volto mais."

"Mais um motivo pra tomar cuidado."

"Tô ligado. Tenho uma graninha guardada. Vou falar com meu pai."

"O Dom Quixote. Eita! Finalmente vai sair o negócio do morango."

"Não fode."

"Você não se livra desse pai."

"Pai não é pra se livrar."

"Às vezes eles é que se livram da gente."

"Obrigado pelo boquete."

"Você já me agradeceu."

"Está chateada com alguma coisa?"

"Deixa quieto."

"Não estou entendendo, achei que você ia ficar feliz."

"Por ter te pagado um boquete? Engolido a porra todinha? Quer que eu agradeça de joelhos?"

"Não fode, Jasmim. Vai querer brigar agora?"

"Não quero brigar. Desculpa."

Ficam em silêncio por alguns minutos.

"Porra, Dom, fiz o maior sacrifício por você no ano passado. Até santo eu fiz, ralei meses na tenda da Mãe Augusta, careca, dormindo num quartinho escuro com sangue de galinha morta do meu lado. Paguei meus pecados, os pecados da torcida do Flamengo e ainda me sobrou um crédito. Quando me acharam lá, saí fora, morei de favor na casa de uma tia cadeirante na Cidade de Deus…"

"Quem te achou lá na tenda?"

"Uma patricinha infiltrada. Não sei até hoje se ela era da

polícia ou da imprensa. Mãe Augusta diz que é paranoia minha, mas tenho certeza que a branquela tava ali pra me filmar."

"Qual o nome dela?"

"Esqueci. Entojada, brinquinho no nariz, veio toda, toda pro meu lado com uma conversinha melada... 'Como é o teu nome?' Como é o meu nome o cacete, pombajira! Ô! Desencosta. A patriciola fazendo santo, é mole?"

"Brinquinho no nariz?"

"Um piercing. Desde quando alguém faz santo de piercing no nariz? Então, Dom, ralei um monte pra te preservar, até carteira eu bati, quase me prostituí, penhorei tudo que tinha pra vir te buscar e tu não quer parar nem dez minutos pra me comer, Boneco Doido? Fazer amor? Amorzinho?"

Pedro continua dirigindo, quieto.

"Tá me ouvindo, Dom?"

"Piercing no nariz?"

Jasmim olha pela janela, amuada. Como se visse um copo se espatifando no acostamento.

O Boeing da Air New Zealand pousa no aeroporto internacional do Galeão com um baque seco seguido do guincho dos freios. Uma chuva fraca molha a pista na manhã abafada de janeiro. Grávida de oito meses, Angélica está um pouco inchada e muito barriguda. O piercing continua em seu posto, resplandecendo no nariz fino e arrebitado de leve (atualmente um pouco mais achatado que o normal). Rita, a amiga de Angélica que vive de ministrar aulas de alongamento em Melbourne, surge no saguão de desembarque empurrando um carrinho no qual se vê uma mala vermelha e brilhante. Quando avista Angélica, diz: "Você está linda grávida!".

Angélica repara no batom da amiga, da mesma cor da mala. As duas se abraçam.

"Não precisava ter vindo me buscar."

"Claro que eu viria te buscar."

As duas vão em direção ao ponto de táxis.

"Então, me conta tudo desse amor bandido!"

"Não sei se amor é o nome."

"Amor é o de menos. Bandido é o que chama a atenção. Cadê ele?"

"Sei lá. Deve estar no presídio."

"Você não tem vontade de encontrar o cara? Dizer que ele vai ser pai?"

"Não sei se quero me envolver com um bandido."

"Mais do que já se envolveu?"

Angélica fica quieta.

"Sabia que a Austrália foi colonizada por bandidos?"

"O Brasil ainda é até hoje. Quer ir lá comigo?"

"Pra onde?"

"Pro presídio, Rita."

"Claro." Ela faz um carinho na barriga pontuda da amiga. "Depois que essa criança nascer."

7. RIO, JANEIRO DE 2005

O pai.

O certo, pela lógica, seria logo visitar o pai. Claro.

Foi ele que a vida inteira esteve a seu lado, preocupado, sempre lutando contra os moinhos de vento, tentando preservá-lo do perigo, do vício, do crime, da prisão e da morte.

O pai.

Invariavelmente perdendo batalhas para se recompor em seguida, levantar, sacudir a poeira e relativizar fracassos, mudar de opinião, trocar de lado, se adaptar, readaptar, esquecer ética e moral se o destino do filho estiver em jogo. O velho tira alquebrado pela preocupação, acendendo um cigarro atrás do outro em busca de algum alívio, o bálsamo fumegante a mitigar a culpa e o ressentimento.

Sim, ele deveria ir primeiro ver o pai, acalmá-lo, beijá-lo, abraçá-lo, agradecer-lhe. Depois a mãe e as irmãs. Ele também deveria ter logo comido a Jasmim, sempre tão carinhosa e solícita, apaixonada, companheira, louca pra dar pra ele e aliviá-lo das tensões e dores acumuladas em mais de um ano de prisão, privações, crack e castigo. Ele estava com um tesão danado, mas ainda assim não quis parar no primeiro motel que avistou para se refestelar em Jasmim.

Por quê?

Um boquetinho ansioso deu conta do recado, ainda na estrada, enquanto ele dirigia o Fiat Uno.

Sim, há muito a fazer e incontáveis pessoas a reencontrar, mas a primeira coisa que Pedro Dom faz quando chega ao Rio, depois de dispensar Jasmim com um "obrigado" e um beijo que ela toma mais como afronta do que agradecimento, é caminhar por Copacabana. Mas não caminha simplesmente por caminhar pelas ruas do bairro que sempre lhe proporciona uma euforia específica, como uma vitória secreta. Ele tem um objetivo definido: a rua Barata Ribeiro.

É para lá que se dirige, entre camelôs na calçada, um gordinho com chapéu de marinheiro, um bêbado desequilibrado. Olha para o sol e fecha os olhos, fruindo o reencontro com a fauna secreta da escuridão, os vaga-lumes invisíveis de Copacabana que só ele vê e que parecem mais abelhas que vaga-lumes.

A velha excitação está de volta, isto, sim, define liberdade: caminhar por Copacabana.

Não a esmo, entretanto.

Ele caminha determinado, com uma finalidade, ainda que seja preciso fazer um esforço de memória. Lembra-se vagamente: naquele dia louco em que a mensageira o tinha visitado na prisão, deixou com ele um papel com endereço e telefone antes de ir embora. Mas o papelzinho se perdeu nas horas lentas do claustro, como tantas outras coisas, sugadas pelo ralo inclemente da penitenciária, o redemoinho zeloso da privação da liberdade que tudo tritura, o buraco negro da prisão.

A memória agora é chamada a reconstituir um dia ainda mais distante, há quase três anos, quando, ao caminhar por aquela mesma rua, deparou com uma placa em que se lia *Angélica, leio o tarô*, abriu a porta, entrou sem bater e viu a patricinha com piercing no nariz sentada à mesa, olhando cartas de baralho.

A memória também já não é mesma depois de tanta fumaça, adrenalina, solidão e noites maldormidas. Ele fecha os olhos, deixa-se levar, caminha como um cego, como fazia quando era criança e perambulava por aquelas ruas. Tem certeza de que os vaga-lumes de Copacabana saberão conduzi-lo até seu objetivo.

Pedro esbarra em alguém, abre os olhos.

"Cuidado!", diz a senhora de cabelo azul que conduz um whippet, que começa a rosnar.

"Desculpe."

"O senhor é cego?"

"Um cego que não quer enxergar."

"Olhe por onde anda, então."

A senhora segue seu caminho com o whippet, o cão já não rosna e se distrai com o voo incerto de uma pequena borboleta amarela. Pedro fica parado na calçada. Então reconhece a porta do prédio do consultório de Angélica.

É aqui mesmo. Algo está diferente, no entanto. A placa Angélica, *leio o tarô* não está mais ali. Mas aquele é o prédio, ele tem certeza. Pedro põe a mão no trinco para abrir a porta, como da outra vez, só que agora ela está trancada. Vai até o botequim na esquina, pede uma latinha de coca-cola. Uma televisão ligada mostra um programa de auditório em que pessoas discutem inflamadas. O aparelho está sem som e Pedro não consegue entender por que elas discutem. Não importa, a sensação do líquido gelado e gasoso descendo pela garganta, enquanto observa o movimento dos carros e das pessoas pela Barata Ribeiro, é mais uma confirmação de que a liberdade é muito refrescante e absolutamente in-dis-pen-sá-vel. Mas beber o refrigerante não é fruto só da ânsia por degustar a vida fora das grades. É também uma estratégia. Ele guarda disfarçadamente na palma da mão a anilha de metal, a pecinha que serve para abrir a lata. Paga a Coca e volta à porta do consultório. Está meio fora de forma, é certo, mas aposta consigo mesmo que, se não for capaz de abrir aquela porta com a anilha da lata de coca-cola, não se chama mais Pedro Dom.

O inspetor Betinho chega à banca de jornais na rua Conde de Bonfim, na Tijuca. O dia está abafado, ele enxuga o suor do rosto com um lenço branco. Seu pai sempre dizia que um homem decente precisa carregar um lenço no bolso, de preferência um lenço branco. Além de um pente. Mas de que serve um pente para um homem que já está quase completamente calvo? Betinho se posta numa das laterais de alumínio escuro da banca e finge interesse pelas notícias dos jornais expostos. Em poucos minutos um rapaz magro de bermuda e camisa do Vasco se aproxima e para ao lado do policial, aparentemente também de olho nas manchetes.

A sonda Cassini-Huygens *aterrissa em Titã*, diz uma delas.

"Demorou, Macaco."

"Foi mal, tive um perrengue em casa."

Macaco mora no morro do Borel, ali do lado. É o clássico X9. Ninguém gosta de um X9, nem os bandidos nem a polícia. Nem ele, o Macaco, parece ter muito apreço por si mesmo.

"Precisa ser pontual, Macaco. Tenho um milhão de coisas pra fazer. Assim fica difícil."

"Foi mal."

"Me dá logo a letra."

"O Pedro Dom está preso no Espírito Santo. Ele e o Quinado."

"Tem certeza, Macaco? E esses assaltos que estão jogando nas costas dele?"

"É a fama, doutor."

"Como é que ninguém comentou a prisão dele? Como esse puto conseguiu sumir?"

"Deu nome falso quando foi preso."

"Eu sabia. Sabia que não era ele por trás desses assaltos."

"Assaltaram a casa de um juiz na Barra, tão dizendo que foi o bando do Dom, história."

"Eu sei, eu sei. Conheço o playboy, sei como ele trabalha. Nome falso? Como a polícia do Espírito Santo caiu nessa conversa?"

"O Dom fez o serviço direito, deu o nome de um chegado que tinha morrido, mas ninguém tinha lavrado o óbito do finado. Até documentos ele conseguiu."

"Documentos do morto?"

"Isso."

"Esse playboy é abusado. Se eu estou lá…"

"Parece que eles vão sair no semiaberto, ele e o Quinado. Se é que já não saíram."

O inspetor Betinho se distrai por um instante, o olhar perdido.

"Ninguém nunca soube por onde andou Jesus Cristo dos

doze até os trinta anos. Sabia disso, Macaco? O homem ficou dezoito anos sumido."

"Sabia não, senhor."

"Estranho, não acha? Um homem como Jesus Cristo ficar dezoito anos sem ninguém saber o que ele fez. Daí ele aparece, e em três anos realiza um trabalho que muda a cara do mundo. Nem a Bíblia sabe dizer por onde o homem andou nesse período."

"O homem era safo, doutor. Jesus Cristo, né? Talvez tenha sido abduzido por alienígenas. Devia ter muito disco voador naqueles desertos. Talvez eles tenham ensinado ele a fazer milagres, andar na água, ressuscitar, aquelas paradas todas."

"Para de falar merda, Macaco. Sabe o que é uma heresia?"

"Sei não, foi mal."

"Heresia é desrespeitar a religião."

"Não foi a intenção, doutor. Aliás, o senhor está falando de Jesus por quê?"

"Tem hora pra falar de Jesus?"

"É que a gente tá falando de bandido. Não combina."

"Tá insinuando o quê, Macaco?", pergunta Betinho, trincando os maxilares. "Quer tomar uma bifa?"

"Insinuando nada não. Não sei nem o que quer dizer."

"O que quer dizer o quê?'

"Insinuar."

"Ignorante."

"Tô liberado?"

"Some da minha frente, crioulo safado." Betinho enxuga a nuca e o pescoço com o lenço branco. Ele bufa: onde Jesus se enfiou esse tempo todo?, pergunta-se. Gostaria de poder solucionar esse mistério.

A sala vazia não recebe visitas há muito tempo. Mas está limpa. Alguém deve passar ali regularmente para fazer faxina. Tudo aparentemente igual à noite em que ele esteve ali há quase três anos. Ou assim lhe parece: o tapete de tons vermelhos, alguns quadros na parede, uma geladeira pequena como a dos motéis com um símbolo do yin e yang pregado na porta (lembra-se da tatuagem no ombro de Cícero na penitenciária), uma escrivaninha com um computador tendo ao lado um bonequinho hindu tocando flauta, duas estantes com livros, alguns porta-incensos vazios e a grande mesa no centro coberta por um feltro verde. Ele abre algumas gavetas, puro hábito. Não encontra nada significativo, nem está interessado em alguma coisa específica. Os aparelhos eletrônicos estão desligados, desconectados da rede elétrica. Ele liga o computador, uma senha é requisitada. Ele desliga. Não encontra nenhuma dica do paradeiro de Angélica. Ouve pela janela o ruído dos carros passando pela Barata Ribeiro. Lembra-se da primeira vez em que esteve ali e da atração que sentiu por aquela moça de piercing no nariz. Os dois rolando pelo tapete, nus. A maresia é percebida como um augúrio, uma lembrança do cheiro do sexo de Angélica. Vê um baralho de tarô numa estante. Figuras estranhas, como convidados de um baile à fantasia ou de um filme de terror. Aqueles personagens esquisitos escondem segredos e profecias como testemunhas silenciosas. Pedro Dom guarda o baralho no bolso e vai embora. Assaltante que se preze não sai de uma casa de mãos abanando.

8. RIO, FEVEREIRO DE 2005

Nas primeiras horas do dia 3 de fevereiro, ela dá à luz uma criança saudável na Maternidade Perinatal de Laranjeiras. O parto é normal, para a alegria da mãe (ainda não consciente da responsabilidade embutida nesse substantivo feminino que define fêmeas que parem), adepta da filosofia de que partos normais preparam melhor as crias para o mundo que terão que enfrentar depois do nascimento. Outra mulher acompanhou o parto, e alguns dos médicos desconfiam que as duas formam um casal. Mas entre Angélica e Rita prevalece mesmo só uma grande amizade, resistente até aos catorze mil quilômetros que separam Melbourne do Rio.

Passados os primeiros momentos de uma intensa e perturbadora alegria, em que Angélica sente o coração incandescer não pelas dores do parto, que não foram assim tão excruciantes — graças ao excelente trabalho do anestesista e da equipe do dr. Lincoln Medeiros, reputado obstetra, adepto de técnicas alopáticas combinadas com procedimentos de parto humanizado, tendo estudado o método Leboyer pessoalmente com Claudio Basbaum —, mas pela emoção indizível da maternidade, ela, de alguma forma, se percebe conectada a uma grande corrente ancestral que, paradoxalmente, em vez de fazê-la se lembrar da mãe, leva-a a pensar de forma intensa no pai. Não o dela própria — aquele fugidio vulto vagamente barbudo —, mas no pai da criança, a quem, naquele instante, quando indagada pelo dr. Lincoln sobre que nome terá o filho, Angélica protege com sua voz exaurida de parturiente: "Ainda não decidi".

Pedro Dom, o pai que ainda não sabe que é pai, porta-se como o mais normal dos filhos. A volta à cidade, depois de mais de um ano na penitenciária, assemelha-se ao regresso de um filho após uma longa viagem de férias. Ele passa os dias alternando manhãs de surfe nas praias do Recreio a Copacabana com madrugadas em boates e baladas, em que reencontra amigos, mulheres, pó, champanhe, camarões graúdos e as luzes refletoras que não param de piscar ao ritmo de diferentes (embora pareçam sempre o mesmo) bate-estacas sonoros: tunts tunts tunts tunts tunts tunts tunts tunts tunts tunts tunts tunts tunts...

A polícia do Espírito Santo dá Arnaldo Santos Silva como foragido, já que o detento não retornou ao presídio, mas isso em nada afeta o dia a dia de Pedro Dom.

Rever a família é bom, na medida em que é bom reencontrar entes queridos depois de mais de um ano distantes. Primeiro a emoção desmedida do reencontro, choro, beijos, abraços apertados e palavras sussurradas como preces: "Graças a Deus, meu filho, que bom te ver de volta, você está muito magro, lindo, lindo como sempre, mas magro e abatido, quer comer alguma coisa? Sofreu muito?". Depois as recriminações, os malditos conselhos da experiência, os chamados ao bom senso, as interjeições da ética e da moral: "Agora chega, hein? Hora de repensar as coisas, reavaliar tudo, que vida é essa que você escolheu? Agradeça a Deus por ter conseguido sair vivo da cadeia, isso foi um sinal, uma lição, um apelo para você mudar e achar outro caminho...".

Que caminho? Ele também alimenta dúvidas.

No caminho para a praia, nunca encontra Santiago nem o vira-lata Kelly. No caminho para as boates, se dá conta de que muitos dos velhos amigos estão presos, alguns mortos. No caminho para as bocetinhas em flor, nenhuma das gatinhas está conseguindo conduzi-lo ao plasma de quarks e glúons vislumbrado quando estava sobre (e dentro de) Angélica, de olhos fixos em seu piercing reluzente.

Num sábado Victor convida o filho para pegar uma praia em Ipanema. Estacionam o carro e caminham até a areia cheia de banhistas. Acham um lugar na altura da rua Aníbal de Mendonça. Estendem a esteira, abrem o guarda-sol. Minutos depois, Victor percebe que Pedro está inquieto.

"Tudo certo, filho?"

"Vamos vazar, achar um lugar mais adiante."

"Não está bom aqui?"

"Está vendo aquele prédio?", diz Pedro, indicando um prédio na esquina da Vieira Souto com a Aníbal de Mendonça. "A cobertura?"

Victor assente.

"Roubei duzentos mil dólares ali uma vez. Fico meio bolado de parar aqui. Tivemos de render o porteiro."

Eles vão para outro lugar, próximo do canal do Jardim de Alá, deitam sob o sol, Pedro fecha os olhos. O dinheiro está miando, as notícias são de que Quinado deve sair em mais algumas semanas, ir para o semiaberto. Ele até pensou por alguns momentos, breves momentos, em se regenerar e recomeçar a vida de forma honesta e tradicional. Mas a adrenalina é uma necessidade e nem sempre o surfe consegue dar conta das doses de hormônio de que ele necessita para viver. É hora de organizar a galera, botar o time em campo, transpirar a tensão, sentir o frio na barriga, escalar paredes, testar fechaduras, transpor portas de cofres...

Depois da praia, Pedro toma banho no apartamento de Victor. Pede ao pai que o deixe ficar ali naquela noite. Está sem pouso certo, dormindo na casa da mãe, das irmãs, de amigos, namoradas.

"Está na hora de você repensar a tua vida, filho."

"Não começa, pai. Posso dormir aqui ou não? Sem cobrança."

Victor joga na mesa os prospectos do terreno em Ressurreição, no Mato Grosso do Sul.

"Não quer tentar começar uma vida nova em outro lugar, longe daqui?"

Pedro olha as imagens do mesmo terreno desolado que já tinha visto nas fotos que o pai lhe mandara na penitenciária através de Guilhón.

"Tínhamos uma base de operações perto desse lugar há muitos anos, quando Mato Grosso do Sul era conhecido por Mato Grosso, eu me chamava Dan e ainda acreditava que o tráfico de drogas podia ser combatido."

"Tá com saudades do passado, velho?"

"Só penso no futuro. E no meu futuro você está ao meu lado."

"Você sonha demais."

"E você sonha de menos, Pedro. Eu te ajudo. Te acompanho. Você sabe que faço qualquer coisa por você."

Pedro abraça o pai.

É um abraço apertado, cheio de significado. Victor nota que ainda restam grãos de areia no cabelo do filho.

"Acho melhor eu ir embora", diz Pedro.

Victor não o impede de sair.

Na sala do serviço de inteligência da Polícia Civil, o inspetor Betinho e Bianchi fazem uma escuta telefônica. Betinho folheia uma revista de mulheres nuas, enquanto o outro policial, com fones de ouvido, se concentra no aparelho de escuta.

"No meu tempo mulher não depilava a boceta", observa Betinho, olhando a revista.

"Oi?", Bianchi retira um fone do ouvido.

"No meu tempo mulher não depilava a boceta. Quanto mais pelo, mais tesão a gente tinha. Tu gosta de bocetinha depilada? Bocetinha com bigodinho de Hitler?"

"Tanto faz."

"Eu acho uma merda, corta meu tesão."

"Pra mim tanto faz." Bianchi recoloca o fone no ouvido.

"Ei, tira o fone."

"Oi?"

"Tira o fone. Os dois."

Bianchi obedece ao superior, deixa os fones na mesa.

"Se liga na história de Cristo?"

"Cristo?"

"É, Jesus Cristo. Por que essa cara de espanto?"

"Você estava falando de boceta. Boceta com bigodinho de Hitler."

"Qual o problema?"

"Jesus Cristo não combina com boceta. Nem com Hitler."

"Você acha que eu estou meio obcecado, Bianchi?"

"Por boceta?"

"Por Jesus."

"Melhor ficar obcecado por boceta, né?"

"Por quê, Bianchi?"

"Parece mais saudável. Normal um homem ficar obcecado por boceta. Obsessão por Jesus é coisa de fanático. Um negócio meio doentio."

Betinho tira o lenço branco do bolso, enxuga a testa.

"Estou querendo descobrir por onde Jesus andou nos dezoito anos que ficou desaparecido. Aonde ele foi, o que fez, quem encontrou."

"Interessante. Eu não sabia que Jesus tinha ficado desaparecido."

O aparelho de escuta faz um som de estática, atraindo a atenção dos dois.

"Bianchi", diz o inspetor Betinho, aproveitando-se dos ruídos do aparelho, baixando o tom de voz de repente, se aproximando do outro policial, "você acha que pode ter alguma conotação homossexual?"

"Como assim?"

"Algum indício de veadagem nessa minha obsessão por Jesus?"

"Não, não. De jeito nenhum. Eu estava falando de fanatismo religioso."

"Tá certo, entendi. E a questão da boceta peluda?"

"O que tem?"

"O fato de eu não gostar de boceta com bigodinho."

"E daí?"

"É normal eu não gostar de boceta com bigodinho?"

"Normal, normal. Questão de gosto."

"Tá certo. Bota o fone, fica ligado. Eu quero pegar o playboy."

9. RIO, MARÇO DE 2005

No domingo de Páscoa a mesa está cheia, a família inteira reunida. Mesmo na cozinha ela consegue ouvir as conversas na sala. As risadas ecoando. O bacalhau está quase no ponto, dourado, assim como as batatas. É inacreditável. Nada como um ano depois do outro, pensa Lúcia enquanto retira do forno a fôrma quente com o auxílio da luva térmica. O cheiro do azeite fervente é intenso e invade a cozinha. Ela lembra da Páscoa anterior, triste e melancólica. Agora as saudades do filho parecem distantes. Mas não a preocupação. Netos correm pela casa, restos de chocolate são vistos em cantos inusitados, e até numa parede, mas quem se importa com manchas de chocolate na parede? As filhas estão felizes, os genros escutam, interessados, as histórias que o filho pródigo conta. Histórias da prisão, tentativas de fuga, rebelião. Ele continua um herói. Foragido, procurado pela polícia, insolente, vagabundo. Mas quem se importa? Continua lindo, charmoso, iluminando a todos com seu sorriso, com suas aventuras. Já ganhou um pouco de peso desde que fugiu da prisão em Vitória. Está corado, surfando quase todas as manhãs, belo como um Adônis. Pelo que Lúcia nota, ainda não voltou aos assaltos. Mas ela sabe que é questão de tempo. As tentativas de convencê-lo a mudar de vida são sempre rechaçadas. Pau que nasce torto...

"Ei, ficou pronto e você não me chamou, mãe?", diz Pedro ao entrar na cozinha. Ele faz questão de levar à mesa a travessa com o bacalhau, afinal a receita é dele, preparada com todo o esmero por ele mesmo. "Senão a galera vai pensar que você é que fez..."

Pedro não deveria se preocupar, Lúcia pensa, sorrindo por dentro. Os créditos e os méritos são todos dele, ela reforçará isso à mesa. Está feliz. Mesmo que seja só uma alegria fugaz, é muito aguda para passar despercebida ou ser desperdiçada. Pedro está de volta.

Antes que terminem de comer, Pedro ouve um recado no celular e avisa que precisa sair, que está atrasado para um encontro.

"Encontro na Páscoa?", questiona Lúcia.

"Trabalho", justifica Pedro, limpando a boca com o guardanapo enquanto se levanta.

"Ninguém trabalha na Páscoa", observa Verena.

O comentário traz um silêncio constrangido à mesa, percebido até pelas crianças, que de repente param de correr e olham para o tio.

"O coelho trabalha...", ele diz, provocando o riso das crianças.

Pedro coloca os óculos escuros que garantem seu anonimato e sai apressado.

Pouco depois das quatro da tarde, Pedro desce do ônibus no aterro do Flamengo e caminha até um posto de gasolina.

O sol de outono doura as árvores do aterro com suas sombras

ali imaginadas por Burle Marx como uma pintura em constante transformação. Quinado, com uma mochila nas costas, aguarda Pedro na loja de conveniências do posto. Os dois se abraçam, saudosos. Quinado está comendo pão de queijo.

"Acredite em amor à primeira vista", diz Quinado.

"Por que você tá dizendo isso?"

"Se você me amasse de verdade, Dom, me trazia um pouco de bacalhau."

"Foi mal."

"Um ovo de Páscoa já segurava."

"Nem lembrei. Muita pressa pra te ver. Mas eu acredito."

"No quê?"

"Em amor à primeira vista. Foi o Dalai Lama quem disse isso?"

"Como você sabe?"

Os dois saem dali, atravessam a rua e caminham por uma ciclovia no aterro, onde podem conversar com mais privacidade.

"Se não fosse o Dalai, eu não teria aguentado", diz Quinado.

Não há tempo para mais comentários. Uma Blazer preta encosta ao lado deles, o inspetor Betinho salta do carro e rende os dois rapazes, que se veem sob a mira de uma pistola de cano longo. Bianchi, ao volante, aponta pela janela aberta outra pistola na direção de Pedro Dom e Quinado.

"Acredite em amor à primeira vista", diz Pedro Dom.

Betinho ri e provoca: "Não vai me desejar feliz Páscoa? Ou pelo menos me dizer um boa-tarde. Não é proibido conversar. Ganhou chocolate hoje?".

Pedro e Quinado continuam quietos.

"Que falta de humor. Falta de humor e de educação. Pode conversar, não é proibido. Proibido é fugir da prisão depois de cumprir parte da pena com nome falso", diz o inspetor enquanto revista os dois.

Encontra uma pistola de nove milímetros na cintura de Pedro. Quinado está desarmado.

"Tá entendendo, playboy?" Betinho entrega a arma de Pedro para Bianchi. "Tu é bandido, mas não é burro, o que é raro. Deve saber que existe um crime chamado falsidade ideológica. Pomposo o nome desse crime, né? Falsidade ideológica."

"Quanto tu quer pra aliviar a bronca?", pergunta Quinado.

"Oi? Oi? Eu te conheço?", pergunta Betinho. "Quem disse que tu pode me chamar de tu, ô borra-botas? Quem disse que tu pode se dirigir a mim? Olhar pra mim?"

"Quanto?", insiste Pedro.

"Calma. Calminha. Eu não discuto esse tipo de coisa em público. Vamos dar uma volta."

Quinado e Pedro Dom se acomodam no banco de trás da Blazer. Bianchi dirige enquanto Betinho, no banco da frente, mantém a arma na mão.

"Cem mil", diz. "E deixo vocês dois em paz."

O carro se desloca pelo aterro do Flamengo.

"Não temos cem mil", argumenta Pedro. "Acabei de sair da cana, estou limpo, não assalto mais."

O inspetor Betinho sorri: "Para de chorar, bandido. Limpo onde? Tu é mais sujo que cu de macaco. Cheirador de crack. Essa conversa não me convence. E o dinheiro guardado?"

Pedro e Quinado se olham.

"É sério", diz Quinado. "Estamos sem fluxo de caixa. Podemos fazer um assalto e depois pagamos a dívida."

"Peraí, peraí! Como é que é? Para tudo. Fluxo de caixa? Ouviu essa, Bianchi? Fluxo de caixa… A que ponto chegamos. Isto aqui não é instituição de crédito, caralho. Ou é grana agora, na mão, ou os dois vão direto pro Espírito Santo. O pessoal lá está com saudades de vocês. Como chama mesmo aquele *place* maneiro? A Pedra? É isso?"

Aquele nome faz Pedro tremer. Não suporta a ideia de voltar para a prisão, menos ainda para a solitária.

"Fluxo de caixa. É inacreditável ouvir isso da boca de um bandido. Que tal uma temporada na Pedra pra calcular em paz os balancetes e fluxos de caixa da sua empresa? Hein? Fazer os cálculos e projeções para o ano? Faturamento, lucro. Hein?"

Silêncio.

"E então, como é que fica?", pergunta Betinho, forçando. "Acredite em amor à primeira vista. Agora eu entendi."

"Me dá uma chance", roga Pedro. "Um tempo, pelo menos."

"Quer uma chance? Eu te dou, playboy. Eu vou te fazer uma pergunta."

"Pergunta?"

"Isso. Se a resposta for certa, você ganha um tempo pra me arrumar a grana. Se for errada, você volta agora pra Vitória."

Pedro sente um calafrio na nuca. Algo lhe diz que ele vai voltar para A Pedra.

"Qual é a pergunta?"

10. RIO, MARÇO DE 2005

Suelen tem dezoito anos. Ela é loura e muito branca. Traz na cabeça uma tiara de pelúcia com orelhas de coelho. A tiara é a única coisa que ela tem no corpo. Está nua, montada em Colibri, também nu, na posição sexual chamada popularmente de coqueirinho. Colibri domina o tráfico de drogas na comunidade desde que seu antecessor na função, Lulu da Rocinha, foi morto numa troca de tiros com homens do Bope.

Inspirada pelo feriado de Páscoa, Suelen faz suas orelhas de coelho balançarem ao caprichado movimento de quadris. Seus seios pequenos e pontudos também se movem sincronizados como duas maracas.

Colibri, estatelado na cama king size de sua suíte no barraco de luxo no alto do morro, está adorando a brincadeira.

Suelen geme emulando uma coelha tarada, movendo os quadris com a determinação de uma batedeira elétrica. Com o movimento intenso a tiara desliza para a frente e as duas orelhas de coelho se curvam sobre seu rosto como uma franja psicodélica de pelúcia.

Victor e Lia almoçam num restaurante em Pedra de Guaratiba. Bebem vinho branco com a peixada, Victor feliz com a volta do filho. Percebe, em algum ponto do abismo de si mesmo, uma esperança de que Pedro abandone o crime, de que se deixe convencer a ir morar em Ressurreição, onde Victor tenta encontrar uma improvável conexão entre passado e futuro.

O velho tira é um otimista incorrigível. Tinha sido na Páscoa do ano passado, ele se lembra bem, que começou a procurar um refúgio para Pedro. Na cabeça de Victor qualquer possível refúgio para o filho terá de ser construído por ele mesmo, o pai. Como um pássaro preparando o ninho para o filhote que ainda aguarda indefeso dentro da casca do ovo.

Mas será que Pedro também pensa assim? Como tocar o coração oculto? Victor ainda não tinha descoberto como. Com carinho paterno, como fazia quando Pedro era pequeno e olhava o pai com admiração?

O menino tem uma chance de se recuperar. Tem que ter.

De certa forma até que a Páscoa faz algum sentido, sim. É preciso acreditar no renascimento. Na ressurreição.

"No que você está pensando? No Pedro?", pergunta Lia.

"Você lê meus pensamentos."

"Não é difícil."

"O Pedro, no fundo, é um menino bom, Lia."

"Eu acredito."

"Não sei como as pessoas que ele já assaltou reagiriam a essa afirmação, e respeito a raiva e a incompreensão delas. Respeito e aceito. Tenho que aceitar e me compadecer da raiva e indignação delas. Mas o Pedro é bom."

"Eu sei."

"Uma vez, não faz muito tempo, dois anos no máximo, antes de ser preso no Espírito Santo, ele estava com uma namorada num bar ali na Barra, sentado na varanda, de costas para a calçada. Era uma noite de julho, fazia frio e garoava um pouco. Na posição em que ele estava, conseguia ver, por uma vitrine do bar, como num espelho, o que acontecia na rua. Assim, mesmo com o bar cheio ele ficava numa posição confortável, invisível para quem passasse pela calçada, mas controlando a retaguarda pelo reflexo no vidro da vitrine. De repente ele vê um camburão da Civil encostar em frente ao bar. Não havia outra saída, ele estava encurralado ali dentro. O que ele faz? Levanta calmamente, pega um chapéu e um casaco pendurados em cadeiras de mesas próximas, veste tudo e caminha em direção à saída. Perto da porta vê um guarda-chuva encostado e pega também. Sai do bar mancando um pouco, usando o guarda-chuva como bengala e passa disfarçado pelos policiais que estavam procurando por ele. No dia seguinte mandou devolver no bar o que tinha pegado emprestado."

Lia nota que os olhos de Victor estão marejados e pega na mão dele.

"Não posso beber, fico emotivo."

"Faz bem botar pra fora."

"Ele é um bom menino no fundo."

"Eu sei, eu sei."

* * *

"Por onde andou Jesus Cristo dos doze aos trinta anos?"

Essa é a pergunta.

O inspetor Betinho manda Bianchi estacionar a Blazer, o momento é solene, exige concentração. Betinho já dá os cem mil por perdidos, mas nem tudo na vida é dinheiro, como dizia seu pai. Sente um prazer inominável em imaginar o playboy voltando para a penitenciária do Espírito Santo. Está certo que ele solto, assaltando, é uma fonte de renda constante e necessária em tempos de eleição, todos os esforços precisam ser feitos para eleger o chefe de polícia, Carlos Serafim, para a Assembleia Legislativa. Mas o prazer de humilhar o playboy e vê-lo se foder se sobrepõe às necessidades práticas e objetivas do dia a dia.

Mas o inspetor Betinho é um homem justo, religioso: vai que o bandido acerta a resposta? É improvável, mas se o puto do Pedro Dom souber por onde andou Jesus dos doze até os trinta anos ele terá uma chance de sair livre. Milagres acontecem. E se arranjar cem mil reais sai também, claro — Betinho não interrompeu um almoço de Páscoa com a família só para brincar de *quizz* com bandidos safados. Aquilo é trabalho.

"Hein? Sabe me responder isso, playboy?"

11. RIO, MARÇO DE 2005

Quando o celular de Colibri começa a vibrar insistentemente, ele experimenta o que se chama de "a pequena morte", o estágio pós-orgástico que consiste na perda de consciência ou desmaio que costuma acometer algumas pessoas depois do gozo sexual. Não obstante toda a cocaína consumida durante o coito, Colibri e Suelen desabam num sono profundo depois do orgasmo ruidoso, da apoteose da foda de Páscoa que balançou os píncaros do morro em que se descortina a favela da Rocinha. O chefe do tráfico de drogas da comunidade, o poderoso benfeitor, apagado na cama, com o corpo branco de Suelen desabado sobre si, conta ainda com duas orelhas de coelho a lhe roçar o nariz, os fios de pelúcia comprometendo seu ressonar, causando cócegas e um desconforto na hora de exprimir o ronco barulhento que em nada lembra os trinados do pássaro que lhe inspirou o apelido.

É Suelen quem primeiro ressuscita aos toques desesperados do aparelho.

"Coli, atende essa porra."

"Hã?"

"Atende o celular!"

Pedro Dom ainda há de agradecer os apelos da primeira-dama da cocaína na Rocinha. Agradecer com um louvor até exagerado, provavelmente, como é de seu feitio. Agradecerá também, para sempre, os ressuscitados da Páscoa.

Pouco antes, no aterro do Flamengo, Pedro passara pela prova atroz de tentar decifrar o enigma proposto por Betinho. Ao ser instado pelo policial a responder por onde andara Jesus Cristo no tempo oculto da Bíblia e dos Evangelhos, dos doze aos trinta anos de idade, respondeu:

"Jesus esteve no Oriente, sob a identidade de Issa, o menino iluminado, vivendo entre os janistas, onde estudou os textos védicos com sacerdotes brâmanes. Depois de perambular por cidades santas na Índia, Issa teve que fugir, acusado de dar instrução védica às castas inferiores e espalhar a ideia de que a divisão social por castas ia contra a vontade de Deus. Ele foi para o Nepal, se dedicou aos estudos das escrituras budistas por vários anos e começou a viajar para o Oeste, ficando famoso por seu apoio às minorias sociais mais carentes e por denunciar a hipocrisia da classe sacerdotal. Foi expulso da Pérsia e finalmente retornou à Palestina, onde completou trinta anos no dia 25 de dezembro."

Depois da resposta houve um silêncio.

"Como você sabe?", perguntou inspetor Betinho, atônito.

"Eu encontrei Jesus", disse Pedro.

"Encontrou no sentido figurado."

"Não. Eu vi Jesus pessoalmente."

Betinho, Bianchi e Quinado permaneceram silenciosos, solenes. Foi como se um vento miraculoso do deserto da Judeia soprasse entre as palmeiras e angicos-brancos do aterro do Flamengo. Em condições normais o inspetor Betinho teria acusado Pedro Dom de heresia e o chamado de cara de pau (além de insolente e atrevido), mas alguma coisa naquelas palavras o impressionou profundamente. O policial limitou-se a ordenar que Bianchi pusesse a Blazer em movimento. Ele estava passado.

"Pra onde?", perguntou Bianchi ao ligar o motor.

"Pra lugar nenhum. Dê umas voltas, sei lá."

Rodaram a esmo por alguns minutos.

"Sou um homem justo, Pedro Dom", disse Betinho, sentindo-se estranho, desconfortável, como se falasse sem pensar. "Você respondeu a pergunta. Me dá os cem mil e vocês estão liberados."

"Quanto tempo eu tenho pra reunir a grana? Dois dias?"

"Dois dias?", Betinho logo recuperou a fleuma. "Tá maluco? Duas horas no máximo. E aqui do meu lado. Você tem duas horas pra arrumar essa grana por telefone. Minha família está me esperando em casa."

"Assim fica difícil", disse Pedro.

"E não adianta me chamar pra ir com você assaltar uma casa."

"Não estou cogitando essa possibilidade."

"Pede pra Jesus te ajudar."

"Eu conheço alguém", disse Quinado.

"Quem?", perguntou Pedro.

"O Colibri."

"Colibri, Colibri", disse Betinho com tom de ironia e voz aguda, sem descuidar da mira da arma apontada para Pedro e Quinado o tempo todo. O inspetor tentava aparentar descontração, porém ainda estava abalado com a resposta surpreendente de Pedro Dom sobre o paradeiro de Jesus. Sabia que havia perdido um ponto ali. Pior, descobriu naquele momento que sente uma incômoda admiração pelo playboy. E receio também. Receio de que Jesus possa olhar por Pedro Dom.

12. RIO, MARÇO DE 2005

Colibri atende ao telefonema de Quinado e aceita pagar pelo resgate dos dois bandidos. Em poucos minutos envia dois emissários de moto, Xandão e Etô, com os cem mil de Betinho em espécie. Feito o pagamento, o inspetor Betinho libera Pedro Dom e Quinado, que são conduzidos por Xandão e Etô até a Rocinha. Quinado está eufórico com a liberdade (ou com o que ele acha que configura a liberdade deles, os dois ali na garupa das motos, cabelos balançando ao vento a caminho de encontrar seu benfeitor), mas Pedro Dom sabe que terão que pagar até o fim, tostão por tostão, com eventuais juros acrescidos, a dívida que agora têm com o traficante. Sabe também que o inspetor Betinho, ciente de sua volta à cidade, ficará atento a seus movimentos para cobrar sua parte do quinhão.

Dom e Quinado sobem o morro com Xandão e Etô até o barraco de luxo de Colibri lá no alto.

"Na paz, estão em casa", recepciona o traficante, passando a mão pelo rosto dos dois, numa atitude paternal. "O Betinho é casca, mas quando molham a mão dele vira moça."

Todos riem, é importante achar graça das brincadeiras do chefe. Suelen, a primeira-dama, observa distraída o movimento, sentada numa poltrona num canto da sala, lixando as unhas de pernas cruzadas.

"Agora vocês ficam aqui, na minha proteção. Xandão e o Etô vão arrumar um cafofo decente pra vocês. Ficam aqui até acertar a dívida, sem prazo, na moral."

"Já é", concordam os recém-protegidos.

"Vão assaltando, eu forneço a condição, vocês pagam o dízimo."

Todos riem. A alusão ao dízimo é uma ironia, que fique bem entendido. Na verdade eles terão que pagar bem mais que um dízimo de cada butim.

"Quando zerar a dívida, vocês decidem se querem continuar aqui ou não. Serão sempre bem-vindos, meus convidados, irmãos dos meus irmãos. Querem uma cerveja, uma branca pra comemorar?"

"Nada não, obrigado", diz Pedro. "Queremos agradecer a consideração."

"A casa é sua, Dom."

Mais tarde, já instalados num cômodo de alvenaria com banheiro, Quinado diz: "Tu é foda, maluco. Que porra foi aquela do paradeiro de Jesus? Doideira, meu irmão. Foi o pastor Scarface que te ensinou essas paradas?"

"Se liga, eu pensava que o pastor era maluco, que ele achava que era Jesus Cristo. Foi ele que disse tudo aquilo pra mim, sim. Aquilo e muito mais. Eu poderia participar de um *quizz show* sobre Jesus. Mas eu pensava sempre que era só um maluco delirando pro meu lado."

"Não pensa mais?"

"Não é isso. É que rolam loucuras por aí, né? E se ele for Jesus mesmo? Uma reencarnação, tá ligado? E se o Homem veio me dar a letra pessoalmente, pra me salvar?"

"Então pede proteção pra ele. Mais proteção. E bom senso. Se ligou que a branquinha ficou te dando moral? Mostrando a xereca lisinha e tudo?"

"A mulher do Coli?"

"Psss! Fala baixo. Nem pensar em se engraçar com a vagabunda, pelo amor de Deus."

"Não tô com cabeça pra isso."

"Deu pra ver que estava sem calcinha."

"Quer saber? É mais provável que o pastor seja só um maluco mesmo e tenha inventado aquela doideira de Issa, menino iluminado, só de onda ou de loucura. Melhor não confiar em Jesus pra aliviar a nossa bronca. Estamos fodidos, Quinado. Não dá pra confiar em mais ninguém. Numa espécie de semiaberto aqui na Rocinha, devendo dinheiro pro chefe do tráfico e pro chefe de polícia. Devendo até pra Jesus. Não se iluda, brother. Continuamos na prisão."

13. RIO, JUNHO DE 2005

No apartamento luxuoso em Ipanema, Vanda ouve "As Quatro Estações", de Vivaldi. A capa do CD, uma edição importada da gravação da Orquestra Sinfônica de Munique, está afundada no tapete felpudo. Enquanto ouve a música, ela lê O *Zahir* confortavelmente sentada numa poltrona próxima à janela da sala. Vanda não está conseguindo se concentrar na leitura, os violinos de Vivaldi a embevecem e a distraem do romance de Paulo Coelho.

A campainha toca. Ela grita para Lucila, na cozinha, enquanto se levanta: "Deixa que eu atendo!".

Está precisando mesmo de uma pausa, a combinação de Vivaldi e Coelho não se mostra muito harmônica: magos de diferentes estratos. Ela larga o livro aberto na poltrona, vai até o aparelho de som e diminui o volume. Antes de abrir a porta, olha pelo olho mágico. Estranha o porteiro não ter anunciado que alguém estava subindo, eles sempre ligavam pelo interfone. Vai ver avisaram Lucila e a empregada não disse nada. Lucila é muito desligada. Eficiente, honesta, limpa. Mas desligada. Difícil encontrar uma empregada perfeita. Vanda vê um rapaz, que confunde com um dos amigos da filha.

Ela abre a porta.

"Sei que você tem joias aqui. Quero tudo", diz Pedro Dom tocando de leve a Walter de nove milímetros na testa de Vanda. Quinado entra depressa no apartamento, percorre os cômodos e volta com a empregada Lucila e a filha de Vanda, Stephanie, de dezessete anos, rendidas. Quinado ordena que as três mulheres sentem no sofá, sob a mira de sua Glock. Corta fios de telefone, recolhe celulares. Pedro Dom vasculha o apartamento atrás das joias que uma informante garantira existir ali.

Pedro não encontra as joias, volta à sala: "Cadê as joias, dona?".

"Eu não tenho joias", diz Vanda. "Vendi tudo quando me separei."

"Cadê?"

Vanda fica em silêncio.

Pedro dá um tapa no rosto da mulher, a violência do golpe faz o corpo de Vanda se dobrar no sofá.

"Não mente pra mim, porra!"

Lucila e Stephanie gritam, começam a chorar.

"Silêncio, engole esse choro!", ordena Quinado.

"Não tenho joia, garoto! Leva o celular, a televisão, o aparelho de som, o que você quiser. Não tenho joia!"

"Não queremos merreca", diz Quinado.

"Então vão embora daqui", retruca Vanda.

Pedro puxa Stephanie para perto de si, pressiona o cano da Walter contra a cabeça da menina: "Vou levar a garota pro quarto".

Stephanie chora baixinho, fecha os olhos.

"Se eu encontrar as joias, dou um tiro na cabeça dela", Pedro diz sem exaltação, se encaminhando para o corredor.

"Espera", diz Vanda. "Solta a minha filha, pelo amor de Deus!"

"As joias."

Vanda levanta, sente as pernas bambas. Indica a Pedro e Quinado o compartimento secreto no banheiro do quarto em que esconde as joias. Quinado guarda as joias num saquinho de pano, Pedro Dom solta a menina. Vanda e Stephanie se abraçam, choram, nem percebem os dois bandidos saindo do apartamento.

Aos quatro meses o olhar deixa de ser estrábico.

"O olho dele é azul", diz Rita. "Igual ao do pai, pelo que você diz."

Rita e Angélica observam o bebê no berço, depois de mamar, pronto para dormir.

"É cedo pra saber, Rita. A cor do olho muda", observa Angélica.

O bebê impulsiona os bracinhos pra cima como se quisesse pegar alguma coisa.

"Agitado!", observa Rita.

"Igual ao pai."

"Ele saiu da prisão?"

"Não sei, Rita."

"Não está na hora de saber? Tem rolado umas notícias, você viu, te mostrei. Pedro Dom voltou a assaltar. Barbarizando…"

"Não quero saber."

O menino sorri para a mãe.

"Olha! Ele riu."

"Riu para a mãe."

Agora ele sorri para Rita.

"Riu pra mim também!"

"*Você* riu pra titia, neném?", diz Angélica, conversando com o filho. "Hein? Riu?"

"Ele deve achar que eu sou o pai."

"Ele tem duas mães", diz Angélica.

Rita pega o bebê no colo, o abraça e beija. Em seguida diz: "Angélica, eu preciso voltar pra Austrália, não posso mais ficar aqui. Você tem que avisar o Pedro Dom que ele tem um filho".

"Não sei se eu quero fazer isso."

"Não é uma questão de querer."

"Se ele saiu da prisão, como vou encontrar o cara? Se nem a polícia sabe onde ele está…"

Angélica pega o filho do colo da amiga e o reconduz ao berço.

"O baralho", diz Rita.

"Que baralho?"

"O tarô, porra. Você acredita ou não nesse negócio? A gente não consulta o tarô quando está em dúvida sobre alguma coisa?"

"O baralho ficou no consultório. Faz tempo que não passo lá. Não tenho tempo pra isso agora, Rita."

"Vai ter que arrumar tempo, mamãe. Semana que vem eu volto pra Melbourne."

"Já?"

"Eu te avisei."

"Não avisou nada."

Rita envolve a amiga num abraço: "Angelita, eu não sou o pai dessa criança".

14. RIO, JULHO DE 2005

Copacabana.

Ele dá muitas voltas mas sempre acaba em Copacabana. É bom caminhar por aquelas ruas. Nas bancas, jornais divulgam mais um escândalo no governo, o Mensalão. Anunciam também uma onda de assaltos a residências promovida pela quadrilha do bandido fashion, o playboy assaltante, o temido Pedro Dom, o homem que não sorri. O país é governado por bandidos, finalmente descobriram. Mas por que continuam a dar tanta importância a um simples assaltante de residências? Talvez porque assaltantes de colarinho-branco não apontem armas para a cabeça de meninas de dezessete anos.

O assalto ao apartamento de Vanda deu o que falar. Não se ameaça de morte uma adolescente da Zona Sul impunemente. Ele sabe que exagerou ao apontar a arma para a garota, mas foi a única maneira de fazer a mãe dizer onde estavam as joias. Ele não iria matá-la. Mas tem consciência do prejuízo psicológico causado à jovem por uma ameaça dessas. E conhece os riscos que se correm em tais situações: algo escapar do controle, alguém dar um movimento em falso, um tiro ser disparado à revelia do atirador...

Ele exagerou. Sabe que o exagero proveio de uma atitude de desdém, de indiferença a tudo, motivada por sua situação, acuado por forças que não consegue conter. Também tem cheirado muito. A vida não anda fácil. Assaltos em série burocráticos, em que a adrenalina não é produzida em níveis suficientes para garantir a satisfação e o prazer. Colibri paga pouco pelas joias e pelo dinheiro roubado, o esforço das ações não gera nenhum lucro, tudo escorre no ralo do pagamento da dívida. A falta de perspectivas e o desânimo tomam conta de seu espírito.

Mas ele sorri. Quem disse que não sorri? Não o reconhecem por trás das lentes dos óculos Ray Ban. Mas, pela frequência com que seu rosto tem saído nos jornais, logo o reconhecerão. Ele não tem motivos para sorrir, vive numa prisão domiciliar na Rocinha, deve dinheiro ao mais poderoso traficante de drogas da cidade e foi enredado pelo grupo do chefe de polícia, que conta com seus assaltos para abastecer o caixa dois eleitoral.

Ele sorri. Sorri porque está em Copacabana. Acaba de visitar Lúcia no antiquário e agora refaz os passos dela em direção à floricultura na esquina da Santa Clara, o santuário materno. É preciso ser rápido, no entanto.

Na Flora Santa Clara, ele escolhe um buquê de rosas varia-das. Pega um envelope, anota ali o endereço do apartamento que assaltou há poucos dias e escreve duas palavras para Vanda, a mãe de Stephanie, a menina de dezessete anos que ele ameaçou com o cano da Walter grudado à têmpora: "Não precisava".

Não precisava. As palavras não redimem sua culpa, mas sente-se na obrigação de se justificar de alguma maneira. São os ossos do ofício. A fama começa a atrapalhar seus movimentos. A fama, a culpa, a maturidade.

E o pó.

Ele é muito jovem, ainda não completou vinte e quatro anos, mas vive como se estivesse se aproximando de um muro (entre as várias definições possíveis, maturidade pode ser descrita como a consciência da aproximação de um muro.)

Nessa profissão, ele sabe, não se vive muito.

Lembra o que um delegado lhe falou quando ele tinha treze anos, na primeira vez em que foi detido ali mesmo na Nossa Senhora de Copacabana: "Você sabe como os bandidos acabam, Pedro?".

"Não senhor".

"Ou embaixo da terra, num caixão, ou numa cela de prisão."

Voltar a uma cela de prisão está fora dos planos, Pedro Dom tem a consciência aguda de que o muro se aproxima. Que não seja um muro de lamentações: ele fecha os olhos, vira o rosto para o sol e reencontra os vaga-lumes (que parecem abelhas) voando em zigue-zague. Quando pensa que desapareceram, aperta os olhos e eles ressurgem no mesmo lugar.

15. RIO, JULHO DE 2005

O investigador Reinaldo Melo leva a namorada à boate Calígula. Eles dançam na pista, voltam para a mesa, bebem champanhe. Reinaldo está ansioso, preparou uma surpresa.

Numa mesa próxima, localizada atrás de uma coluna, Pedro Dom e Suelen se beijam.

"Tu é maluco", diz Suelen numa pausa rápida entre dois beijos. "Se o Coli souber, te mata."

"Só eu? E você, ele não mata?"

"Eu desapareço, se quiser."

"Desaparece? Pega um voo pra Miami?"

"Não, eu desapareço mesmo, sumo."

"Como?"

"Já trabalhei como assistente de um mágico. A gente fazia show pra crianças em Itaboraí."

"Entendi. Você desaparece no ar."

"Isso. Sei tirar coelho da calcinha, soprar fumaça pela boceta, desaparecer embaixo de lençol e adivinhar a cor da cueca dos homens."

"Qual a cor da minha?"

"Preta. O Coli adora quando eu tiro um anel de brilhantes do saco dele."

"Você tira anéis do saco dele?"

"Arrã. Fico passando a mão na virilha dele, fazendo um carinho gostoso no saco, e de repente, plim, aparece um anel de brilhantes no meu dedo. Tá certo que depois ele é que paga pelo anel, mas o efeito psicológico é incrível."

"Vai precisar de mais que isso pra escapar do Colibri."

"O cara é louco por mim. Pode até querer, mas não consegue me matar. É dependente deste corpinho aqui."

Suelen sorri e Pedro repara em seus dentes encavalados.

"Se quiser, posso tirar uma pérola do teu cu", ela diz.

"Vamos com calma."

Dom volta a beijá-la, o papo é excitante, a situação mais ainda. Quem sabe ela não ache um anel no saco dele também? As pérolas podem esperar.

Na outra mesa, Reinaldo encara Silvana com gravidade. É chegada a hora: "Silzinha, hoje é um dia muito importante pra mim. Consegui uma promoção na polícia".

"Parabéns, amor!"

"Não é só isso. Decidi estudar pro vestibular de direito, dar um rumo novo pra minha vida. Algum dia ainda vou ser juiz."

"Bom demais. Estou orgulhosa. Você vai ganhar um presente hoje."

"Então acho que nós dois vamos ganhar presente. Se você topar…"

"Quer fazer sacanagem? Me comer por trás?"

"Também, também. Mas antes quero propor uma coisa…"

Reinaldo traz um par de alianças no bolso.

"Já volto", Pedro Dom diz a Suelen.

Ele se levanta, vai ao banheiro, cheira um punhado de cocaína usando a mão como repositório para a droga. A vida entrou no modo descontrole. Vamos aproveitar, o futuro não se sabe. Ele vê o próprio rosto no espelho, as narinas vermelhas, irritadas, o olhos fundos como um túnel. Não se preocupou em pôr óculos escuros, não há tempo a perder com disfarces. A roleta gira, a sorte vai definir o próximo lance. Sai do banheiro, as luzes piscam, o som castiga os tímpanos, tunts tunts tunts tunts tunts tunts tunts tunts tunts tunts tunts tunts tunts...

Cheiro de suor, urina, desodorante, loção de barba.

Mofo.

Foi loucura aceitar se encontrar com a namorada do Colibri, mas ele não está podendo desperdiçar adrenalina. No dia anterior, ao voltar para o quarto/cela em que vive com Quinado na Rocinha, percebeu um papel no bolso traseiro do jeans. Um bilhete. Quem tinha botado um bilhete em seu bolso sem que ele percebesse?, pensou. Seria um recado de Jasmim? A antiga namorada anda perseguindo Pedro Dom desde sua volta, embora não faltem negativas dele para desencorajá-la. Não quer envolvimento sério com ninguém. Mas não era Jasmim a autora do bilhete. Quem o subscrevia — além *do que* escrevia — foi capaz de estimular, para espanto de Pedro, a produção da preciosa adrenalina.

Mágica pura. Por isso ele não havia notado Suelen pôr o bilhete em seu bolso. Ponto para ela. E para a adrenalina.

Ele segue caminho pelas veredas sombrias da Calígula: pessoas dançando, falando, rindo, passando pra lá e pra cá, e ele esbarra no ombro do investigador Reinaldo, sentado à sua mesa. Muito escuro, desculpa-se, continua andando. Tunts tunts tunts tunts tunts tunts tuns tunts tunts tunts tunts tunts tunts...

Reinaldo olha de relance, reconhece aquele rosto, pensa ser

algum conhecido, mas logo se toca. É Pedro Dom, o assaltante fashion procurado pela polícia. A foto dele está em todas as delegacias da cidade.

Reinaldo se levanta, já sacando a arma do coldre sob a jaqueta.

"Ei!"

"Amor?", diz Silvana, sem entender a atitude de seu quase noivo.

"Mãos pra cima!", ordena o policial. "Pedro Dom!"

Ao ouvir seu nome já perto da mesa onde está com Suelen, Pedro se vira, saca a Walter e a aponta para a cabeça da namorada de Colibri: "Se atirar eu mato a moça!", grita, puxando Suelen da mesa com violência. "Joga o berro no chão!"

Os frequentadores da boate se alvoroçam, gritos, tensão, a música para de tocar. Reinaldo larga a arma cuidadosamente: "Solta a moça. Ela é inocente".

"Ninguém é inocente."

Pedro e Suelen saem da boate, simulando a cena bandido e refém. Suelen, além de mágica, é uma excelente atriz. Pegam um táxi na porta.

"Se ele atirasse, tu ia me matar?", ela pergunta.

"Claro", ele diz.

16. RIO, JULHO DE 2005

O celular toca sem parar.

Pedro Dom demora a abrir os olhos e entender o que se passa. A ressaca é braba, a cabeça pesa.

"Alô?"

"Caralho, Dom."

"Quinado?"

"Onde é que tu tá?"

A pergunta é boa. Onde ele está?

Olha em torno. Sim, um motel. O Escort Motel, em São Conrado. Suelen já desapareceu, não tem ninguém a seu lado na cama. Deve ter sido mais um truque de mágica dela. Abracadabra, sumiu. Levou junto a bocetinha lisa e úmida, os peitinhos ritmados, o corpinho branco e elétrico, as orelhas de pelúcia...

Ela usou mesmo orelhas de coelho durante a foda ou ele está tendo uma alucinação? De onde tirou aquelas orelhas? Quando? Em que momento da trepada orelhas de coelho brotaram do crânio de Suelen como mágica? Os dentinhos encavalados de coelha torta.

Nenhum anel de brilhantes brotou dos testículos de Pedro Dom. Tampouco pérolas surgiram de esconsos ainda mais inusitados. Não que se lembre.

"Alô! Tá aí, Dom?"

"Sim."

"Onde?"

"Num motel."

"Onde?"

"Num motel!"

"Entendi. Motel onde?"

"Em São Conrado."

"Fodeu, brother."

"Fodi."

"Não perguntei se você fodeu. Eu disse que fodeu pra você."

"Por quê?"

"A refém que tu fez na boate ontem. Só se fala disso no rádio, na tv. O motorista do táxi que vocês pegaram disse pra polícia que deixou vocês no Vidigal. Também falou que a moça estava aos beijos contigo, tipo síndrome de Estocolmo."

"Foi síndrome de Ipanema mesmo."

"Maluco, me jura que a refém não era a Suelen."

"Por que eu vou me foder?"

"Se tu comeu a Suelen, vai se foder, porque o Colibri vai te matar."

"É só você não contar pra ele."

"Cadê ela?"

"Sei lá. Vazou, sumiu. A garota é mágica."

"Tá doidão, Dom?"

"Sério, ela faz mágica de verdade."

"Acorda, brother. Qual foi a parada da boate?"

"Um sujeito me reconheceu. Cana, mas acho que ele não estava lá atrás de mim, foi coincidência."

"Tá dando mole, Dom. E se a Suelen abrir o bico pro Colibri?"

"Não quer pegar uma moto e vir aqui me buscar?"

"Delirou? Não disse que fodeu? A polícia montou uma operação especial, tem mais de quinhentos homens te caçando no Vidigal e no entorno da Rocinha. Aliás, se o táxi deixou vocês no Vidigal, tá fazendo o que num motel em São Conrado?"

"Tentamos entrar num motel na Niemeyer, mas eles não aceitam casais a pé. Viemos andando até São Conrado."

"Mais uma mágica da Suelen."

"Ela tem os dentinhos encavalados, já reparou? Como uma coelha."

"Cara, tu tá estranho."

"Vem me buscar, conversamos pessoalmente, melhor evitar o telefone."

"Não entendeu, Dom? Tem um exército na rua querendo te pegar."

"O que Dalai Lama faria no meu lugar?"

293

"Ficaria aí, parado. Eu acho. Meditando."

"Já é. Mais tarde a gente se fala."

"Dom?"

Ele desliga, veste a roupa, sai do quarto, pula o muro. Não há tempo para meditação. Joga o celular num bueiro, ele pode estar grampeado. Caminha até a avenida Prefeito Mendes de Moraes, perto da praia entra numa loja de artigos para surfe, windsurfe e asa-delta. Tem um bom dinheiro em cash, compra uma bermuda, óculos escuros e uma prancha. A arma está escondida na cintura.

Uma prancha. Hora de baixar a adrenalina. Ou potencializá-la ao máximo.

Pedro Dom tira o dia para surfar na praia de São Conrado, enquanto a poucos metros dali centenas de homens das polícias Civil e Militar vasculham o morro do Vidigal atrás dele, numa megaoperação comandada pessoalmente pelo chefe de polícia, Carlos Serafim.

17. RIO, JULHO DE 2005

Quinado pega a moto e desce até o asfalto. Não se pode deixar um companheiro na mão. Não o Dom. O cara é maluco. Arrojado além da conta. Pegar a mulher do Colibri ultrapassa qualquer regra de bom senso. O tipo da coisa que não se faz. É como assinar um decreto da própria morte. Com letras gigantes, coloridas.

Um grupo de meninos picha alguma coisa num muro, Quinado continua descendo, a moto desvia de uma vala, lá embaixo a vida pulsando.

Os perigos chamam, os prazeres chamam. Tudo misturado. As armadilhas e as maravilhas.

Ele segue em frente, desviando.

* * *

Em Copacabana Angélica resolve ir ver seu consultório de tarô. Faz tempo que não passa por ali. Aproveita o tempo entre duas mamadas, depois de deixar o bebê aos cuidados de Rita. O consultório está limpo e organizado, da mesma maneira que deixou meses atrás. Diana, a diarista, passa uma vez por semana para tirar a poeira e limpar os vidros. Está tudo aparentemente no lugar certo. Mas ela não foi até ali só para verificar a higiene da sala e a eficiência da faxineira. Ela quer consultar os arcanos, em busca de seu próprio destino.

O que fazer agora que Rita vai voltar para a Austrália? Será que deve procurar Pedro e lhe contar que ele tem um filho? Como ele reagirá ao fato de ela ter decidido ter o filho sozinha, sem avisá-lo? Ele é um bandido violento, ela tinha lido na internet sobre o assalto em que ele ameaçou uma jovem de dezessete anos e sobre a fuga de uma boate em que usou uma moça como refém para escapar da polícia.

Esse é o cara com quem ela tem um filho. Ela quer compartilhar esse filho com ele? Ela deve? Precisa disso? Existe uma obrigação moral, ética? Ou tudo depende só dela, é uma questão de direito da mulher e assunto encerrado?

Deve consultar a Constituição brasileira? Os direitos da mulher segundo a ONU?

Ela procura o baralho de tarô, mas não o encontra. Ele deveria estar na estante, ao lado da imagem do buda sorridente, onde sempre o deixa. Vasculha gavetas, a mesa, as cartas não estão em lugar nenhum. Liga para Diana, a diarista, ela não sabe onde está o baralho, não mexeu nele.

Angélica tem outros baralhos de tarô, mas aquele é o principal. O oficial, o baralho no qual ela confia. Ela desiste da consulta, o destino se revela de maneiras surpreendentes.

Estranho o baralho ter sumido.

* * *

Pedro Dom volta à Rocinha à noite, depois que a polícia já desistiu de encontrá-lo. Está corado graças a um dia inteiro passado na praia, surfando. Os braços e as pernas doem, desacostumados ao exercício. O cabelo está ressecado pelo sal, os olhos ardem.

Um dia perfeito.

Quem o vê se deslocar pela autoestrada Lagoa-Barra a pé e com a prancha debaixo do braço pode confundi-lo com um garotão qualquer, morador de São Conrado, voltando ao calor de sua casa depois de um dia de curtição na praia. Quando chega a seu quarto/cela na Rocinha, entretanto, Pedro não encontra calor nenhum, só a brisa fria da noite de julho e o cômodo vazio com as luzes apagadas. Estranha não ver Quinado por ali. Depois de tomar uma ducha, Pedro ouve batidas na porta.

"Colibri tá te esperando lá em cima", avisa Etô. "Quer trocar uma ideia contigo."

18. RIO, JULHO DE 2005

À noite elas caminham pela via Ápia. Não estão em Roma, chegam ao largo do Boiadeiro. Não há bois por ali, continuam subindo. O labirinto vai se estreitando à medida que elas sobem, não estão em Creta.

A Rocinha não é só uma cidade dentro da cidade; são várias cidades sobre a cidade.

Na Tenda de Umbanda Amor e Compaixão, Mãe Augusta desliza pela pequena sala de azulejos brancos com a desenvoltura de uma bailarina.

"Olha ela lá", diz Angélica.

Rita está achando tudo muito excitante. E um pouco assustador.

As pessoas cantam e dançam em homenagem a Xangô, Jasmim entre elas. Com o cabelo longo e solto, requebrando em transe, Angélica não reconhece Jasmim. Homens tocam atabaques. Antes que Mãe Augusta perceba a chegada de Angélica, é Jasmim quem vê a patricinha do piercing entrar no terreiro acompanhada de uma moça. Jasmim olha com curiosidade, suor escorre de sua testa, ela para de dançar, esfrega os olhos com a palma da mão: a patricinha traz um bebê junto ao peito, enrolado num pano como um bebê canguru.

Pedro chega ao barraco de luxo de Colibri acompanhado por Etô (ou vigiado por ele?).

O traficante organiza uma night em homenagem a Xangô. Ou em homenagem a são Cristóvão. Tudo a mesma coisa, no fundo. Xandão e outros soldados de Colibri estão ali. Divertem-se, jogam sinuca, bebem uísque, cheiram pó. Garotas se espalham pelo ambiente, música funk entra pelos ouvidos: *Vou mandando um beijinho, pra filhinha e pra vovó, só não posso esquecer, minha eguinha pocotó...*

Pedro cheira algumas linhas, troca ideia com a galera.

Pocotó, pocotó, pocotó...

Querem saber como ele escapou do cerco, ouvem atentos suas histórias, a fama do playboy crescendo. Pedro não vê Colibri nem Suelen. Estranha um pouco, mas não pergunta por eles. Mantém a pose. Também não vê Quinado. Olha para os lados, Etô diz que Colibri espera por ele na suíte.

"Aceita uma linha?", pergunta o traficante assim que Pedro entra no quarto. "Pode escolher", diz, fazendo um gesto na direção de carreiras de cocaína esticadas sobre uma mesinha de vidro como uma família de taturanas albinas. Uma moça negra está deitada nua na cama king size.

"Obrigado", diz Dom. "Já cheirei muito."

"Quer comer a Soraia?", pergunta Colibri, apontando a moça na cama.

Pedro não entende se a proposta é séria. Faz que não com a cabeça: "Obrigado", diz, "já trepei muito", e ele não está mentindo.

"Soraia!" Colibri faz um gesto com a cabeça, a moça se levanta da cama, cata roupas pelo chão e sai. Etô a acompanha.

Dom e Colibri estão sozinhos.

"Acabaram de me contar", diz o traficante.

"O quê?"

Colibri cheira uma carreira, depois outra, num suspense quase insuportável.

"O Quinado dançou", revela depois de uma fungada ruidosa. O traficante parece perscrutar Pedro, como se quisesse perceber sua reação à afirmação. Pedro permanece impassível, encarando Colibri.

"Foi pego na blitz. Saiu daqui dizendo que ia te resgatar. Eu disse pra ele não ir."

"E agora?"

"E agora? O que tu acha?"

"Não acho nada."

"Ele vai voltar pro Espírito Santo."

"Não tem jogo?"

"Acabou o jogo, meu irmão."

Os dois se encaram. O olhar de Colibri é ameaçador.

"Pra ele", diz o traficante. "O jogo acabou pra ele."

Pedro sente o golpe. Além do pesar e da culpa pela prisão do amigo, pressente o que aquilo quer dizer. Antes de Colibri proferir a frase, Pedro Dom sabe que as coisas vão piorar para o seu lado.

"Agora tu vai ter que encarar a dívida sozinho. A bronca é tua, compadre."

19. RIO, AGOSTO DE 2005

Meio-dia, céu azul profundo de inverno e o sol incide melancólico sobre uma viela na Rocinha. Pedro Dom se depara com uma parede, nela está pichado seu nome.

PEDRO DOM em tinta vermelha sobre o fundo ocre descascado.

Pedro Dom, nada mais, com um pouco de tinta escorrida das letras, lembrando filetes imóveis de sangue seco.

A visão causa um impacto no bandido playboy, o Sísifo da favela, arrastando joias roubadas morro acima: as letras parecem gravadas em brasa em seu peito. Nem a visão de si mesmo poderia ser mais impactante. Lido ali, grafado com as letras em sangue, aquele nome adquire uma qualidade diferente, como o nome de outra pessoa. Ou a pessoa de um outro nome.

O mito crescendo, cobrindo o Pedro Dom de carne e osso como a sombra de uma asa negra. Há dias ele vagueia angustiado por ali. Culpa-se pela prisão de Quinado, tem vontade de enviar para ele um livro com frases do Dalai Lama. Gostaria de encontrar o pai, desabafar, queria ver a mãe, abraçá-la, mas o cerco em torno de si vai se fechando aos poucos, asfixiando-o lentamente. Os jornais falam dele. Bandido famoso deixa de ser interessante para os grupos da polícia corrupta. A fama acaba por se tornar uma ameaça. A opinião pública pressiona para que ele seja preso, e se a polícia o prender ele poderá denunciar policiais corruptos.

Uma equação complexa se exibe naquele muro.

"Pedro Dom!"

Um grupo de meninos chama por ele. Não o chamam, na verdade. Apenas o saúdam por trás de sorrisos admirados e banguelas. Pedro Dom é um herói, uma lenda na comunidade, um nome escarlate imortalizado no muro descascado. Aos meninos basta que ele sorria e acene de volta.

É o que faz, embora deseje fazer mais: pagar um rango, uma escola, uma fuga para outra vida que não a prometida por padres, pastores, pais de santo, chefes de boca e chefes de Estado. Ele segue andando.

Mais à frente, ao alto, vê uma roda formada por soldados do tráfico. Os esquálidos recrutas trajam bermudas, bonés, chinelos, fuzis e metralhadoras. No centro da roda Etô aponta uma pistola para dois garotões ajoelhados.

"Ajoelhou, tem que rezar", vaticina Etô com a magnanimidade dos carrascos. Em vez de rezarem, os dois rapazes apenas rogam por clemência.

"Nós vamos pagar, eu juro!", diz um deles.

O outro está nervoso demais para falar alguma coisa.

Pedro Dom se aproxima: "Qual é a parada?".

"A parada, meu irmão", diz Etô, o magnânimo, "é que os pleibas devem o cu e as calças. Dei todas as chances, não pagaram, agora vão morrer."

Simples assim.

Pedro tem consciência de que o código de honra de traficantes e usuários pressupõe uma cláusula fundamental, pétrea e imutável: comprou tem que pagar.

Simples assim.

Ali no patíbulo não há espaço para perdão.

"Quanto?", Pedro pergunta.

"Quanto o quê?", diz Etô, impaciente.

"O cu e as calças."

Os soldados de bermuda riem, se divertem.

"Cinco barão, dinheiro a dar com pau."

"Puta que o pariu! Vacilões", diz Pedro. Ele tira cinco mil reais da mochila e entrega a Etô. Pega a Walter de nove milímetros e dirige a mira aos ex-condenados: "Vaza! Se eu encontrar um dos dois por aqui de novo, eu mato. Vacilões!".

Os meninos saem correndo, os soldados de bermuda riem, se divertem.

20. RIO, AGOSTO DE 2005

Ela caminha pela estrada Guandu do Sena. Passam poucos carros e ela não está com vontade de pedir carona nem de esperar um ônibus. Prefere caminhar.

Poderia caminhar o dia inteiro e a noite inteira. Poderia caminhar por semanas. Poderia caminhar até cair morta. Ela respira fundo. O cheiro de carniça se confunde com o perfume de eucaliptos. Há montanhas ao longe, a vegetação é verde e úmida, alguns urubus se aglomeram em volta de um bicho morto. A estrada é de asfalto esburacado. Tudo na cidade parece esburacado. Algumas estradinhas de terra a convidam a caminhar a esmo, andando por andar, como uma borboleta.

Duas crianças brincam mais à frente. Estão com um bambolê. Não são meninas, agora ela vê melhor. São adolescentes. Usam shorts jeans curtinhos e se revezam nos requebros com o bambolê. Exalam uma mistura de sensualidade adulta com ingenuidade infantil. Ela lembra de um bambolê na infância.

Até ontem, quando ainda estava presa, lembrar daquele bambolê lhe causaria melancolia e tristeza. Mas agora Viviane está livre. Acabou de sair da Talavera Bruce e prefere fazer seu caminho a pé, sentindo o cheiro da liberdade. O cheiro da liberdade: carniça com eucalipto.

Agora lembrar do bambolê traz felicidade. Nunca esteve tão sozinha. Nunca esteve tão feliz. O problema, ela sabe, é que solidão e felicidade não duram para sempre.

Ele está deitado no colchão de olhos abertos. Sente a proximidade do chão frio. Aquele lugar lhe remete à prisão. A prisão dentro e fora da prisão. A prisão dentro de outra prisão, como num jogo de espelhos, ampliada ao infinito: prisão, prisão, prisão, prisão, prisão, prisão, prisão, prisão, prisão...

Ouve um funk lá fora: *tchutchuca treme o bumbum treme treme...*

O som da Rocinha não embala o sono. Tampouco o anima a sair dali. Nem tem para onde ir. Está cumprindo um semiaberto na favela. Quando não esteve?

Tchutchuca treme o bumbum treme treme treme, tchutchuca treme o...

No momento a visão do teto é a coisa mais interessante que ocorre a Pedro Dom. Ouve gente gritando lá fora, risos, latidos, o choro de um bebê. Ouve também batidas na porta.

"Oi?"

"Pedro Dom?", diz uma voz feminina. "É Mãe Augusta."

"A senhora quer falar comigo?" O rosto desconfiado de Pedro Dom surge por uma fresta da porta, a Walter na mão.

"Eu não", diz Mãe Augusta. "Ela." E aponta para Angélica com um bebê no colo.

21. RIO, AGOSTO DE 2005

Pedro destrava a fechadura da porta observado por Xandão, Etô e Zero Dois. O apartamento 104 fica no primeiro andar de um prédio pequeno na Tijuca, o edifício Cibrasil. Os quatro adentram a sala e procuram pelo cofre num dos quartos. São surpreendidos pelo dono da casa e seu filho, um oficial da Marinha, que começam a disparar.

Pou pou pou pou!

Protegidos pela escuridão, os quatro assaltantes saem correndo sem tempo de revidar o ataque.

"Porra, tu não disse que a casa tava vazia?", Pedro diz para Xandão enquanto descem correndo as escadarias do prédio.

"Era pra estar, deu xabu."

"Não pode dar, Xandão."

Pou pou pou pou!

Na rua são perseguidos pelo oficial e seu pai. Vizinhos abrem janelas, gritam por socorro.

"Ladrão, ladrão!"

Vigias noturnos surgem correndo de cantos escuros.

"Ladrão!"

Os bandidos correm até a esquina onde deixaram duas motos estacionadas, prontas para a fuga. Etô e Zero Dois montam numa das motos e partem. Pedro parte atrás, com Xandão na garupa.

Pou pou pou pou!

Um tiro atinge o ombro de Xandão e ele cai no chão com um baque seco. Pedro Dom segue em velocidade até se ver livre do alcance dos disparos, depois freia abruptamente na esquina com a rua Lafaiete Cortes. Reflete por um instante. Lembra do filho.

Que bagulho insano aquele encontro na noite anterior. Por que Angélica e seu piercing brilhante sempre lhe proporcionam emoções desmedidas, acontecimentos inesperados, como relâmpagos inclementes desabando do céu sobre sua cabeça? Tesão do caralho.

Então agora ele tem um filho? É isso mesmo?

O encontro incandescente na penitenciária gerou uma criança. Um menino, a cara dele ainda por cima. Destino, acaso, amor, paixão, descuido, o que seja, não importa: a visão daquele bebê abriu o crânio de Pedro Dom como um machado. Pegou a criança no colo, mandou chamar Xandão, Etô e até Colibri.

"Meu filho", disse, como se mostrasse a cria aos reis magos, enquanto ouro, incenso e mirra escorriam pela viela.

Depois perguntou a Angélica o que ela queria.

"Nada", ela disse. "Só mostrar teu filho pra você. Pra você saber que é pai agora."

"Você não quer nada, não precisa de nada? Dinheiro?"

"Nada", Angélica repetiu. "Só queria que você soubesse."

E mais não disse, foi embora levando o bebê escoltada por Mãe Augusta, carregando um pedaço da alma de Pedro Dom junto com o cobertorzinho que envolvia seu filho.

Parada sinistra, abismos se abrindo a seus pés. Cai a ficha. A visão se turva, o coração dispara, pode haver adrenalina maior?

Ele é o pai agora.

Pedro Dom dá meia-volta e retorna para o olho do furacão, os ecos do tiroteio reverberando nos tímpanos, o grito do motor, ele ressurge no ponto em que Xandão caiu: vrummmmmmmmmmm mmmmmmmmmmmmmmmmmmm

Pessoas se aglomeram em torno do corpo ensanguentado, umas ligam para a polícia, outras cogitam linchar o filho da puta do ladrão, aproveitam que está desacordado, se esvaindo na poça vermelha: vrummmmmmmmmmmmm

304

Pedro Dom se aproxima como um cavaleiro medieval em modelo cibernético, a Walter apontada para o alto, disparando, a moto ruge, as pessoas correm, se jogam para os lados. Pedro ergue Xandão, ele recobra os sentidos o suficiente para se firmar na garupa e agarrar a cintura de Pedro Dom, e eles disparam rumo a uma Estrela da Morte qualquer perdida numa esquina da Tijuca: vrummmmmmmmmmmmmmmmmmmmmmmmmmmmm

Ele é o pai agora.

É preciso dar bons exemplos ao filho.

22. RIO, AGOSTO DE 2005

O menino demora a dormir, está agitado. Depois que ele dorme, Angélica se deita no chão ao lado do berço e fica olhando para o teto. Está cansada, mas sabe que não vai pegar no sono tão cedo. Tenta entoar um mantra, mas sente-se ridícula por estar fazendo aquilo. Nenhum mantra pode ajudá-la agora. Por que foi até a Rocinha na outra noite, levar a criança para conhecer o pai? Que insanidade foi aquela? Colocar o menino em risco no meio de bandidos... Um grupo de marginais reunidos em torno de seu filho, passando-o de colo em colo como um troféu. E se a polícia chegasse de repente, para capturar Pedro Dom? E se um tiroteio se iniciasse ali, com ela e o bebê na linha de tiro? Teria Pedro a coragem de apontar a arma para o próprio filho e torná-lo refém para escapar da polícia?

Quem é Pedro Dom no fim das contas? Onde ela se meteu?

Pena não poder sair agora para ir tomar um suco de cupuaçu no Big Polis.

Ele acorda, não consegue mais dormir, os acontecimentos dos últimos dias espantando qualquer possibilidade de sono. Fora o pó.

Numa noite descobre que é pai, na outra quase morre num tiroteio e salva um companheiro ensanguentado no chão.

Salta da cama, sai do barraco e vai até o alto do morro. A Tenda de Umbanda Amor e Compaixão está vazia e escura. Ele chama por Mãe Augusta, pede a bênção dela, implora que a ialorixá faça Angélica e o menino chegarem a ele novamente.

"Calma", ela diz, vestida com um penhoar azul-claro. "Isso não pode esperar até amanhã?"

"Não."

Eles entram na sala principal da tenda, Mãe Augusta acende as luzes, os dois sentam-se nas cadeiras usadas nos cultos.

"Calma, a Angélica disse que vai trazer o menino aqui de vez em quando pra você ver."

"Eu quero mais que isso."

"O que você quer?"

"Eu não sei. Quero ver o meu filho, ficar com ele."

"O ambiente em que você vive não é um bom lugar para criar uma criança."

"Eu não quero criar o menino. Quero ver ele."

"Você vai ver, já falei."

"Não sei mais o que eu quero."

"Vai assumir a criança?"

"Não sei. Quero ver a Angélica também."

"Ah. Vai assumir a mãe da criança."

"Acho que não é o que a Angélica quer."

"E daí? Você é o pai. Tem a obrigação de prover, criar, ensinar, proteger."

"Eu sou bandido, Mãe Augusta, a senhora sabe. Um bandido procurado, refém do Colibri, conhecido na cidade toda. Como vou criar esse menino? Que futuro eu posso dar pra ele? Ou pra Angélica? Nem sei se é isso que ela quer. Eu mesmo não tenho futuro nenhum. Vou morrer logo, a senhora sabe disso."

"Eu não sei de nada! Que horror um moço falar uma coisa dessa, falar como um velho que pressente a morte."

"Está escrito."

"Escrito onde? Deixa de ser otário. Não tem nada escrito em lugar nenhum. Cada um desenha o seu caminho, Pedro Dom. Por que você não pega a Angélica e o menino e vai recomeçar a vida longe daqui?"

"Impossível."

"Por quê?"

"A Angélica não vai querer essa vida nem pra ela nem pro menino."

"Já perguntou pra ela?"

"Eu estou preso, Mãe Augusta."

"E nunca fugiu da prisão? Você não é o cara? Cadê a coragem?"

"É diferente."

"O que é diferente?"

"Coragem pra assaltar é diferente da coragem pra assumir uma mulher e criar um filho. Constituir família."

"Sabe qual é o teu problema? Muito pó, muita libertinagem. Cheio de menininha querendo te adular. Todo mundo te mimando. Imprensa, bandidos, mulheres e até a polícia, lá do jeito dela. Abre a cabeça, menino. Vira homem. Os deuses estão te dando uma chance."

De volta ao quarto/cela, ele pega no sono.

Acorda com batidas na porta.

Levanta do colchão num salto, imagina que Angélica e o filho voltaram para vê-lo, abre a porta.

"Boneco Doido?"

Viviane de shortinho jeans e camiseta com a foto de Britney Spears sempre é um acontecimento. Mas nem argolas e pulseiras conseguem disfarçar um cansaço sutil. Cílios postiços e rímel não preenchem o vazio no olhar dela.

"Não vai me chamar pra dentro?"

"Entra. Eu soube que você estava em cana."

"Como você."

"Eu saí."

"Eu também."

"Bom."

"Bom? Ótimo."

Ela tira a blusa.

"Me come", diz. "Estou com saudade."

Pedro pega a blusa no chão: "Veste isto".

"Como assim, Dom? Não vai me comer?"

"Tô sem cabeça. Veste."

"Tu tá esquisito, Boneco Doido." Ela veste a camiseta.

"Pedro Dom. Minha cabeça está zoada."

"Tudo certo. Sei como é", ela diz. "A vida é alto e baixo."

"É mais que isso."

"É o quê, Dom?"

"Não dá pra mudar o destino."

"E qual é o teu destino? Virou papai agora, vai largar a brincadeira e voltar pra praia da Macumba? Vai vender coco?"

"Tá me sacaneando por quê? Que história é essa de papai?"

"Porra, Dom, só se fala nisso, todo mundo sabe que tu teve um filho com a patricinha do piercing. Foi a macumbeira da Jasmim que me deu a letra, somos amigas agora. O bloco das rejeitadas do playboy."

308

"Tá me enchendo o saco, Viviane."

"A patricinha é a taróloga, né? A cigana do baralho que disse que teu futuro era o surfe. Eu preocupada com a macumbeira e quem tava furando meu olho era a cigana."

"Sai fora, Viviane."

"E a adrenalina? Esqueceu?"

"Você não produz mais adrenalina dentro de mim."

Pedro Dom empurra Viviane para fora, bate a porta.

23. RIO, AGOSTO DE 2005

Na madrugada ela desperta sentindo o cheiro inconfundível de borracha queimada. Corre desesperada até a cozinha, o coração descompassado, certa de que finalmente está se consumando o incêndio pelo qual esperou a vida inteira. Mas a cozinha está intacta, adormecida sob o ruído monótono do motor da geladeira. Lúcia corre até a sala, onde a luz difusa de um abajur mostra que não há sinais de fumaça ou labaredas em nenhum canto. Mas o cheiro continua agudo, penetrante. Ela começa a tossir, vai até a janela e vê na rua um pneu solitário em chamas, como uma premonição que se concretiza. Telefona para os bombeiros, volta à janela, observa a borracha se carbonizar sob labaredas azuis e amarelas.

Ele abre os olhos: um sujeito de capacete na mão está em pé à sua frente. Pedro faz menção de pegar a Walter sob o travesseiro, mas o sujeito diz: "Calma, vim na paz", e estende o braço, "Sandrinho Bombom".

Sandrinho e Pedro se cumprimentam.

"Pedro Dom."

"Eu sei, não precisa se apresentar. Bota a roupa, o Vavá quer trocar uma ideia contigo."

Pedro compreende que alguma coisa está acontecendo.

"Demorou."

Vavá, ele sabe, é um traficante poderoso na Ada, Amigos dos Amigos, facção criminosa da qual Colibri também faz parte.

"O Vavá quer trocar ideia comigo?", Pedro pergunta, vestindo a roupa.

Bombom aquiesce.

Vavá é um superior de Colibri na hierarquia da facção. Um chefão, na melhor acepção do termo.

"Que ideia ele quer trocar comigo?"

"A ideia dele, meu irmão, tu ouve da boca dele."

Sandro Bombom pilota a Yamaha xt, com Pedro Dom na garupa. Chegam ao Complexo da Maré, vão até a Vila do Pinheiro. Não há nenhum pinheiro ali, só casas de alvenaria amontoadas, um formigueiro de tijolos incongruentes.

Vavá está sentado na mesa de um botequim.

"Senta aí, filho", ele diz, apontando a cadeira ao lado, quando Pedro se aproxima.

"Pedro Dom", diz Pedro, se sentando

"Tô ligado", diz Vavá sorrindo, reiterando que a apresentação é desnecessária, exibindo alguns dentes de ouro. "Tudo na paz?"

"Já é."

"Já foi?"

"Sempre será."

"Rango? Cerveja?"

"Só água", diz Pedro sem disfarçar a apreensão.

Vavá pede que um de seus homens providencie uma garrafa d'água para o visitante.

"Parabéns pela ação no outro dia. Tu salvou um companheiro. O Xandão estava caído na rua, ia ser entregue aos vermes, tu voltou lá, bancou todo mundo e resgatou o cara. Bicho homem. Foi um herói, na moral. Hoje em dia não tem mais herói, tá ligado? Nem no cinema."

"Não existem heróis, só loucos."

"Frase bonita."

"É do meu pai."

"Teu pai é sábio."

"É louco."

"Não é o único."

"Ajudei um companheiro, só isso. O Xandão faria o mesmo por mim."

"Não sei. O que importa é que a tua atitude salvou o teu rabo."

"Não sabia que meu rabo corria risco", diz Pedro sem entender aonde Vavá quer chegar. A garrafa d'água chega, é servida num copo. Pedro dá um gole, percebe a boca seca.

"Nessa vida só se anda no risco", filosofa Vavá.

"Me fala um."

"Pegar a mulher do chefe."

Agora Pedro entende aonde Vavá quer chegar.

"Tu andou pegando a Suelen."

Pedro sente que não adianta contra-argumentar com um *foi ela que me pegou.*

"Ela é namorada, quer dizer, ex-namorada, do Colibri. Isso não se faz, filho."

Ex-namorada é uma informação nova. Embora fosse também previsível, Pedro Dom fica tentado a pedir detalhes; mas depois acha melhor não se aprofundar. Toma mais um gole d'água.

"O homem paga tua liberdade e tu pega a mulher dele? E a ética, como fica? Hoje em dia não tem mais ética, tá ligado? Nem no cinema."

"Foi mal", diz Pedro, sem argumento melhor à vista.

"Foi muito mal. Mas por causa do teu heroísmo com o Xandão eu contornei a situação. E tem também que o Colibri já estava de saco cheio da piranha."

Pedro não se contém: "O que ele fez com ela?".

"Tá preocupado?"

"Um pouco."

"Por quê?"

"Compaixão."

"Compaixão?", repete Vavá, sorrindo com dentes dourados, como um rapper. "Tu é maluco mesmo, playboy! Bem que me falaram."

"Hoje em dia não tem mais compaixão no mundo, Vavá."

"Se tu falar que não tem compaixão nem no cinema, vou achar que tá roubando minhas frases."

"Não estou em posição de roubar nada agora."

"Tu é maluco, playboy."

Eles se encaram por alguns segundos.

"Gosto disso", conclui Vavá.

"Desculpe, é que eu ando meio bolado. Culpado, perturbado, muita pressão."

"Sei como é. Quer dizer que tu não tá em posição de roubar nada? Já roubou o que tinha que roubar, certo? O Coli não fez nada com ela."

"Bom.

"A Suelen sumiu."

"Sumiu?"

"Por conta própria. Como mágica. Ela não é mágica?"

"Espero que não tenham sumido com ela."

"Tu não tá na posição de esperar nada, Dom. Esquece a mulherzinha, ela deve ter voltado pra casa da família dela em Itaperuna."

"Itaboraí."

Pedro dá mais um gole na água. Observa os homens de Vavá, armados, olhos atentos a seus movimentos.

"Itaboraí, Itaperuna, tudo a mesma merda", diz o chefe. "Tu é insolente, ladrão. Insolente pra cacete."

Eles se encaram de novo.

"Gosto disso", conclui Vavá, o sorriso de ouro. "Qualquer hora tu encontra a Suelen por aí, saindo pelada de uma cartola. Ou de um bolo. De um buraco qualquer. De uma cova."

"Sabe o que é? O Colibri pagou pela minha liberdade, é certo, mas tá me cobrando muito caro. Paga uma merreca pelas joias que eu roubo pra ele. Estou de saco cheio de viver assim, sempre devendo. Meu companheiro, o Quinado, dançou, estou tendo que bancar tudo sozinho. Tá pesado."

"Tô ligado, tô ligado. Vem cá, chega mais."

Pedro se aproxima.

"Mais perto, filho", diz Vavá, fazendo um sinal com a mão.

O ouvido de Pedro Dom está praticamente colado à boca dourada de Vavá. "Tenho uma proposta pra te fazer", ele diz, e Pedro sente uma onda refrescante de antisséptico bucal sabor eucalipto invadir suas narinas.

24. RIO, SETEMBRO DE 2005

Inspetor Betinho é acordado pela mulher. Ela brande o jornal como um bilhete premiado: "Acorda, Beto! Saiu teu nome no jornal!".

Logo no dia em que ele poderia dormir até um pouco mais tarde, aproveitando a chuvinha lá fora...

O Inimigo Público Número Um é o título da reportagem que traz notícias sobre os assaltos de Pedro Dom e a determinação da polícia, na figura do inspetor Roberto Carlos Fernandes, o Betinho, em prendê-lo. Uma foto do rosto de Pedro Dom muito sério, olhando incisivamente para a câmera, atrai a atenção de Betinho como um ímã. Por um momento ele parece se ausentar dali.

"Hein?", diz a mulher.

"Hein o quê?"

"Tá surdo? Quando você vai prender o bonitão?"

Betinho responde com um grunhido, pega o jornal da mão da mulher, se levanta e vai ler a reportagem no banheiro, enquanto defeca.

A matéria comenta a ousadia e violência de Pedro Dom ao resgatar um companheiro ferido depois de um assalto frustrado a um apartamento na Tijuca.

"Esse bandido é muito abusado", diz a mulher do inspetor do outro lado da porta. "Prende logo esse menino, Betinho, ele me angustia", ela arremata, e vai preparar o café.

"De que adianta prender se logo um juiz vai soltar?", Betinho diz a si mesmo.

Depois de ler a matéria e antes de sair da privada, Betinho olha fixamente para a foto de Pedro Dom. Como que arrastado por uma força incontrolável, ele fecha os olhos, aproxima o rosto da foto e beija a boca de Pedro. Sente na ponta da língua o sabor da tinta impressa. No instante seguinte, como que despertado por aquele beijo, ele franze o cenho, amassa o jornal e o arremessa com força no chão. Por um momento se vê como Judas Iscariotes no jardim do Monte das Oliveiras. Depois, limpa-se obsessivamente num estranho ritual de purificação.

O inspetor Betinho liga o chuveiro, recebe o jato de água

fria e se persigna. Fecha os olhos, sentindo a água bater no rosto e reza um pai-nosso em volume quase inaudível, exceto pela última frase, que profere com a determinação de um pecador arrependido: "Não nos deixeis cair em tentação mas livrai-nos do mal, amém".

Na manhã chuvosa Victor é recebido na sede da Polícia Civil por Carlos Serafim.

"O senhor tem que entender que a prisão do Pedro Dom virou uma prioridade para nós. A mídia só fala nele, a população está assustada. Quando alguém ganha o status de inimigo público número um da cidade, e o seu filho ganhou, só resta à polícia prender o elemento o mais rápido possível."

"Vocês vão matar o meu filho."

"A ordem não é essa. A não ser que ele reaja."

"Já fui da polícia, conheço a única ordem aqui dentro. Sei como funciona a engrenagem."

"O senhor está afastado da polícia há muito tempo. As coisas mudaram."

"Pra pior."

"O senhor veio aqui me ameaçar?"

"Não. Eu vim negociar uma rendição."

"O senhor não está autorizado a negociar nada. Melhor voltar com um advogado."

"Ou com um padre", diz Victor.

"Se o que o senhor quer são garantias de que seu filho terá seus direitos respeitados ao ser preso, eu posso assegurar que sim."

"Eu só imploro que vocês não matem meu filho", insiste Victor.

"O senhor tem que entender que nós, aqui, lidamos com muitas dificuldades, orçamento baixo, falta de recursos, mas não somos assassinos. O seu filho é um assaltante perigoso que já roubou e ameaçou muita gente. Causou prejuízos enormes à população. É um mau exemplo para a sociedade, um rapaz bem-nascido que vive pelas favelas e assaltando apartamentos em bairros nobres, torrando dinheiro roubado com mulheres e drogas."

"Ele nunca matou ninguém."

"Mas roubou. É um exemplo de a que ponto chegamos nessa sociedade permissiva e sem parâmetros éticos que só…"

"Não precisa gastar sua retórica comigo", interrompe Victor. "Não estamos num comício. Guarde esse discurso pra eleição. Meu filho é acusado de assaltos que nem praticou, estão exagerando na periculosidade dele, ele não é violento, é um menino drogado, incapaz de abandonar o vício. Vive sendo extorquido pela polícia, já foi sequestrado e torturado por policiais do Sinap, que exigiram um resgate alto da família, e hoje é refém de um traficante que comprou o passe dele da polícia."

"O senhor fala como se negociássemos com bandidos."

"É disso mesmo que eu falo. Vocês negociam."

"Victor Lomba. O senhor já fez parte desta corporação, trabalhou com policiais históricos, como Vick Vanderbill. Sabe que há sementes ruins espalhadas, mas que a maioria é composta de policiais honrados e bem-intencionados. É injusto generalizar, acusando todos os policiais de corrupção e desonestidade."

Victor não diz nada, está sem forças para continuar argumentando. Questiona-se se agiu certo em ir até aquele lugar. Às vezes se irrita com a própria impulsividade.

"O senhor tem filhos?", Victor pergunta ao chefe de polícia. "Dois."

"Eu não quero que o meu filho morra. O senhor pode entender isso?"

"Dou minha palavra que vamos prender o Pedro Dom respeitando a integridade física dele."

Os homens se despedem, Victor sai do prédio da polícia e caminha pelo centro da cidade alheio à chuva fina que umedece o asfalto. Pela janela do terceiro andar, o inspetor Betinho observa o passo hesitante do velho tira.

25. RIO, 12 DE SETEMBRO DE 2005

Sandrinho Bombom estaciona a Yamaha XT nas proximidades do Arpoador. Ele contempla a moto por alguns instantes. Não é uma motocicleta muito grande ou potente, mas tem orgulho daquela máquina. É como uma amiga ou namorada. Ou mesmo uma mãe. Espécimes femininos que, diga-se, ele nunca conheceu direito.

Mas a Yamaha XT está ali, companheirona. XT, a abreviatura dele pra xoxota. Sim, ele gosta de brincar com as palavras, como um poeta: Yamaha XT, amarra xoxota, Sandrinho Bombom de foda, licor doce por dentro e por fora.

Ele olha para os lados, aguarda ansioso a chegada da patricinha. Ela marcou às oito horas na Pedra do Arpoador. Ele confere o relógio, são sete e meia. Não tem muita gente por ali naquele começo de noite chuvosa e um pouco fria. Melhor assim.

Na boa, o que aquela patricinha viu nele?

Deve ser essa parada de amor bandido, que está na moda. As patricinhas se ligando nos bandidos. Devem estar de saco cheio dos playboys, a fim de paradas mais emocionantes e de homens mais machos.

Uns dias atrás, logo que ele deixou Pedro Dom de volta na Rocinha depois do encontro com Vavá na Vila do Pinheiro, estranhou aquela patricinha de shortinho justo arrastando olhares pra ele. Imaginou que ela estivesse se engraçando só pra conseguir um pouco de pó, uma viciadinha disposta a qualquer coisa por uma carreira. Mas que nada, ela pediu carona até Copacabana e nem falou de pó. Quis tomar água de coco, eles pararam num quiosque, trocaram ideia. Na moral. Depois marcaram um encontro pra olhar as ondas do Arpoador à noite.

Fala sério.

Hoje eu como a gata, pensa Sandrinho. Amarro a xoxota. Ela vai experimentar o licor docinho que o Bombom tem lá dentro.

Então ele vê a patriciola se aproximar, sorriso aberto. Ela está com o mesmo shortinho jeans apertado, mostrando as coxas grossas e douradas, depiladinhas, e com uma camisetinha com a cara da Britney Spears, de cujas bochechas parecem escapar dois peitinhos muito inquietos e ansiosos...

"E aí", diz Viviane, "tô atrasada?"

Victor aguarda na esquina da Figueiredo Magalhães com a avenida Atlântica. A data, que deveria ser especial, só lhe traz angústia e um vazio no peito. Apanhou chuva o dia todo, andando a esmo, remoendo a péssima conversa com o chefe de polícia. Depois daquela matéria no jornal chamando Pedro Dom de inimigo público número um, ele tem certeza de que a execução do filho já foi decidida pela banda podre da corporação.

Victor olha o relógio: nove e meia. A preocupação com Pedro contamina e alonga cada minuto. Não se é pai do inimigo público número um da cidade impunemente.

O combinado era que o apanhassem às nove. Victor acende um cigarro. Não deixa de ser uma maneira de comemorar a data. Quando o motociclista se aproxima, já se desculpa antes de dar boa-noite: "Me atrasei, foi mal. A chuva".

Victor monta na garupa de Sandrinho Bombom e os dois seguem na Yamaha XT até a Vila do Pinheiro, no Complexo da

Maré. Sandro conduz a moto por vielas até um ponto afastado e escuro. Para a moto de repente, pede que Victor desça e aguarde. Depois vai embora, fazendo roncar o motor da Yamaha na noite vazia. Victor espera alguns minutos na escuridão. O silêncio agora é total. Ele está sob um poste cuja lâmpada foi destruída por uma pedrada. Já passa das dez, a noite está fria, embora não chova mais. Mas o chão ainda está molhado e o ar, úmido por causa da chuva fina que caiu por três dias. Outro motociclista passa devagar, observando Victor. Minutos depois ele ouve passos e distingue Pedro se aproximando como um Batman surgido das trevas. Os dois se abraçam, saudosos.

"Feliz aniversário, velho!" Pedro beija o rosto do pai. "Tenho um presente", diz.

"Meu presente é ver você de perto. Teu amigo se atrasou, você disse que ele me pegaria às nove em ponto, fiquei com medo que alguma coisa tivesse dado errado."

Embora a luz seja pouca, Victor olha com atenção para o filho.

"Nada. O puto do Bombom tá pegando uma patricinha da Zona Sul e se enrolou no horário. Mané. Favelado quando pega patricinha perde o prumo, fica inseguro. Já dei uma dura nele."

Victor repara que o filho está mais magro e abatido, porém bonito e luminoso como sempre. Abraçam-se outra vez.

"Meu filho."

"Sem chororô, pai."

"Não criei meu filho pra ser ladrão."

"Não te chamei aqui pra isso. Escuta, eu tenho um presente."

"Verdade que conheci bandidos bem mais honrados e íntegros do que a maioria dos homens que a gente encontra por aí. O Pedro Ribeiro, por exemplo, o Pedrinho Botafogo."

"Esse é lendário", concorda Pedro Dom.

"Lendário mesmo. O Lampião também é lendário. John

Dillinger, Lúcio Flávio, todos mortos antes da hora. Não quero ser pai de uma lenda, Pedro. Prefiro um filho vivo."

"Desculpe, pai. Não dava pra voltar atrás. A polícia só queria me extorquir, e agora estou na mão de um traficante que também só quer me tirar o couro. Eu sei que estou errado, mas é difícil sair deste buraco."

"Cara, não tem mais como, você vai morrer. Ou então, na melhor das hipóteses, vai ser preso e condenado a muitos anos de cana. Botaram um monte de coisas nas tuas costas, crimes que você nem cometeu, pois ainda estava preso no Espírito Santo. Pensa bem, que futuro você tem aqui? Vai pagar a dívida do Colibri e depois fazer o quê? Virar chefe de facção? Pagar propina pra polícia pra se manter vivo até que um rival qualquer surja de uma sombra e te enfie um punhal nas costas?"

"Ninguém vai me prender, pai. Nem me matar. Fica tranquilo, estou protegido aqui."

"Você é jovem e jovens têm a ilusão de que nada vai sair errado. Mas é uma miragem, Pedro. Você está na primeira página de todos os jornais, a polícia vai te caçar com a força máxima, eles não vão sossegar enquanto não te pegarem. Eu fui até a polícia, conversei com eles."

"Porra, vai me caguetar?"

"Claro que não. Só quis garantir que, se você for preso, eles não te executem."

"Pra prisão eu não volto, pai. Desculpe."

"Então você vai morrer."

"Nada, você nem deixou eu contar por que te chamei aqui, velho. Para de reclamar! Parece mulher. Tenho um presente pra você, não ouviu eu dizer?"

"Cadê o pacote? Não estou vendo nada aí com você além da Walter escondida na cintura."

"Cana safado. Meu presente não cabe num pacote. Nem na cintura."

"Desembucha, Pedro!"

A intenção inicial de Pedro era dar ao pai dois presentes. O primeiro seria contar sobre seu filho. Explicar ao velho que Pedro Dom era pai agora e Victor avô mais uma vez. Mas Pedro se preocupa com o estado emocional do pai. Talvez a notícia causasse uma ansiedade inoportuna. Provavelmente Victor iria contar a Lúcia, Monika e Verena, e isso causaria uma agitação contraproducente a seus planos, atrapalhando o segundo presente. Melhor deixar para contar sobre o filho depois, quando a situação estiver mais tranquila. Nem todo mundo sabe — e aprecia — administrar altas doses de adrenalina.

"O presente é um plano."

"Espero que seja diferente do seu plano de vender morangos. Ou o daquela barraca na praia, ou da fuga da penitenciária se fazendo passar por um lutador de jiu-jítsu."

"Esquece isso, pai. Eu mudei. Escuta, daqui a dois dias vou fazer um assalto. Um prédio na Ilha, serviço dado. Com esse assalto eu quito minha dívida com o Colibri e fico livre. Foi uma proposta do Vavá, que é superior ao Colibri na hierarquia da Ada."

"Não seja ingênuo, esses caras nunca vão te deixar livre."

"É promessa do Vavá, ele manda em todo mundo aqui. A palavra dele vale mais que dinheiro."

Victor encara o filho em silêncio por instantes.

"Depois vou fugir, sair fora. Virar outra pessoa. Vou precisar que você me arrume documentos falsos com teus amigos da federal. Vou pra Ressurreição. Vou viver naquela terra que você comprou."

"É longe pra caralho, você sabe, não sabe? Uns dez quilômetros pra lá do fim do mundo. Eu tinha esperança de que ali o meu passado se encontrasse com o meu futuro, e talvez isso se torne uma realidade, finalmente."

"Gostou do presente?"

"A questão é se *você* vai gostar. Lá não vai ter adrenalina."

"Dou meu jeito."

"Melhor eu não me animar."

"Pode se animar sim, pai."

"Por que o Vavá te deixaria sair?"

"Porque eu salvei o Xandão outro dia. Mostrei bravura. Códigos de honra ainda valem por aqui."

"Você está falando sério, Pedro?"

"Eu já menti pra você algum dia?"

"Já. Mas vou fingir que não. Bravura eu sei que não te falta. Bravura até demais. Não estou acreditando… Claro que eu posso te arrumar documentos falsos."

"Pai, se liga: ninguém pode saber disso. É um segredo nosso. Não se preocupe com documentos agora. Vou vazar primeiro, depois a gente vê como faz. Fica calmo, a tua ansiedade pode me atrapalhar."

"Tudo bem, tudo bem."

Victor encara o filho: "Será que essa não é só mais uma das suas histórias malucas, Pedro?"

"Eu mudei, pai. Foram muitas coisas em muito pouco tempo. Não sobrou mais lugar pra ilusão, vai por mim."

"Quando vai ser?"

"Daqui a três dias. Assim que eu zerar com o Colibri, vazo. O Vavá vai me dar cobertura. Eu te aviso."

"Pedro, lembra daquele cavalo que você levou pra casa uma vez?"

"O Ventania?"

"Não. O Ventania era o seu cavalo em Valparaíso. Eu falo do pangaré, lembra? Foi lá na casa do Rocha, você devia ter uns dez anos. Uma noite você chegou pra mim e perguntou se cavalo tinha família. Eu respondi que sim, que todo bicho tinha uma família, como os humanos. Aí você falou: 'Pai, cavalos ficam abandonados na rua como as crianças?', e eu respondi que às vezes ficavam, sim. E você: 'E o que o cavalo come?'. Capim, eu disse. 'Pai, se você achar alguém abandonado, você ajuda?' Claro, eu respondi, e fomos dormir. No dia seguinte, quando voltei do trabalho vi um cavalo magro e cheio de feridas no quintal. Você tinha visto o pangaré pastando sozinho numa praça e levou ele pra casa. Demorou quatro dias pra gente achar o dono e devolver. Você chorou pra cacete quando o cavalo foi embora."

"Por que você está me falando isso?"

"Não sei. Lembrei dessa história."

"Às vezes eu sonho que estou cavalgando o Ventania. Quem sabe não compro uns cavalos lá no Mato Grosso?"

"Contanto que não seja com dinheiro roubado."

Uma moto parada a alguns metros emite um sinal, piscando o farol. Pedro interrompe a conversa: "Preciso vazar, pai. Não posso dar mole muito tempo no mesmo lugar".

"Cuidado, filho."

Pedro, já se afastando, mostra ao pai a pirita que pende do cordão em seu pescoço: "Ela me protege".

26. RIO, 14 DE SETEMBRO DE 2005

De manhã Angélica leva o bebê no carrinho para um passeio na praça do Lido. O dia está nublado, ameaçando chuva. Na volta o bebê adormece. Ela abre a porta do apartamento e leva um susto ao ver um homem sentado no sofá da sala.

"Que susto! Quer me matar? O que você está fazendo aqui?"

Pedro Dom estende a mão com o baralho de tarô: "Vim devolver".

"Não podia ter tocado a campainha, como uma pessoa normal? E por que você roubou meu baralho?"

"Eu sou ladrão, Angélica."

Ele levanta, entrega o baralho para ela e se debruça sobre o carrinho para ver o filho.

"Não acorde ele, pelo amor de Deus! Deu um trabalho do cacete pra fazer ele dormir."

Ele tenta abraçá-la, Angélica se desvencilha.

"Não gostei dessa história de você roubar meu baralho."

"Eu não roubei. Só peguei pra ter um pretexto pra te procurar depois."

Eles se olham por alguns segundos. Então se beijam. Beijam-se seguidamente, beijos longos, só interrompidos por um movimento da criança no berço. A química irresistível. O bebê acorda, Pedro o pega no colo, mas ele começa a chorar. Só acalma quando a mãe o embala.

"Qual é, Pedro Dom?", ela pergunta.

Agora estão os três no sofá, com o bebê tranquilo no colo da mãe, como uma família modelo na manhã de uma quarta-feira qualquer.

"Eu quero te propor uma coisa", ele diz.

"O quê?"

"Fugir comigo. Você e o bebê."

"Fugir pra onde?"

"Mato Grosso do Sul. Ressurreição."

"Ressurreição é o nome da cidade?"

"Isso."

"Uma cidade chamada Ressurreição, onde você e eu recomeçaremos a vida com nosso filho?"

"Isso."

"Você bebeu o quê?"

"Nada."

"Cheirou crack?"

"Não fode."

"Não existe nenhuma cidade chamada Ressurreição", diz Angélica.

"Claro que existe. Olha no Google."

"Meu laptop está no quarto, não vou sair daqui. Você pode roubar o meu filho."

"Leva ele com você."

"Você pode roubar alguma outra coisa. A televisão, o Buda, os incensos, a mamadeira. Você é ladrão."

"Eu estou falando sério, Angélica."

"Por que eu faria isso?"

"O quê?"

"Fugir com você."

"Porque temos um filho."

"Não sei se quero fugir com um bandido procurado pela polícia só porque tenho um filho com ele."

"Mas quis encontrar esse bandido deprimido, viciado em crack, enterrado numa prisão."

"Um bandido que aponta arma pra cabeça de uma adolescente e faz reféns em boates pra escapar da polícia. Um monstro."

"Você me salvou uma vez, Angélica. Me salva de novo."

Angélica fica quieta.

Pedro se levanta: "Amanhã à noite, ou no máximo depois de amanhã bem cedo, eu vou passar aqui antes de fugir. Se você quiser ir comigo, vou ser o cara mais feliz do mundo. Se não, eu apenas me despeço e vou esperar por você cada dia da minha vida."

"Em Ressurreição?"

"Onde for."

Pedro se aproxima do filho no colo de Angélica: "Você gosta de andar de cavalo?".

O menino ri e agarra a pirita no cordão do pescoço de Pedro. Angélica tenta, mas não consegue fazer o filho largar a pedrinha. "Tá vendo?", diz Pedro, tirando o cordão do pescoço. "Ele quer andar de cavalo comigo. Vou deixar a pedrinha contigo, pra dar sorte", ele fala para o bebê.

Pedro vai embora, Angélica olha para o baralho em cima da mesa. Ela cogita consultar os arcanos sobre como proceder.

Melhor não, conclui. Deixa quieto.

27. ILHA DO GOVERNADOR, 14 DE SETEMBRO DE 2005

No furgão estacionado na rua Ney Armando Meziat, Pedro Dom, Xandão e Zero Dois permanecem atentos ao prédio de número 131. Xandão ainda traz algumas cicatrizes dos tiros que o alvejaram no assalto na Tijuca, mas está recuperado. Pedro olha o relógio, o Monza para em frente à porta da garagem do edifício de apenas um apartamento por andar. Joel Mendes põe o braço para fora, direcionando o controle que aciona a abertura da garagem. A porta se abre automaticamente, o Monza começa a se movimentar, mas logo que entra na garagem — e antes que a porta seja cerrada — Pedro e Xandão saltam do furgão e rendem Joel.

Sob a mira das armas de Pedro e Xandão, o jovem executivo sobe o elevador até o quarto andar do prédio, apavorado.

Joel é trancado no banheiro, amarrado e amordaçado. Xandão nota que Pedro está truculento, mais tenso do que de costume.

"Tudo certo, Dom?"

"Na paz. Vamos agitar a parada, que tenho um compromisso hoje à noite."

"Tá pegando quem?"

"É outro tipo de compromisso."

Xandão não estranha a sisudez do Boneco Doido, o moleque anda meio descompensado desde que soube que tem um filho.

Horas depois o furgão está de volta à Vila do Pinheiro.

Pedro, Xandão e Zero Dois dividem o butim no barraco, sob a vigilância de Vavá: laptop, dinheiro, cartões de crédito, relógios, ouro, joias.

"O mauricinho era provido", comenta Vavá. "Se pego um desse na cana, vira minha mulher."

Os homens riem, Pedro não.

Ele tem pressa. Guarda na mochila as joias e o ouro que o libertarão de Colibri. Embolsa também seis mil dólares, que pretende usar na viagem para o Mato Grosso do Sul e para o começo de sua nova vida. Ele diz aos companheiros que está de saída.

"Peraí", diz Vavá. "Calma. Sem pressa. Tu tem de levar uma encomenda minha pro Colibri, filho. Quero que entregue pessoalmente, na mão dele. Na moral. Segura aí, o bagulho tá chegando."

Pedro concorda, o coração começando a ficar apertado.

Os minutos demoram para passar, um homem de Vavá chega e entrega a Pedro Dom uma pistola dourada e carregadores automáticos.

"Leva pro Colibri", ordena Vavá.

Os homens se dispersam. Alguém acende um baseado, música sai das caixas, Latino soa pela sala: *num golpe de olhar, ganhou meu coração, mas eu não imaginava, a decepção....*

Um último desejo de Vavá, o homem que lhe concede a

liberdade, não pode ser negado. Pedro sai para a rua, escapando do barulho, e liga para Sandrinho Bombom.

Na sala do serviço de inteligência da Polícia Civil, o inspetor Betinho e Bianchi fazem uma escuta telefônica.

"E aí, Bianchi, nada?"

"O vagabundo deve ter colocado um bloqueador nos aparelhos. Tem muita estática, não estou captando nada."

Betinho está ansioso.

Algumas informações dão conta de um assalto na Ilha do Governador e de movimentações suspeitas no Complexo da Maré. Betinho tem certeza de que Pedro Dom está envolvido nesses acontecimentos.

Desde o estranho evento ocorrido há alguns dias em seu banheiro, quando beijou a foto do bandido, Betinho está determinado a encontrá-lo. Mas está um pouco tenso com o que pode acontecer ao se deparar com Pedro Dom, tem medo de que o demônio conduza seus movimentos e ele beije o bandido na boca.

"Nada, Bianchi?", pergunta Betinho, travando os maxilares.

Logo depois de receber o telefonema de Pedro Dom, Sandrinho Bombom levanta apressado. Viviane ainda está na cama do motel, nua.

"Vai me largar aqui na vontade, Bombonzinho?"

"É trabalho, Pedro Dom tá no Pinheiro, precisa levar uma encomenda pro chefe", diz Bombom, juntando suas roupas espalhadas pelo chão.

Viviane começa a se masturbar vagarosamente: "Vai logo, vou te esperar calibrada. Quero mamar até a última gota do licor desse bombom...".

Bombom a beija rapidamente: "Já volto".

O fim justifica os meios, já dizia não sei quem. Logo que Bombom sai, Viviane pega o celular e tecla o número da polícia. Enquanto aguarda que atendam à chamada, Viviane se lembra que detesta bombom com licor. O licor que a seduz é outro, um veneno muito saboroso chamado vingança e que começa a escorrer docemente de seus lábios. O nome do policial ela guardou muito bem, desde que saiu aquela matéria no jornal dias atrás: inspetor Roberto Carlos Fernandes, o Betinho.

28. RIO, 14 DE SETEMBRO DE 2005

Instruído por Pedro, Sandro Bombom estaciona a alguns metros do barraco na Vila do Pinheiro. O bom da Yamaha XT é que o barulho do motor não compete com Latino ecoando pela rua

... foi irracional o que ela fez, mas vou deletar sua insensatez...

Boa menina, pensa Bombom.

Pensa também em Viviane, nua, batendo uma siririca, esperando por ele no motel. Ele aguarda montado na Yamaha, batucando distraído com os dedos no capacete sobressalente em seu colo.

O inspetor Betinho, o delegado Fábio Franco, mais dez policiais montam o cerco na boca do túnel Rebouças. Os homens estão ansiosos. Betinho, especialmente nervoso, mexe as mandíbulas, apreensivo, olha para todos os lados. O telefonema da moça foi convincente, ele espera que a informação que ela passou seja verdadeira. Não imagina o que pode ter motivado a delação, mas a menina estava determinada. Deve ser alguma vagabunda corneada pelo playboy em busca de vingança.

Uma bandida, provavelmente.

Betinho reza em silêncio para que Deus não o abandone agora, quando mais precisa dele.

Pai nosso, que estais no céu...

Ele precisa se manter firme, decidido, imune às tentações do demônio. Deus não vai ser sacana a ponto de fazê-lo beijar o bandido na frente do batalhão. Não. Sacanagem tem limite. Até para o Satanás.

... não nos deixeis cair em tentação, mas livrai-nos do mal...

Betinho percebe uma moto se aproximando.

"Lá vem eles, atenção!", grita aos homens.

Amém.

O delegado Fábio, que fala ao rádio, interrompe a conversa, puxa o revólver do coldre. Atiradores se posicionam prontos para disparar.

O motociclista, pilotando uma Ténéré branca, para ao ver o cerco. Levanta os braços, assustado. Os policiais revistam o homem, que está desarmado.

"Fui visitar minha namorada no São Carlos, estou voltando pra casa..."

"Tu mora onde?", pergunta o delegado.

"Na Rocinha", responde o moço, trêmulo. "Tenho os documentos em dia, querem ver?"

Betinho faz um sinal para o delegado Fábio, o motociclista é liberado.

O motociclista da Ténéré estaciona na Lagoa logo que sai do alcance visual dos policiais que acabaram de liberá-lo. Ele pega o celular e avisa Colibri de que há um cerco montado no túnel Rebouças.

Colibri liga para Vavá: "Dom tá aí?".

"Tá tranquilo, filho. Tá aqui ainda", responde Vavá, baforando um baseado, música soando alto no fundo

... atitude, a gente tem, sorte, a gente tem também...

"Se liga", prossegue Colibri, "tem uma blitz da Civil no Rebouças. E o Bope tá aqui no morro. Tá sinistra a parada aqui. Avisa o Dom."

"Valeu, vou transmitir a parada."

"Já é. Fica com Deus."

... de um jeito ou de outro, pode crer que elas vêm...

Vavá procura por Pedro Dom. Ninguém viu Pedro sair. A música de Charlie Brown Jr. é desligada, os bandidos apreensivos, agitados. Alguém diz que Pedro partiu há pouco na moto de Bombom. Vavá telefona para o celular de Pedro, ninguém atende. Tenta o celular de Bombom e quem responde é a voz gravada na caixa de mensagens: "Você ligou para...".

"Puta que o pariu", diz Vavá, nervoso, os olhos arregalados. "Tem que avisar o Bombom que é pra dar meia-volta! Agora, agora, agora!"

29. RIO, 15 DE SETEMBRO DE 2005, MEIA-NOITE E QUINZE

O bebê já dormiu. Ela ainda não. Sabe que não conseguirá dormir tão cedo, a dúvida a lhe consumir os nervos como gravetos numa fogueira.

Margaridas despetaladas no jogo do bem-me-quer-mal-me--quer não a ajudarão a tomar a decisão. Tampouco as cartas do tarô ou os búzios de Mãe Augusta. A decisão, ela sabe, já está tomada em algum lugar dentro de si.

Falta descobrir onde. Não há bússola que possa orientá-la agora.

Ela faz a mala, por via das dúvidas.

Roupa de calor, roupa de frio, o enxoval do bebê. Olha para o cordão com a pedrinha de pirita que Pedro Dom deixou com o filho. "Vou deixar a pedrinha contigo, pra dar sorte", ele dissera ao bebê. Ela embrulha o cordão numa fralda de pano.

Fazer a mala é uma boa forma de distrair a ansiedade e matar o tempo. O mecanismo do tempo.

Num instante ela decide ir. No outro, ficar.

Bem me quer, mal me quer, bem me quer, mal me quer...

Angélica pensa num relógio de pêndulo e escuta uma sirene distante.

A Yamaha XT rompe o silêncio da madrugada. Sandrinho Bombom olha para os lados da avenida vazia, na garupa Pedro Dom mantém a visão fixa nas lâmpadas dos postes. Não se preocupam com a viatura de polícia estacionada à entrada do túnel: com os faróis apagados, os policiais dentro do carro parecem dormir.

Enquanto Pedro Dom observa as lâmpadas consumirem-se num fluxo leitoso, o celular vibra dentro da mochila, mas o barulho da moto, amplificado pelas paredes de pedra, não deixa que o toque seja notado. Pedro Dom mal escuta o grunhido do companheiro, abafado pela reverberação hipnótica: "Merda!".

Um cerco da polícia fecha a saída do túnel Rebouças.

O inspetor Betinho, o delegado Fábio e os policiais do cerco se preparam para atirar. Observam a moto parar a duzentos metros de distância. Um policial faz mira com o fuzil, mas Betinho o repreende.

"Ainda não! Muito longe."

O inspetor observa uma viatura se aproximar por trás da moto, a sirene soando como uma trombeta de Jericó. Pedro e Sandro estão cercados. A Yamaha avança contra o cerco policial, Betinho grita: "Atenção, eles estão vindo! Atenção!".

Vozes se misturando: "Não vão parar. Vamos detonar".

Pedro Dom tira uma granada da mochila e a lança contra os policiais, os homens se atiram no chão, disparando no meio da fumaça. A Yamaha XT consegue furar o cerco. Os policiais se recompõem, entram nas viaturas, perseguem a moto, atiram, ela tomba. Quando a alcançam, encontram ali apenas o piloto.

"Cadê o Dom?", grita Betinho, pressionando a pistola contra a cabeça de Sandrinho Bombom.

O rapaz mostra um ponto da avenida. Os homens vão ao lugar indicado, o local em que Pedro se separou de Sandro, e encontram o capacete de Pedro Dom sob um arbusto de coroas-de--cristo. Um dos policiais ouve de uma mulher acompanhada de um cachorro que ela viu um rapaz mancando entrar no edifício Bauhaus. Por ordem de Betinho, o delegado Fábio e dois policiais permanecem na recepção do prédio, para impedir uma eventual fuga de Pedro. Os outros sobem correndo as escadarias do Bauhaus, seguindo o rastro de sangue do inimigo público número um da cidade, Betinho à frente, suado. No terceiro andar, a senda de pingos vermelhos cessa diante da porta fechada de uma lixeira. A porta é aberta com um chute. Pedro Dom está ajoelhado, exaurido pelos ferimentos e pelo esforço. Ele põe a arma no chão cuidadosamente e levanta os braços: "Perdi, perdi. Eu me entrego".

O inspetor Betinho dá uma coronhada na cabeça de Pedro, que se curva. Ele não sente a dor, mas não quer morrer, agora tem um filho. Sabe que qualquer movimento brusco pode ser interpretado como uma reação. Betinho apanha a arma de Dom e a entrega a um policial. Depois guarda a própria pistola de volta no coldre: "Se você é o Cristo, diga-nos!".

Os policiais estranham as palavras do inspetor, mas não ousam questionar um superior da Civil que faz parte do círculo de confiança do chefe de polícia.

Betinho sua profusamente.

"Se eu disser você não vai acreditar em mim", diz Pedro, fitando o chão, curvado sobre si como um caramujo.

Betinho pega um fuzil Colt 556 das mãos de um policial e Pedro entende que não voltará à cadeia. Nem a nenhum outro lugar.

"Então você é o filho de Deus?", grita Betinho.

"Você é que está dizendo", sussurra Pedro Dom, o corpo em posição fetal, sangue escorrendo pelo ombro e pelo pé.

Betinho dispara.

30. RIO, 15 DE SETEMBRO DE 2005

Victor se lembrará de uma noite agitada de sonhos confusos. O telefone tocará muito cedo, ele não atenderá e continuará a dormir. O toque será insistente, ele se levantará resmungando na manhã cinzenta e atenderá ao telefone.

"Seu Victor, mataram o nosso Pedrinho", dirá a empregada. "Deu na TV, levaram o corpo pro Miguel Couto."

O ar fugirá do peito, um choque percorrerá a espinha e se irradiará pelo corpo inteiro e para além dele e das nuvens no céu.

No táxi a notícia continuará a massacrá-lo pelo rádio, o motorista ouvirá atento à narrativa do locutor: "Morre em confronto com a polícia o assaltante mais procurado do Rio de Janeiro. Para furar o bloqueio armado contra ele na saída do túnel Rebouças, Pedro

Dom lançou uma granada e fugiu. Localizado dentro de um edifício próximo à Lagoa Rodrigo de Freitas, escondido no cubículo da lixeira do terceiro andar, o ladrão trocou tiros com os policiais e morreu após ser atingido com um disparo de fuzil no peito".

"Como alguém pode trocar tiros com a polícia dentro de uma lixeira?", perguntará o motorista.

"Por favor, ande mais rápido, preciso ver o meu filho", dirá Victor.

"Seu filho está hospitalizado?"

"Sou o pai do Pedro Dom."

Victor chegará ao hospital Miguel Couto, o mesmo em que Pedro tinha ficado internado quando menino depois de atropelado, com quatro anos, e onde também Victor acudira o filho depois de Pedro sofrer uma overdose de cocaína alguns anos antes. O motorista não cobrará a corrida, Victor saltará do táxi e repórteres e cinegrafistas se aglomerarão em torno dele.

"Por que vocês não vão atrás daqueles que o extorquiam e o faziam roubar?", Victor gritará aos repórteres. "Mataram a galinha dos ovos de ouro porque tinham medo de ser denunciados."

Victor não se lembrará como fez isso, mas conseguirá chegar à morgue onde o corpo de Pedro jazerá nu sobre uma mesa fria de alumínio. O rombo no peito, por onde saiu o projétil, comprovará ao pai que o menino foi baleado pelas costas. Victor chorará abraçado ao corpo do filho. Depois enfiará o dedo no buraco aberto no peito de Pedro e tocará seu coração.

Sentirá na ponta do dedo o sangue ainda morno, as vísceras tênues e escorregadias, os fluidos salgados como lágrimas.

Como tocar o coração oculto?, perguntara-se muitas vezes. Com carinho paterno, como fazia quando Pedro era pequeno e olhava o pai com admiração?

Na manhã chuvosa daquela quinta-feira ele enfim encontrará a resposta.

Rio, 15 de setembro de 2009

Reflexão noturna.

Passa da meia-noite, não consigo dormir. Os pensamentos se voltam contra mim e o sono nem chegou a surgir. Tento desligar o cérebro, mas não consigo. Então desisto. Não adianta lutar contra a lembrança desse dia há quatro anos. Meus olhos estão secos, sinto raiva!

Duas da manhã, a hora se acerca. Já levantei, tomei banho, fumei... Nada adiantou. O sono não veio, ao contrário, estou aceso! A raiva passou, a tristeza chegou. E dou voltas na cama como um rolo de pastel a preparar a massa. Vou à janela, tento lembrar do dia em que você apareceu lá embaixo me chamando. A primeira imagem é do seu sorriso franco, espaçoso, fácil. Ainda guardo a camisa que você usava naquele dia, coisa de pai... Ainda sinto no corpo a energia do teu abraço. Mas é apenas lembrança e saudade, coisa de quem ama.

Três horas... Sinto meu peito arfar. Nessa hora, quatro anos atrás, a vida lhe impunha terríveis momentos. Perseguição, tiros, ferimentos, angústia, e possivelmente um filme já devia estar pas-

sando pela sua cabeça. Aflição. A sensação de uma possível saída. Você conseguiu furar o bloqueio de quinze homens armados e dispostos a acabar com você.

Quase quatro horas... Minhas lágrimas conseguiram brotar. Mas sei que não vou dormir. Vem a lembrança do telefonema, do reencontro, da morte. Dos urubus da imprensa querendo faturar com a morte do mito criado por eles, querendo exclusivas da dor, mas essa é exclusivamente minha.

Não sei que horas são agora, mas o dia cinzento se parece muito com aquele de quatro anos atrás. Choveu nesta noite. Chove em mim também, chove por dentro. Os olhos são riachos secos do sertão, outrora vivos e agora mortos A alma não! Sento no banco da praia e olho o mar, ele tem a mesma cor escura e está revolto como eu.

Pensamentos se misturam formando algo ainda incompreensível para mim. Penso nesta história que vamos contar. Mas por melhor que ela seja, por mais que emocione as pessoas, nada vai mudar dentro de mim. Continuarei amando e sentindo a tua falta. Não sei por quanto tempo ainda eu vou viver, mas enquanto viver você viverá em mim. É o meu companheiro de todos os dias. Alguns meses atrás, me disseram que eu deveria deixar de pensar em você, porque eu não te dava paz, a paz que você precisava. Não consegui compreender aquelas palavras, certamente ditas por alguém que não amou e perdeu alguém como você. Como pode o amor ser ruim, ser mau ou fazer mal?

Já passa do meio-dia... Não vou ao cemitério. Não vou te encontrar lá. Você não está mais lá. Não mora ali. Mora na minha lembrança, então não preciso ir longe para te reencontrar.

Nota do autor

Dom é uma obra de ficção. O romance é inspirado nos acontecimentos da vida de Pedro Dom, mas obedece às engrenagens da minha imaginação.

Com o objetivo de narrar a jornada de um anti-herói trágico cujas ações não conseguem reverter a inexorabilidade de seu destino, preenchi lacunas, criei personagens, espaços e situações, mudei nomes e datas, inventei diálogos, coloquei personagens reais em situações imaginadas e inseri personagens inventados em situações que realmente ocorreram. Alterei a realidade na tentativa de revelar sua essência.

A carta e os bilhetes de Pedro Dom que se apresentam ao longo da narrativa foram escritos por ele, e o texto que compõe a última página foi redigido por Victor, pai de Pedro, no dia em que se completavam quatro anos da morte do filho.

ESTA OBRA FOI COMPOSTA EM ELECTRA PELO ESTÚDIO O.L.M./ FLAVIO PERALTA
E IMPRESSA EM OFSETE PELA LIS GRÁFICA SOBRE PAPEL PÓLEN SOFT
DA SUZANO S.A. PARA A EDITORA SCHWARCZ EM MARÇO DE 2020

A marca FSC® é a garantia de que a madeira utilizada na fabricação do papel deste livro provém de florestas que foram gerenciadas de maneira ambientalmente correta, socialmente justa e economicamente viável, além de outras fontes de origem controlada.